I0743932

CURSED WOLF

WILDE WÖLFE

MILA YOUNG

INHALT

WILD WÖLFE

Lost Wolf
Broken Wolf
Fated Wolf
Cursed Wolf

CURSED WOLF

Sie waren einst meine Feinde ... Jetzt werde ich die Welt niederbrennen, um sie zu retten.

Es gab eine Zeit, in der ich glaubte, dass ich niemals Liebe finden würde. Dass Frauen wie ich nur für eine Sache gut sind.

Immerhin hat mich mein Schicksalsgefährte zurückgewiesen und dann versucht, mich zu töten.

Ich bin nicht mehr das verlorene Wolfsmädchen. Ich bin stärker und habe selbst ein paar Geheimnisse.

Jetzt ist mein ehemaliger Gefährte zurückgekehrt und bereit, das Band zu zerstören, das ich mit meinen vier Wikinger-Alphas habe.

Doch er hat keine Ahnung, wie weit ich gehen würde, um die zu schützen, die ich liebe ...

EINS

Vier Alphas, die knurrend und gefräßig an meinen Kleidern zerren, treiben mich mit ihrem animalischen Verlangen in den Wahnsinn. Ich bin genauso ausgehungert, küsse sie, halte sie bei meinem Leben fest, brauche alles, was sie versprechen.

"Tod. Hitze. Ich brenne", dröhnt es in meinem Kopf, zwischen dem hämmernden Puls meines Herzens in meinen Ohren und dem brennenden Schmerz zwischen meinen Schenkeln, einem Schmerz, der mir Angst macht. Ich versuche, mir einzureden, dass es an dem kürzlichen Trauma liegt, dass meine Schwester Kaira immer noch von der Hohepriesterin des Hexenzirkels besessen ist. Sie hat uns belogen, unser Rudel infiltriert und meine jüngere Schwester Jae in Gefahr gebracht.

Aber jetzt stimmt etwas nicht. Etwas in mir ist zerbrochen, als die Hexe mich mit ihrer Magie berührte. Ich kann nicht mehr vernünftig denken und kann kaum noch atmen vor lauter Feuer, das mich von innen heraus verbrennt.

"Bitte", flehe ich Ragnar an und halte mich an seinem Hemd fest, weil ich nicht weiß, was los ist, aber ich komme weder ihm noch den anderen drei Alphas, die mich umgeben, nahe genug. Sie sind so nah und doch nicht nah genug. Ich schreie auf, die Schärfe pocht in meiner Brust, mit einem Bedürfnis, das mich zerstören wird.

"Du bist brünstig", knurrt Ragnar.

Während ich verzweifelt nach den Hemden meiner Männer greife, wächst der Wahnsinn in mir, als würde ich von der Dunkelheit verschluckt werden.

Brünstig. Ich weiß natürlich, was es bedeutet, aber wenn Ragnar das Wort sagt, ergibt es so wenig Sinn.

Ich bin nicht brünstig. Ich kann es nicht sein.

Aber ich habe nicht gerade eine anständige Glückssträhne. Ist es das, was Lyra mir angetan hat?

Ein weiterer heftiger Feuerimpuls brennt durch mich hindurch, der Glibber zwischen meinen Beinen sickert an meinen Innenschenkeln hinunter.

Göttin ...

"Bitte, ich brauche dich. Mach, dass es aufhört", schreie ich und mein Körper spannt sich an. Seltsame Vorfreude macht sich in meinem Bauch breit, während mich die Angst packt.

Ragnar packt mich, und ich drücke mich zitternd an ihn. Ich umklammere seine Arme so fest, dass meine Fingerknöchel weiß werden, und ich wimmere. Ich will ihn auf mir spüren, er soll mich ausziehen und mich nehmen, um den Hunger in mir zu stillen. Ich kann meinen Blick nicht von seinen lüsternen Augen losreißen.

Alles an ihm ist hypnotisierend. Sein Duft umhüllt mich. Er riecht nach Wald, mit einem Hauch von Wolf und unter all dem mit Pheromonen beladen, die mich auf die Knie fallen lassen und ich seinen Schwanz in den Mund nehmen will.

"Jetzt in die Läufigkeit zu kommen, ist schlechtes Timing, aber wir werden uns um dich kümmern, kleine Füchsin." Ragnar fährt mir mit den Fingern unter den Augen entlang und fängt die verirrten Tränen auf. Meine Knie halten mich kaum aufrecht, die anderen Männer stützen mich. Sie beschnuppern mich, ihre Münder sind an meinem Hals und meinen Armen, ihre Wölfe knurren. Ich spüre sie alle, ihre maskulinen Gerüche ertränken mich, die harten Schwänze in ihren Hosen reiben sich an mir.

Starke Arme legen sich um mich, und Ragnar

hebt mich von den Füßen. Ich drücke mich an seine Brust, während er mich in den Arm nimmt. Ich schlinge meine Beine um seine Taille und wiege mich instinktiv gegen seine Härte.

"Es tut so weh", flüstere ich weinend und sehne mich verzweifelt nach diesem riesigen Mann.

"Ich kümmere mich um dich. Ich weiß, was du brauchst", gurrt er und führt uns tiefer in den Wald, weiter weg von den Häusern des Rudels, in denen wir untergebracht waren. Dorthin haben wir meine beiden Schwestern zum Schutz gebracht. Anstatt die Hexe in meiner Schwester Kaira zu jagen, wollte ich jetzt unbedingt gefickt werden.

Ich kann nicht mehr klar denken. Der überwältigende Hunger fühlt sich an, als würde ich von innen nach außen gekehrt werden, wenn ich nicht bald mit Ragnar zusammenkomme. Meine Emotionen sind angespannt, und ich kann nicht einmal logisch denken, kann nicht über die Wolke der Lust in meinem Kopf hinaus entscheiden.

"Wir müssen das jetzt tun", sagt Crius und folgt uns.

"Ich habe das im Griff", knurrt Ragnar mit Ungeduld in der Stimme, während sich seine Finger mit Nachdruck in meine Hüften graben.

Er drückt mich gegen einen Baum und sein Kuss bringt mich zum Schmelzen. Mein Tunnelblick sieht zunächst nur Ragnar vor mir, und was er allein mit einem Kuss mit meinem Körper anstellt, lässt mich um mehr betteln. Dann spüre ich seinen Mund überall, er verschlingt meinen Mund, meinen Hals, seine Zunge hinterlässt Gefühle, die mir Gänsehaut verursachen.

Er zerrt an meinem dünnen Oberteil, der Stoff reißt leicht und entblößt meine Brüste, der Urinstinkt hinter seinen knurrenden Atemzügen macht mich wahnsinnig.

"Du riechst so verdammt lecker, dass ich es kaum aushalten kann. Mein Schwanz tut weh." Er senkt seinen Kopf zu meinen Brüsten und saugt eine Brustwarze in seinen Mund. Ich umklammere seine Schultern und stöhne, als er hart an meinen Brustwarzen zupft und seine Zunge darüberstreicht. Er hält mich mit völliger Kontrolle fest, seine Kraft ist unnachgiebig, als könnte ihn nichts aus seiner Trance reißen.

Ich schaue auf und sehe, dass Crius einen Meter von uns entfernt steht, seine Augen sind neblig vor Lust, seinen Schwanz hat er bereits aus der Hose geholt und er hält das dicke, schwere Fleisch in der Hand.

"Du bringst mich um", murmelt er. "Dein Geruch erdrückt mich. Er ist so süß, so verdammt perfekt. Ich will ihn über mein ganzes Gesicht verteilt haben."

Ich strecke meine zittrige Hand nach ihm aus,

gerade als Ragnar meine Hose herunterzieht, sodass ich völlig nackt und verletzlich bin. Er knurrt, und es gibt keine Pause, als er sich auf die Knie begibt und seinen Mund gegen meine Muschi presst. Seine Zunge streicht unablässig über meine glitschigen Falten.

"Das Süßeste, was ich je gekostet habe, kleine Füchsin." Dann schiebt er meine Beine weiter auseinander und drückt zwei Finger in mich hinein.

Mein Schrei gleicht eher einem Heulen. Crius ist an meiner Seite, sein Mund bahnt sich seinen Weg zu meinen Brüsten, während mein Blick auf Nikos und Stone gerichtet ist, die in Richtung Dorf eilen. Ich kann nicht einmal über die Gefahr nachdenken, in der wir uns befinden. Oder darüber, wie wir der Brunst entkommen können, aber wenn sie mich ansehen, durchzuckt mich ein Schmerz, dass sie nicht an meiner Seite sind, aber ich verstehe es. Sie müssen uns erst einmal beschützen.

Vor allem, wenn ich kurz vorm Explodieren bin, wenn mich nicht bald jemand fickt. Ich fahre mit meinen Händen durch Ragnars tiefbraunes Haar. Er nährt kaum eine Flamme in dem Feuer, das mich verzehrt. Ich fasse in sein Haar und drücke seinen Kopf zurück.

"Bitte", flehe ich. "Ich brauche euch beide in mir. Ich kann es nicht mehr aushalten."

Ragnar ist auf den Beinen, leckt sich die glitzernden Lippen, seine Augen sind auf mich gerichtet wie ein Raubtier. Er und Crius tauschen einen wissenden Blick aus und ziehen sich in Sekundenschnelle aus.

Zwei große Schwänze zeigen in meine Richtung, mir läuft buchstäblich das Wasser im Mund zusammen. Normalerweise würde ich mich nach ihnen verzehren, aber das hier ist anders. Es ist ein rohes Verlangen, das sich um mich herum zusammenzieht, je länger sie sich von mir fernhalten, als wären wir Magnete, die dazu bestimmt sind, aneinandergebunden zu sein. Jede Entfernung verursacht mir unerträgliche Schmerzen, als ob jemand meine Brusthöhle geöffnet hat, und mein Herz von meinem Körper fernhält ... und ich brauche es zurück.

Die Männer gehören mir, und ich brauche sie so sehr.

"Ich kann es kaum erwarten", wiederhole ich und werfe mich auf Ragnar. Meine Hände klammern sich an seine Schultern, während ich ihn besteige und meine Beine sich um seine Hüften schlingen. Seine Hände fassen meinen Hintern und heben mich mit Leichtigkeit hoch.

"Narah", er packt mich und hebt mich an sich.

Ich spüre die Härte von Crius' Schwanz an meinem Arsch und bin zwischen ihren Körpern eingeklemmt. Sie sind Feuer unter meiner Berührung, während ich die Lava in unserem Vulkan bin, der kurz vor der Explosion steht.

"Wir haben dich", säuselt Crius in mein Ohr, während sein Schwanz über meine Arschritze gleitet, über den Schleim, der mich völlig durchnässt hat. "Du bist so bereit für mich", fügt er hinzu, während sein Finger in meinen Arsch stößt.

Ich versteife mich, als mein Verlangen aufwallt.

Ragnar ist angespannt, während er mich fest an sich drückt und sein Schwanz in meine Muschi gleitet.

"Ja, bitte ... mehr", flehe ich.

Crius nimmt das als Stichwort und ersetzt seinen Finger durch seinen Schwanz.

Ich bin am Ende meiner Kräfte und mein Atem bleibt mir in der Kehle stecken, als mich beide Männer mit ihren riesigen Schwänzen ausfüllen. Es ist eine Urgewalt, ein wilder Hunger, der gestillt werden muss.

Meine Wölfin winselt nach der Verbindung, und ich kann nicht anders, als daran zu denken, wie schrecklich es gewesen wäre, wenn mich die Hitze in der Nähe meines Ex-Gefährten überkommen hätte. Der Gedanke an Martell macht mich nervös und ich verfluche mich dafür, dass mir sein Name überhaupt in den Sinn kommt, während zwei Männer, die ich anbete, mich ficken.

Sie schieben sich ein bisschen zu grob hinein,

was mich ablenkt, aber ich komme nicht weg. Ich bin eingeklemmt zwischen diesen herrlichen Männern, die mich ausfüllen, mich dehnen und ihre Hände über meinen ganzen Körper gleiten lassen.

"Geht es dir gut?", fragt Ragnar, während Crius mir ins Ohr flüstert: "Du bist so eng. Ich liebe es, wie sich dein Arsch an mir festsaugt."

"Nimm den Schmerz weg, bitte."

"Ja, ja", knurrt mein Alpha, seine Augen sind schwer, während er in meine starrt und seine Hüften in mich hinein- und wieder herauswippen lässt. Crius nimmt den Rhythmus auf, und die Reibung zwischen ihnen entfacht ein Feuer.

"Du bist so feucht", schnurrt er.

Mein Atem stockt, während ich auf zwei Schwänzen auf und ab hüpfe und meine Brüste wackeln. Ich liebe die Art, wie sie meinen Körper anstarren, die klatschenden Geräusche, die wir erzeugen, und wie ich ihnen völlig ausgeliefert bin. Euphorie breitet sich in mir aus, mein Stöhnen erbebt, als sie tiefer in mich eindringen. Ich ringe nach Atem und schreie nach mehr.

Ich habe mich noch nie so high, so empfindlich für jede Berührung und so geil gefühlt.

"Ragnar, Crius ..." Der Rest meiner Worte kommt in einem langen Stöhnen heraus. Es fühlt sich so gut an, wie sie ihre Schwänze in mich stoßen und ihre Eier gegen mich schlagen.

"Das ist es, nimm es wie ein braves Mädchen, das du bist", stöhnt Ragnar.

Wir bewegen uns schneller und ich liebe es, wie wir im Einklang miteinander sind. Ich werde immer angespannter, weil ich weiß, was kommt.

"Ich bin nah dran."

"Ich weiß", bestätigt Ragnar, als wäre er in meinen Gedanken. Seine Lippen streifen meine, bevor er meinen Mund mit unglaublicher Leidenschaft erobert. Er ist ein Mann, der es liebt, zu dominieren, und so küsst er auch - als ob ich ihm gehöre. Seine Zunge schiebt sich zwischen meine Lippen und ringt mit meiner eigenen, während wir beide den gleichen Rhythmus finden, während sie mich ficken.

Crius hat seinen Mund an meinem Hals, saugt, verlangt mehr.

Meine Sinne taumeln, mein Körper summt zwischen ihnen und windet sich unter dem wachsenden Druck.

"Halte dich nicht zurück", stöhnt Ragnar gegen meinen Mund. "Lass los. Lass den Schmerz los."

Es gibt keine Pause, als ich von dem Orgasmus, der mich durchströmt, aufgewühlt werde. Sie bearbeiten mich, während ich völlig auseinanderfalle, zerschmettere. Sie rammeln weiter in mich hinein. Mein Herz pocht, und meine Schreie werden von Ragnars Küssen gestohlen.

Crius ist an meinem Ohr, während sich seine Finger in meine Hüften graben. "Du bist so unglaublich. Dein Körper ist das Nirwana für mich."

Ihre animalischen Laute treiben mich nur noch mehr in den Wahnsinn, während ich in der Erregung schwebe, mein Kitzler pocht, meine Nerven spielen verrückt. Ich weiß nicht, wie lange wir so verharren, aber als ich schließlich die Augen öffne und meine Männer sich von mir zurückziehen, atme ich leichter.

Vorbei ist die Enge, die mich einschnürt, der Schmerz, zusammen mit dem Hunger, der mich zu einem völligen Chaos macht, das der Lust ausgeliefert ist, aber irgendetwas fühlt sich anders an als bei den anderen Malen, die wir Sex hatten.

"Warum seid ihr beide nicht gekommen?", frage ich plötzlich.

"Du hast keine Ahnung, was ich tun würde, um in deiner süßen Fotze zu explodieren." Ragnar streichelt die Seiten meines Gesichts. "Aber wir haben jetzt nicht die Freiheit, einen Knoten in dich zu machen. Das kommt später."

Crius drückt mich an seine Brust, während Ragnar sein Hemd vom Boden aufhebt und es von den Blättern befreit.

"Also, meine Hitze ist jetzt weg, richtig?", frage ich, und Verzweiflung schwingt in meiner Stimme mit.

"Das ist schwer zu sagen", erklärt Crius, der seine Arme besitzergreifend um mich legt. "Wenn die Brunst einer Omega einmal ausgelöst wurde, hat sie zufällige Schübe, die immer intensiver werden. Alles kann sie auslösen. Hübsches Mädchen, hat dir deine Mutter nie erzählt, dass sie läufig wird?"

Die Vergangenheit war eine schmerzhafte Wunde, die sich ständig offen und schmerzhaft anfühlte. Ich wuchs mit einer Mutter auf, die sich um uns kümmerte, uns beschützte und uns nichts über die reale Welt erzählte. Nichts darüber, wie man ums Überleben kämpft. Ich glaube gerne, dass ihre Entscheidungen in echter Sorge um uns zu getroffen wurden. Aber nachdem ich herausgefunden habe, dass sie nach all der Zeit nicht tot war und unseren Vater wieder auferstehen ließ, um ihn als Zombiepuppe zu halten, weiß ich nicht mehr, was ich glauben soll.

Crius beobachtet mich und wartet auf meine Antwort.

Ich lache halb und gebe ein würgendes Geräusch auf seine Frage von mir.

"Meine Mutter hat immer gesagt, dass ich mir keine Sorgen machen muss, wenn ich läufig werde, weil ich keine vollwertige Wölfin bin. Ich erfuhr das, weil ich hörte, wie andere im Rudel darüber sprachen. Das beschränkte sich darauf, dass das Weibchen mit ihrem Partner eingesperrt wurde, manchmal wochenlang."

Lange Zeit habe ich nicht verstanden, was sie hinter verschlossenen Türen taten. Ich war jung und naiv, bis eine der Frauen starb. Während ihrer Läufigkeit stellte ich fest, dass sie keinen Partner hatte und dass etwas in ihr kaputt war. Einige der Männer wechselten sich täglich mit ihr ab, und am Ende starb sie, weil sie so grob mit ihr umgingen. Es machte mir Angst, und lange Zeit dankte ich der Mondgöttin, dass ich das nicht ertragen musste.

Und jetzt sieh mich an - ich ertrinke in der Hitze und fühle mich völlig verloren.

Crius' zärtliche Berührung auf meinem Arm reißt mich aus meiner Stimmung.

"Schon gut, wir werden helfen", flüstert er.

"Ich glaube nicht, dass das mit der Hitze stimmt. Die Hohepriesterin Lyra hat mich mit einem Zauberspruch belegt, kurz bevor du gekommen bist." Ich spucke ihren Namen praktisch aus, als wäre er Schmutz in meinem Mund. Ich hasse sie so sehr. "Die Schlampe hat mich zur Läufigkeit gezwungen."

Die Wut darüber, wie schlimm unsere Lage geworden ist, schießt durch mich hindurch. Ich erzähle den beiden Männern schnell, was passiert ist - wie ich meine Schwester Kaira am Fluss gefunden habe, wie sie von der Hexe besessen war, seit wir den Hexenzirkel verlassen haben. Und dann war da noch

Lyssa. Die Hexe hatte die Tochter des Rudelalphas getötet.

Das Grauen zieht sich bis in meine Lunge. Ich starre tiefer in den Wald, wo Lyssas toter Körper an einem Baum aufgehängt war. Ich kann sie von unserem Standort aus nicht sehen, aber ich weiß, dass sie dort ist, und die Haare auf meinen Armen stellen sich auf. Ich versuche, so gut es geht, sie mir nicht vorzustellen. Sie wurde aufgeschlitzt und zum Sterben dort zurückgelassen.

Mein Herz klopft vor Angst, denn ihr Vater wird uns zweifellos die Schuld geben ... die Neuankömmlinge in seinem Rudel.

"Zieh das an", sagt Ragnar, sein Gesichtsausdruck ist genauso grimmig wie meiner. Mit ihrer Hilfe ziehe ich sein Hemd über meinen Kopf und meinen Körper hinunter. Es reicht mir bis zu den Knien, und ich verschwinde darin, aber ich bin nicht nackt. Ragnar hat mein T-Shirt zerrissen, und meine Hose ist von meiner Hitze durchnässt. In Wahrheit brummt mein Körper immer noch, als ob die Erregung nicht von mir ablassen will.

Um mich abzulenken, erzähle ich, was ich von der Hohepriesterin gehört habe.

"Sie ist hinter meiner Mutter her, selbst in ihrer toten Gestalt, nicht hinter meinen Schwestern und mir. Lyra ist auf dem Weg zu Mutters Haus in den Bergen." Je länger ich rede und mich daran erinnere, wie Lyra mich angegriffen hat, desto mehr zittere ich vor Wut.

Die Männer starren mich nur an, ihre Gesichter werden bleich.

"Was zum Teufel will sie mit einer Leiche anfangen?", platzt Crius heraus. "Und ich will dich nicht beleidigen, Narah, aber das Haus deiner Mutter ist mir unheimlich."

Ich weiß nicht, was ich sagen soll, da ich das Haus meiner verstorbenen Mutter noch nicht besucht habe, aber seine Worte jagen mir einen Schauer über den Rücken.

"Es gibt noch mehr", fahre ich fort, obwohl so viele meiner Fragen unbeantwortet bleiben. "Lyra hat gesagt, dass *meine* feindlichen Wölfe hinter diesem Rudel her sind, um uns zu töten. Sie hat von Martell gesprochen", schaffe ich zu sagen. Sein Name liegt mir wie Säure auf der Zunge, und ich hasse den Schauer, den er in mir auslöst.

"Hurensohn", knurrt Ragnar und fährt sich mit der Hand durch die Haare.

"Wir wissen, dass er mit der Hexe Geschäfte macht, also muss sie ihnen irgendwie eine Nachricht geschickt haben, dass wir hier sind", sagt Crius, was ich auch schon gedacht habe.

Ich stoße einen langen Atemzug aus. "Wir sind in großen Schwierigkeiten, nicht wahr?" Meine Stimme wird zittrig, während ich von einem Mann zum anderen starre.

Frustration flackert hinter Ragnars Augen auf, und er stößt einen tiefen Seufzer aus, der meine schlimmsten Befürchtungen bestätigt.

Crius' Kiefer zuckt.

"Wir sind hier draußen in Gefahr. Du musst dieses Rudel verlassen", sagt Ragnar.

Ich blinzle ihn an, mein Magen dreht sich vor Unbehagen um, während mein Kopf nachdenkt, was passiert ist, bevor ich mich in der Hitze verlor.

"Was meinst du mit verlassen?"

Er zieht sich zurück, um den Reißverschluss seiner Hose zu schließen, und steht mit nacktem Oberkörper und absolut umwerfend vor mir, wobei er mich einen Moment lang fast ignoriert. Crius zieht eilig seine Kleidung an, seine Stirn ist vor lauter Nervosität gerunzelt.

"Was meinst du?", wiederhole ich etwas lauter.

"Narah", beginnt Ragnar und nimmt meine Hand in seine. "Deine Brunst kann jederzeit zurück-kehren, und sobald andere Alphas in deiner Nähe sind, werden sie sich gegenseitig töten, um an dich heranzukommen, um dich immer wieder zu hetzen. Wir müssen dem Alpha des Rudels erklären, dass seine einzige Tochter abgeschlachtet wurde und dass wir es nicht waren."

"Jae ..." Ich ergreife seinen Arm und zittere, als

mich Panik überkommt. "Ich muss Jae holen, dann gehen wir."

"Narah." Ragnar nimmt meine Hand, sein Daumen streicht sanft über den Handrücken, und während mich das normalerweise in einen Zustand der Ruhe versetzen würde, bin ich jetzt zu verängstigt, um mich zu beruhigen.

"Ich gehe nicht ohne sie", wiederhole ich.

Er kneift die Lippen zusammen, und ich weiß, dass er mit mir streiten will, aber dazu kommt es nicht, weil sich uns schwere Schritte von den Hütten nähern.

Nikos und Stone rennen in unsere Richtung, einer von ihnen trägt einen Seesack über der Schulter. Sie bewegen sich mit solcher Geschwindigkeit, als würden sie verfolgt werden und sind in wenigen Augenblicken bei uns.

Mein Magen knurrt.

"Wir müssen jetzt gehen", schnappt Nikos, und ich sehe die Sorge in seinen Augen. "Dein Geruch hat die Häuser erreicht, und es gibt Männer, die aus ihren Betten taumeln, ausgehungert, um die Quelle zu finden."

"Aber ich habe die Hitze erst mal überstanden, also kann ich mich reinschleichen und Jae holen."

"Das macht keinen Sinn." Er sieht mich verwirrt an. "So funktioniert das nicht. Ich kann dich immer noch riechen", sagt Stone.

"Sie weiß nicht viel darüber, wie man läufig wird", fügt Crius hinzu und richtet dann seine Aufmerksamkeit auf mich. "Selbst außerhalb der Episoden verströmen Omegas einen schwachen Duft, der Alphas in ihrer Nähe anlockt."

"Aber ich kann Jae nicht zurücklassen", murmle ich und meine Brust zieht sich zusammen.

"Sie wird in Sicherheit sein." Stone greift nach meiner Hand, und ich lasse mich an seine harte Brust drücken. Ich höre das Klopfen seines Herzens, das mit meinem eigenen synchron schlägt. "Wir werden dafür sorgen, aber sie wird nicht geschützt sein, wenn du dich umbringen lässt."

"Ragnar", sagt Nikos fast warnend. "Wir haben keine Zeit zu verlieren."

"Nikos, Crius, ihr bringt Narah zum Haus ihrer Mutter in den Wäldern", sagt Ragnar mit einem Knurren in der Kehle. "Wenn ihr die Hexe seht, haltet Abstand, bis wir dort sind. Stone, wir beide werden versuchen, dieses Chaos zu bereinigen, und dann mit Jae fliehen und sie in den Bergen treffen."

Mir schwirrt bei seinem Plan der Kopf, wie viele Dinge schiefgehen können.

Plötzlich höre ich Stimmen aus der Richtung der Hütten, und ich starre auf mehrere Männer, die dort herumlaufen. Wie lange wird es dauern, bis sie hierherkommen und die Leiche finden? Bevor sie angreifen, um zu mir zu gelangen?

Ich bin am Boden zerstört. Lyra hat von meiner Schwester Besitz ergriffen, und jetzt lassen wir Jae wieder zurück.

Ragnar gibt Crius und Nikos Anweisungen, während Stone mir frische Kleidung zum Umziehen und Stiefel reicht. Ich tue es schnell, meine Hände zittern.

"Du wirst es schaffen, du wirst sehen. Genau wie deine Schwestern." Stones Zusicherung gibt mir etwas, an dem ich mich festhalten kann, ein Stück Hoffnung.

Ich darf jetzt nicht zusammenbrechen.

Ich bin nicht so weit gekommen, um zuzulassen, dass eine verrückte Hohepriesterin und ein besessener Ex-Gefährte mein Leben zerstören. Ich habe meine Magie zurück und vier Alphas an meiner Seite. Sicher, ich weiß immer noch nicht, wie ich meine Macht kontrollieren kann, aber ich gehe nicht mit leeren Händen in die Schlacht.

Ragnar und Stone stehen an meiner Seite und küssen mich, bevor sie gehen.

Es geht alles viel zu schnell.

"Bitte sag Jae, dass ich sie liebe und warum ich gehen musste." Meine Stimme erstickt, während ich kläglich daran scheitere, die Tränen zu unterdrücken. Meine Brust schmerzt so sehr. Ich bin nicht bereit, wieder wegzulaufen. Ich habe gerade meine

Schwestern zurückbekommen, und jetzt ist alles zerstört.

Nikos steht plötzlich hinter mir und schlingt seine Arme um meine Taille.

"Es ist Zeit."

ZWEI

RAGNAR

"Das ist neu für mich", sagt Stone humorvoll, während wir durch den Wald schreiten und die anderen zurücklassen. "Normalerweise schleppe ich Leichen in die Wälder, um sie zu verbrennen, und bringe sie nicht in Häuser", gluckst er.

"Ich bin überrascht, dass du im Moment irgendetwas lustig findest." Ich schaue zu ihm hinüber. Er hat Lyssas Körper über seine Schulter gelegt. Es ist ein hartes Stück Arbeit gewesen, sie von dem Baum herunterzuholen, an den die Hexe sie gefesselt hat, ganz zu schweigen davon, dass sie von Kopf bis Fuß aufgeschlitzt worden ist. Die Hohepriesterin ist eine verdammte Psychopathin, so wie sie das Mädchen brutal abgeschlachtet hat. Wir haben unser Bestes getan, um sie in Stones Hemd zu wickeln, damit ihre

Eingeweide nicht noch mehr herausfielen, als sie es ohnehin schon taten. Außerdem hat Stone seine Klinge in ihren Hinterkopf gerammt, direkt in ihr Gehirn, und die Nerven dort durchtrennt. Wir konnten nicht gebrauchen, dass sie als Zombie zurückkam, während wir sie trugen.

Wir leben in einer Welt, in der Wölfe gegen Wölfe um Land und Frauen kämpfen und in der wir alle die wandelnden Toten fürchten, die jedes Land mit dem Virus plagen, das die Zivilisation vor langer Zeit zerstört hat. Jetzt sind diejenigen von uns, die nicht immun gegen die Untoten sind, Überträger, was bedeutet, dass wir sterben und als einer dieser Scheißkerle zurückkommen. Durch Verbrennen, Entfernen des Kopfes oder Durchtrennen der Nerven, die das Gehirn mit der Wirbelsäule verbinden, wird sichergestellt, dass sie nicht wieder lebendig werden.

Ich schüttle den Kopf frei von den Kreaturen, die ich hasse, und sehe Stone an, der Lyssa festhält, ohne sich zu winden. Von der Leiche tropft Blut über seine nackte Brust, aber das stört ihn nicht.

Ich sollte Reue für das Mädchen empfinden, aber in Wahrheit tue ich das nicht. Ich habe sie nie gemocht, als sie noch lebte, warum sollte ich sie also nach dem Tod mögen?

Alles, was ich fühle, ist von Narah aufgenommen worden. Meine kleine Füchsin hat mich in ihren

Bann gezogen, ihr Duft liegt mir noch in der Nase, und mein Schwanz verkrampft sich, weil er nicht in ihr kommen durfte. Ihr Körper ... der einer verdammten Göttin. Ihr kastanienrotes Haar, das sich seidig anfühlt, fordert mich auf, es um meine Faust zu wickeln, während ich von hinten in sie eindringe.

Ich erinnere mich an die Angst und Unschuld in ihren Augen, als sie sich der Hitze hingab. Ihr Hunger brachte mich an den Punkt, an dem ich den Verstand verlor. Ihr Duft, die Weichheit ihrer Haut und ihre Schreie, endlich gefickt zu werden, gingen direkt zu meinem Schwanz.

Alles an ihr ist sexy, köstlich und verletzlich. Sie macht mich völlig fertig, und die Hälfte der Zeit hat sie keine Ahnung, dass sie das tut. Keine Frau sollte solche Macht haben, aber bei Narah würde ich auf die Knie fallen und sie anbeten. Mir läuft ein Schauer über den Rücken, wenn ich daran denke, wie verstrickt unsere Leben geworden sind.

Ich habe keine Ahnung, warum das Universum ihr und mir unterschiedliche Schicksale gegeben hat, wenn doch klar ist, dass wir füreinander bestimmt sind. Ich sehne mich danach, wieder zu ihr zu kommen, meinen Schwanz in ihrer Fotze zu versenken, einen Knoten in ihr zu machen und sie mit meinem Samen zu überfluten, um sie daran zu erinnern, dass sie mir gehört. In einem unserer letzten

Gespräche hatte ich zugestimmt, sie mit meinen Männern zu teilen, aber das hat mich nicht davon abgehalten, sie daran zu erinnern, dass ich mich danach sehne, dass sie sich mir unterwirft.

Stone lacht, meistens über sich selbst, und reißt mich damit aus meinen Gedanken.

"Entweder lachst du mit, oder wir rennen schweigend dieser Verrückten hinterher. Lyra. Welche Hexe ist in der Lage, auf diese Weise zu töten?" Sein Kinn zeigt auf die Leiche über seiner Schulter. "Wir haben es mit einer Psychopathin zu tun. Selbst all unsere Magie vereint, wird nicht genug sein gegen sie, befürchte ich."

Ich sehe die Verzweiflung und das Entsetzen in seinen Augen, und mein Puls schlägt rasend schnell, denn er hat recht. Ich frage mich, ob Narahs Kraft stark genug ist, um Lyra zu bekämpfen. Meine kleine Füchsin hat ihre Fähigkeiten noch immer nicht vollständig entwickelt, und ich hatte gehofft, dass wir in diesem Dorf Zeit dafür haben würden, aber wir wurden ins Feuer geworfen und hatten keine Zeit mehr.

"Ich weiß nicht, aber was auch immer Lyra von Narahs toter Mutter will, es muss etwas Schlimmes sein. Also bringen wir das schnell zu Ende und rennen unserem Team in die Berge hinterher."

"Einverstanden." Stone nickt. "Was auch immer wir tun müssen, du weißt, dass ich dafür bereit bin."

Er ist der Bruder, den ich nie hatte. Wie ich hatte er eine wilde Beziehung zu seinem Vater. Er wurde geschlagen, entehrt, war nie gut genug, weil er die Fähigkeit der Magie hatte, etwas, das Männer laut seinem alten Arschloch von Vater nicht nutzen sollten. Vielleicht verstehen Stone und ich uns deshalb so gut. Wir denken ähnlich, jagen auf dieselbe Weise, und wenn es um Loyalität geht, vertraue ich ihm mein Leben an.

Wir nähern uns der großen Halle, in der ich Mihai, den Alpha dieses Rudels und Lyssas Vater, heute Morgen zum letzten Mal gesehen habe. Ein Felsbrocken sitzt auf meiner Brust wegen der Nachricht, die ich gleich überbringen werde, und wegen seiner Reaktion.

In den letzten Tagen haben wir benachbarte Rudel besucht, um ihre Loyalität und ihre Zustimmung zu gewinnen, uns bei der Eroberung des wilden Sektors zu helfen. Natürlich verlangte jedes Arschloch etwas, und als wir fertig waren, war ich versucht, sie alle zu eliminieren. Keiner von ihnen ist vertrauenswürdig, aber ich weiß, wie man Krieg führt, und dass die Wahrscheinlichkeit eines Sieges umso größer ist, je mehr Leute auf der eigenen Seite sind. Also habe ich die meiste Zeit der Reise den Mund gehalten und dem Drang widerstanden, ihnen die Kehle herauszureißen.

Ich stoße die Tür zur Halle auf und mein Blick

fällt auf Mihai. Er sitzt an einem Tisch unter einem Bogenfenster, vor sich einen Teller mit Essen, und unterhält sich lautstark mit einigen seiner Männer, die ebenfalls am Tisch sitzen und ihr Essen genießen. In der Ecke spielt ein junger Mann Musik, aber das Gespräch und die Melodie verstummen, als wir eintreten.

"Ich entschuldige mich für die Unterbrechung, aber ich habe tragische Neuigkeiten", erkläre ich und beobachte alle Anwesenden auf ihre Reaktion.

Mihai lässt seine Gabel auf den Tisch sinken, sein Blick studiert mich, aber seine Augen folgen Stone, der in den Raum hinein zum nächstgelegenen Tisch an der Wand marschiert. Er legt Lyssa sanft auf den Tisch, ihre Arme und ihren Oberkörper fest in sein Hemd gewickelt und mit den Ärmeln zusammengebunden. Blut sickert durch den Stoff, und noch mehr davon befleckt Stones Schulter und tropft an seiner Brust herunter. Er ist nicht beunruhigt. Wir haben schon viele Schlachten hinter uns, in denen wir im Blut unserer Feinde gebadet haben.

Mihai stößt einen erstickten Schrei aus, und schon ist er auf den Beinen. Der Tisch vor ihm fliegt nach vorne, Teller und Essen werden in die Luft geschleudert. Seine Männer drängeln sich in dem chaotischen Durcheinander.

"Lyssa", stöhnt Mihai und seine Stimme bricht. Seit ich den Mann kenne, habe ich ihn nie mehr als

Wut zeigen sehen. Jetzt ist er an der Seite seiner Tochter, beugt sich über sie und der schmerzhafte Klang der Trauer erfüllt den plötzlich stillen Raum.

Das Geräusch eines Elternteils, der sein Kind verliert, ist nie leicht zu ignorieren, und ich bin kein kompletter Bastard, der nicht den stechenden Schmerz in meiner Brust über seinen Verlust fühlt.

Mein Vater hat mir einmal gesagt, dass den großen Veränderungen der Tod vorausgeht. Im Fall von Mihai war ich mir nicht sicher, wie es ausgehen würde.

Als er sich schließlich aufrappelt und auf dem Absatz kehrtmacht, trifft der grelle Blick auf meinen.

"Wer zum Teufel hat meine Tochter getötet? Warst du es?" Er zeigt auf mich, sein Kinn zittert, Tränen drängen sich in seine Augen. Er stapft durch den Raum, sein Körper zittert.

Ich rühre mich nicht und stehe aufrecht vor ihm. Er steht vor mir, der wilde, panische Blick hinter seinen Augen macht ihn unberechenbar.

"Ich habe dir eine verdammte Frage gestellt. Sie riecht nach Magie. Warum?"

Ich schlucke langsam und antworte mit ruhiger Stimme, während ich seinen Blick festhalte.

"Wir fanden sie an einen Baum am Fluss gefesselt, völlig ausgeweidet. Als Stone und ich ankamen, war niemand mehr da, aber du hast recht. Sie riecht nach Magie. Auf unserer letzten Reise habe ich dir davon erzählt, dass die Sturmwölfe einen Pakt mit den Hexen gegen uns geschlossen haben."

"Was willst du damit sagen? Eine Hexe kam in mein Haus und tötete meine Tochter? Das ergibt keinen verdammten Sinn. Warum sie? Warum zum Teufel nicht dich oder mich?" Sein Gesicht glüht knallrot, die Fäuste sind an den Seiten geballt.

Ich beiße die Zähne zusammen und unterdrücke meinen Drang, ihn aus meinem Gesicht zu stoßen.

"Ich habe gehört, dass die Sturmwölfe auf dem Weg zu deinem Rudel sind. Während wir hier sprechen. Verstehst du nicht? Du bist eine Bedrohung für Martell. Er will über den wilden Sektor herrschen und alle eliminieren, die sich ihm widersetzen, und deine Tochter war seine Art, dir eine Nachricht zu schicken, dass du dich verdammt noch mal zurückziehen sollst."

Ich hasse es, zu lügen, denn ich bin stolz darauf, immer bei der Wahrheit zu bleiben, und das habe ich, so gut ich kann versucht, einschließlich der Warnung, dass der Feind vor seiner Tür steht. Ich habe auch nicht vor, zu enthüllen, dass Narahs Schwester von einer gefährlichen Hexe besessen war, die wir in sein Haus gebracht haben. Das wäre Selbstmord.

Er fährt sich mit einer zittrigen Hand über das Gesicht, blinzelt schnell, starrt seine Tochter an, dann wieder mich und versucht, die Tragödie zu akzeptieren.

Ich warte schweigend.

Angst entsteht, wenn man das Gefühl hat, die Kontrolle über eine Situation oder eine Person zu verlieren. Es ist, wenn einem etwas weggenommen wird und man alles zerstören möchte, aber man weiß, dass nichts, was man tut, denjenigen zurückbringen wird, den man verloren hat. Das ist der Blick, der über Mihais Gesicht huscht.

Er gibt ein Knurren von sich, das eher wie ein verletztes Stöhnen klingt. Er wendet sich wieder seiner Tochter zu und streicht ihr zärtlich eine Haarsträhne aus der Stirn.

"Sie wollte nur ihren Partner finden und sesshaft werden. Sie hat sich so darauf gefreut, dass du ihr das endlich gibst, Ragnar, aber nicht einmal das konntest du tun, oder? Du musstest sie daran erinnern, dass du dieses dürre Wolfsmädchen gefickt hast, das du in mein Rudel gebracht hast."

Seine Stimme ist brutal und wütend, und mein Wolf regt sich daraufhin in mir, aber das ist nicht unser Kampf.

Stone zuckt mit den Schultern, als ich ihn ansehe, und hebt dann sein Kinn zur Tür hinter uns, um anzuzeigen, dass wir gehen sollten. Vielleicht ist es das Beste, Mihai in Ruhe trauern zu lassen.

Das Alphatier dreht sich plötzlich wieder um,

und die Luft knistert mit derselben Wut, die in seinen Augen tanzt.

Stone tritt näher an mich heran, als er die Veränderung im Verhalten des Mannes bemerkt. Ich bin nicht ängstlich. Mich beunruhigt eher, was er aus unserer Partnerschaft und unseren Vereinbarungen machen wird.

Er bellt seine Männer an, damit sie Lyssa in seine Kammer bringen, dann sagt er: "Bereitet sie für die Einäscherung vor. Ich will das ganze Rudel dabeihaben. Alle!", brüllt er.

Seine Männer nicken und beeilen sich, seine Tochter zu entfernen, ohne ein Wort zu wechseln.

Mihais Gesicht verfinstert sich, als er sich uns zuwendet.

"Ich werde die Wahrheit darüber herausfinden, was mit Lyssa geschehen ist, und wenn du mich angelogen hast, werde ich dich jagen, Ragnar, und dir und deinen Männern bei lebendigem Leib die Haut abziehen. Dann werde ich deiner Familie in Dänemark einen Besuch abstatten, um ihr deinen Leichnam zu übergeben, und die Qualen auf ihren Gesichtern zu sehen, so wie du es bei mir getan hast."

Der Mann bricht zusammen, der Kummer zerreißt ihn, also braucht er jemanden, auf den er einprügeln kann. Normalerweise würde ich jemanden für eine solche Drohung umbringen, aber ich werde ihm diese Nachsicht gewähren.

Seine Schultern straffen sich, als er sich wieder umdreht und wie ein Verrückter mit den Tischen um sich wirft.

"Ich ändere meine Bedingungen", schnauzt er in meine Richtung. "Ich fühle mich nicht mehr wie ein großzügiger Mann, und ein Teil von mir kann sich des Eindrucks nicht erwehren, dass du mich ausgenutzt hast. Du hast mir meine tote Tochter gebracht, also was erwartest du von mir, dass ich denke?"

"Wir haben sie nicht getötet", murmelt Stone knurrend. "Wir sind die Boten, die sie in diesem Zustand gefunden haben und dich davor bewahrt haben, sie da draußen an den Baum gefesselt zu finden."

"Halt die Klappe", platzt Mihai heraus. "Das ist eine Sache zwischen Ragnar und mir. Du kannst dich von hier verpissen."

Ich balle meine Fäuste und halte mich zurück, sie ihm ins Gesicht zu schlagen, weil er so mit einem meiner Männer gesprochen hat, aber Stone kann auf sich selbst aufpassen.

Er leckt sich über die Lippen, blickt Mihai mit zusammengepressten Zähnen an und zischt: "Der einzige Grund, warum du noch atmest, ist, dass du heute deine Tochter verloren hast." Stone dreht sich auf dem Absatz um und stürmt aus dem Saal, die Tür knallt hinter ihm zu.

"Warum du so einen respektlosen Alpha in deinem Rudel hast, ist mir ein Rätsel."

Mein Kiefer spannt sich an, als ich einen Schritt nach vorne mache. "Du erwähntest etwas von einer Änderung unserer Vertragsbedingungen?"

Wäre es eine solche Tragödie, wenn dieser Mann am selben Tag wie seine Tochter sein Leben verlieren würde? Meine Finger zittern vor Dringlichkeit, ihn zu beseitigen, und mein knurrender Wolf verlangt, dass wir Mihai erledigen. Gleichzeitig erinnert er mich daran, dass er weiteren Rudeln die Tür öffnet, um sich unserem Kampf anzuschließen und dafür zu sorgen, dass diejenigen, die bereits zugestimmt haben, dies auch weiterhin tun.

"Ja." Er hebt den Kopf, und Kälte gleitet hinter seinen Blick. "Ich mag es nicht, wenn man mir etwas wegnimmt. Wir wissen beide, wie sehr dein Erfolg bei der Eroberung dieses Sektors von mir abhängt, aber ich brauche mehr."

"Mehr was?" Irritation durchfährt mich. "Frauen? Zeit? Was zum Teufel willst du denn noch?" Meine Schultern heben sich, und ich kann meine Wut nicht mehr kontrollieren.

Er beugt sich vor, die Lippen zu einem Grinsen verzogen. "Wenn du weiterhin meine Hilfe willst, wirst du in sieben Tagen vierzig Omegas für mein

Rudel mitbringen", brüllt er mir ins Gesicht, wobei die Spucke in alle Richtungen fliegt.

Ich spüre den Stachel seiner Wut, aber trotz des Kummers in seinen glitzernden Augen bin ich zu verdammt sauer, um mich darum zu scheren.

"Und da ich meine Tochter verloren habe, wirst du mir dein erstgeborenes Kind geben."

Zum ersten Mal fehlen mir die Worte, und so sehr ich auch versuche, ernst zu bleiben, muss ich doch lachen.

"Was zum Teufel?" Okay, das hat mich völlig überrumpelt.

Wut verdreht den Ausdruck des Bastards, sein Blick lodert wie Feuer, während er nach Luft ringt. Wenn er mich angreifen will, nur zu, dann habe ich einen Grund, ihn gegen die Wand zu schlagen.

"Erstens muss ich für die Frauen in den Süden des Landes reisen, und es gibt noch keine Garantie, dass sie verfügbar sind, ich brauche also mehr Zeit. Zweitens, was soll der Scheiß? Das wird deine Tochter nicht zurückbringen."

Außerdem habe ich nicht die Absicht, in nächster Zeit Kinder zu bekommen. Einen Sektor zu übernehmen und einen Krieg anzuzetteln ist keine gute Zeit, um Kinder aufzuziehen. Wenn die Zeit gekommen ist, werde ich Mihai vernichten, bevor er irgendetwas anrührt, das mir gehört.

"Das ist mir scheißegal, du Hurensohn", bellt er.

"Nimm den Deal an, oder du kannst dich aus meinem Haus verpissen und verlierst alle Loyalitäten der Rudel, mit denen wir verbunden sind."

Mein Kiefer kribbelt, während die Wut in meinem Kopf aufflackert, weil ich weiß, dass ich in die Ecke gedrängt bin und der Wichser das weiß. Das ist der einzige Grund, warum ich hier bin. Über die Sache mit dem Kind mache ich mir keine Sorgen, das wird nicht passieren, aber die vierzig Frauen werden ein Problem sein.

Er knurrt, und ich möchte ihn nur immer wieder schlagen. Ihn bluten lassen und hören, wie er mich anfleht, aufzuhören.

Ein scharfes Heulen ertönt in meiner Brust von meinem Wolf, der weiß, dass es ein Fehler ist, aber ich bin nicht so weit gekommen, um alles wegzuschmeißen, weil dieses Arschloch um seine Tochter trauert.

Bevor ich nach Rumänien kam, sagte ich mir, dass ich alles tun würde, um den wilden Sektor zu erobern. Alles, um meinem Vater zu zeigen, dass ich nicht die Verschwendung eines Alphas bin, für die er mich hält. Alles, um ein Territorium zu haben, das es mir erlaubt, nach Hause zurückzukehren und meine Schwester Hel von dem tyrannischen Ehemann zu befreien, zu dem mein Vater sie gezwungen hat.

Ohne zu nicken, knurre ich widerwillig: "Abgemacht." Ich drehe mich um und will gerade losmarschieren, um ihm den Kopf abzureißen, als er meinen Namen ruft und mich innehalten lässt.

"Denk nicht daran, heute Abend irgendwohin zu gehen. Ich habe ein großes Rudel aus dem Westen zu Besuch. Sie wären perfekt, um sich unserem Team anzuschließen, und sie wollen dich kennenlernen. Außerdem bin ich sicher, dass du Lyssas Einäscherung nicht verpassen willst." Seine Worte sind bitter und rachsüchtig.

"Verdammter Hurensohn." Ich fluche leise vor mich hin und lasse ihn zurück.

Jetzt bin ich hin- und hergerissen zwischen der Rolle des Speichelleckers und der Jagd nach Narah.

DREI

"Vier auf der linken Seite, los", rufe ich Crius zu.

Mit der Axt in der Hand geht er über das Feld und auf die drei strauchelnden Zombies zu, die auf uns zukommen. Narah ist hinter uns, hoffentlich in Sicherheit.

Ich drehe mich nach rechts, ein Messer in jeder Hand, und stürze mich mit einem Kriegsschrei auf die beiden vor mir. Sie sind schnell, taumeln nicht wie so viele, die ich gesehen habe, und nach ihren dürren, hohlwangigen Gestalten zu urteilen, hat das alles mit ihrem Hunger und ihrer Verzweiflung zu tun.

Ich stürze mich auf den ersten, meine Klinge saust durch die Luft und pfeift, als sie sich in den Hals der Kreatur bohrt. Die Tatsache, dass kein Blut austritt, bestätigt, wie hungrig diese Untoten wirklich sind. Ich trete ihm in die Eingeweide und stoße den Klumpen Scheiße von den Füßen, dann schwinge ich mich zum zweiten Zombie und gehe mit meinen Klingen auf ihn los. Ich will nicht, dass die Scheißer mich anfassen, aber da wir so wenige von ihnen unterwegs getroffen haben, genieße ich den Kampf.

Drei, zwei, eins ... er fällt auf die Knie, sein Kopf purzelt von den Schultern und gesellt sich zu dem von seinem Freund.

Ich juble gerade, als Crius von der anderen Seite des Feldes ruft: "Vier weniger, und ich bin wieder vorne."

Ich schärfe meinen Blick und drehe mich in seine Richtung. "Arschloch", murmle ich leise vor mich hin. Ich ignoriere ihn und lasse meinen Blick über das Gelände schweifen, um nach weiteren Feinden Ausschau zu halten.

Es ist sauber. Nur hohe Kiefern umkreisen das Feld in der Ferne, Berge erheben sich um uns herum, und der Fluss gurgelt in meinem Rücken.

Ich drehe mich in die Richtung, in der wir Narah verlassen haben, und entdecke zwei Zombies, die etwa einen Meter entfernt auf dem Boden liegen. Die toten Dinger sind verdreht und es scheint, als würde Rauch aus ihren Körpern aufsteigen. Ich hatte diese Scheißkerle nicht kommen sehen, aber anscheinend hat unser Mädchen ihre Magie eingesetzt und sie ohne Probleme erledigt.

Sie sitzt auf unserem Seesack, die Beine vor sich gekreuzt, und grinst ziemlich stolz.

Mein Herz klopft. Sie ist absolut umwerfend - langes Haar, das in der Brise flattert, ihre Lederweste über dem lockeren Hemd, zeichnet jede Kurve ihrer Brüste nach.

"Ich bin beeindruckt." Sie klatscht in die Hände. "Du hast die beiden in Rekordzeit geschafft. Vielleicht hast du dir eine Belohnung verdient." Sie wirft mir einen Kuss zu, der mein Herz zum Zerspringen bringt.

"Du scheinst es ja selbst ganz gut gemacht zu haben." Ich werfe einen flüchtigen Blick auf die Kreaturen, dann wende ich ihr meine Aufmerksamkeit zu.

Mein erster Instinkt ist, ihr die Kleider vom Leib zu reißen und sie vorn über zu beugen. Ich bin immer noch wütend darüber, dass Ragnar und Crius sie gefickt haben, als ihre Hitze zuschlug. Mein Schwanz ist hart geblieben, seit ich ihren zutiefst süßen Geruch eingesogen habe, der mich an reife Erdbeeren erinnert. Ich will sie verschlingen, sie von oben bis unten ablecken und ihre Muschi mit meinem Schwanz dehnen.

Ein Lächeln umspielt ihre Lippen, als ich mich ihr nähere. Mein perfektes kleines Wolfsmädchen entfacht ein Feuer in mir, und ich bezweifle, dass sie eine Ahnung davon hat.

"Hau ab", schreit Crius und kommt wie ein Sturm auf mich zu. Er springt auf meinen Rücken, und verdammt, er ist schwer.

"Scheiße, Mann." Ich stolpere wegen seines Schwungs, während er versucht, einen Arm um meinen Hals zu legen. Ich ringe mit ihm, lache halb, weil ich ihn sowas von erwischen werde, aber dann rutschen mir die Füße weg. Wir fallen nach vorne, und Crius schreit wie ein Mädchen. Ich treffe auf den Fluss, und das eiskalte Wasser verschluckt mich augenblicklich.

Ich stoße Crius von mir und drücke mich nach oben. Als mein Kopf die Oberfläche durchbricht, sauge ich Luft ein und schüttle mir das Wasser aus dem Gesicht. Crius springt mit einer dramatischen Show aus dem Wasser. Der Typ will immer im Mittelpunkt stehen, und so sehr es mich auch ärgert, dass ich in den Fluss geschubst wurde, lache ich über seine Theatralik.

"Ihr zwei seid die tollpatschigsten Kerle, die ich je gesehen habe", sagt Narah vom Ufer des Flusses aus, die Hände in die Hüften gestemmt und grinsend.

Sie ist eine Göttin, und ich kann nicht aufhören, ihre Schönheit anzustarren, diese bernsteinfarbenen Augen, die uns studieren.

"Da bin ich anderer Meinung", murmle ich. "Es ist dieser fette Arsch da drüben, der uns ins Wasser geschubst hat."

"Du musstest das Blut der Untoten von dir abwaschen, also was soll's?" Crius gleitet auf seinem Bauch zu Narah. "Jetzt bist du dran, meine Schöne."

Ihre Augen weiten sich, und sie macht einen Rückzieher. "Das glaube ich nicht. Außerdem sind wir hier draußen leichte Beute, vor allem bei dem Lärm, den ihr zwei macht."

"Ich schlage dir einen Deal vor. Komm ins Wasser, und wir bleiben still."

Sie zieht eine Augenbraue hoch, überrascht über seinen Vorschlag. Ich bezweifle, dass sie irgendetwas überraschen sollte, wenn es um Crius geht.

"Noch besser wäre es, wenn ihr beide aus dem Wasser rauskommt. Wir müssen uns beeilen." In ihrer Stimme liegt ein düsterer Ton, und natürlich hat sie recht. Unsere Pause diente lediglich dazu, einige Kreaturen zu beseitigen, die uns im Weg standen.

Ich schleppe mich aus dem Wasser, meine Kleidung tropft und liegt schwer an meinem Körper, und ich stöhne auf, während Crius wieder unter Wasser taucht. Ich ziehe mich aus, schäle mich aus meinem nassen Hemd, um nicht aufgehalten zu werden, falls wir wieder angegriffen werden. Ich schiebe die Dreadlocks von meinem Irokesen über die Schulter und wringe das Wasser aus. Meine Stiefel sind ebenfalls mit Flusswasser gefüllt, aber ich kann damit leben, dass sie nass sind. Als ich meine Hose fallen lasse und aus ihr heraussteige, hebe ich den Kopf.

Narah steht ein paar Meter von mir entfernt und mustert mich von oben bis unten, ihr Mund steht leicht offen. In ihrem Blick liegt Lust, und ihre Brustwarzen werden hart und drücken gegen den Stoff ihrer Kleidung.

Mein Schwanz zuckt, ist dick und wird härter. Das kommt davon, dass ich den ganzen Tag nur Sex im Kopf habe. Meine Reaktion auf Narah ist so ehrlich, wie man es sich nur wünschen kann, und ich bin stolz, ihr zu zeigen, welche Wirkung sie auf mich hat.

"Nun", murmelt sie, während ihre Wangen heiß werden. "Du bist so groß. Soll kaltes Wasser nicht dazu führen, dass du" - sie kneift ihre Finger zusammen - "schrumpfst?"

"Ich kann nicht für andere Männer sprechen, aber ich habe kein Schrumpfproblem."

Sie schluckt laut und wendet sich schüchtern ab.

Mein Herz klopft, während noch mehr Blut in meinen Schwanz strömt. Ich lache über ihre Reaktion und versuche mein Bestes, die geile Seite in mir zu unterdrücken, die unbedingt rauswill. Ich bin so verdammt erregt, und dass ich nackt bin, macht die Sache nicht besser.

Crius plätschert hinter mir, also nehme ich an, dass er unser Gespräch nicht mitbekommen hat, sonst wäre er in Sekundenschnelle hier, mit dem Schwanz in der Hand, und würde nach einem Größenvergleich fragen. Wäre ja nicht das erste Mal.

Ich schnappe mir meine Kleidung vom Boden und gehe zu dem Seesack hinüber, und Narah folgt mir. Ihre Wangen erröten noch mehr und sie knabbert an ihrem Mundwinkel. Der Duft ihrer Muschi weht in der Brise und erfüllt meine Nase - köstlich, lecker und verführerisch. Mein Kopf schreit, ich soll weggehen, mich daran erinnern, wo wir sind, aber mein Körper weigert sich, darauf zu hören. Wenn es um mein wunderschönes Wolfsmädchen geht, bin ich völlig nutzlos. Ich sehne mich danach, zu hören, wie sie vor Vergnügen keucht und hechelt, während ich sie zum Orgasmus bringe.

Mein steifer Schwanz macht die Situation nicht einfacher.

"Bitte verurteile mich nicht", sagt sie leise und geht ein paar Schritte auf mich zu. "Ich spüre immer noch das Feuer in meinem Körper, und ich brenne. In dem Moment, als ich dich und Crius kämpfen sah, konnte ich an nichts anderes mehr denken als ans Ficken."

Mein Schwanz zuckt, und ich strecke die Hand nach ihr aus.

"Wird deine Hitze wieder stärker?" Was ich von

Omegas weiß, ist, dass die Brunst, wenn sie einmal begonnen hat, so lange anhält, bis sie ihren Höhepunkt erreicht, was bei manchen Omegas Tage, bei anderen Wochen dauern kann. Der unstillbare Hunger, gefickt zu werden, kommt in Wellen und trifft sie aus heiterem Himmel, und außerhalb dieser Episoden sehnen sie sich ständig nach Sex. Die kleinste Sache kann es auslösen.

Mit der Lust, die hinter ihren Augen schwimmt, hat meine Nacktheit ihren bereits erregten Zustand noch verstärkt.

"Es ist nicht mehr so intensiv wie vorher, aber es geht mir nicht mehr aus dem Kopf."

"Was brauchst du?" Ich ziehe sie näher an mich heran, unterdrücke ein Stöhnen und denke an all die Dinge, die ich mit ihr machen möchte, wenn sie mir die Erlaubnis gibt. "Ich bin für dich da."

"Ich will deinen Schwanz lutschen."

Meine Eier kribbeln vor explosivem Verlangen, und in meinem Kopf dreht sich alles. Ich kann gar nicht schnell genug "Ja" sagen.

"Natürlich .... ja ... bitte."

Lachend fällt sie auf die Knie. "Ich hatte gehofft, dass du das sagen würdest."

Ich könnte gerade in den Himmel gekommen sein. Das waren die letzten Worte, die ich von ihr zu hören erwartete.

Ein Stöhnen entringt sich ihrer Kehle, als sie ihre

schmalen Finger um meinen Schaft schlingt und ihn ein paar Mal streichelt.

Ich grunze zustimmend und stähle mich, denn es gibt nichts, woran ich mich anlehnen kann. Sie sieht mit verletzlichen Augen zu mir auf und blinzelt mir neckisch zu. Dann drückt sie die Spitze meines geschwollenen Schwanzes mit einem Tropfen Sperma an ihren Mund. Langsam schiebt sie ihn an ihren rubinroten Lippen vorbei und schlingt sie um meine Härte, dann leckt sie die Unterseite, während sie mich tiefer hineinzieht.

Verdammt ... Ich komme fast, wenn ich mir vorstelle, wie sie mich verschluckt. Wo hat sie diesen Zungentrick gelernt?

Ich werde hellhörig, als das Wasser hinter mir plätschert, und ich weiß, dass Crius rauskommt. Er hat zweifellos herausgefunden, was hier vor sich geht, aber das ist mir egal, denn mein Mädchen bläst mir einen. Das schmatzende Geräusch, wenn sie hin und her wippt, lässt mich knurren, während sie stöhnt und sich scheinbar prächtig amüsiert.

"Verdammte Scheiße", knurrt Crius. Als er, immer noch in seinen tropfenden Klamotten, in mein Blickfeld tritt, grinst er wie der dreckige Hund, der er ist. "Wie konnte ich mir das entgehen lassen?"

"Du warst schon dran", knurre ich, als die Spitze meines Schwanzes hinten in ihrer Kehle auftrifft und sie versucht, mich ganz in ihren Mund zu bekommen. Ich bin kein kleiner Kerl, und dass sie schon so viel reinbekommt, ist eine Leistung für sich.

"Verdammt sexy." Crius steht da und glotzt.

"Verpiss dich", knurre ich.

Er grinst, dann geht er ein paar Schritte weg und schnappt sich den Seesack.

Die Augen wieder auf mein Mädchen gerichtet, zucke ich mit den Hüften und halte mich an ihrem Hinterkopf fest, während sie mich schneller bearbeitet. Es ist faszinierend, ihr dabei zuzusehen, wie sie mich ganz in sich aufnimmt, selbst wenn sie Tränen in den Augen hat. Es ist das Schärfste, was ich in meinem Leben gesehen habe, und jagt mir erregte Schauer über den Rücken.

"Genau so, lutsch meinen Schwanz. Mach weiter", knurre ich, meine Stimme ist rau und stotternd.

Sie starrt zu mir hoch, ihre Augen brennen sich in mich hinein. Meine Eier ziehen sich zusammen, als der Schmerz zunimmt, dann verliere ich ihn.

Ich knurre, stöhne, bocke und atme schnell ein. Ich bin tief in ihrem Mund, als sie mich schluckt und die Fäden des Spermas schluckt, mit denen ich sie überflute. Mein Schwanz pulsiert zwar, aber er verknotet sich nicht. Scheiße sei Dank, irgendetwas in der Muschi einer Omega löst unsere Knoten aus. Ich liebe Blowjobs zu sehr, um darauf zu verzichten.

Ihre Augen weiten sich, als sie mich melkt, aber

sie versucht nicht, sich zurückzuziehen. Mein Körper krampft und ich bin kurz davor, den Verstand zu verlieren, als ich mich in ihr entleere.

Ich gleite aus ihrem Mund, und sie bleibt vor mir knien und wischt sich die Mundwinkel ab, als hätte sie gerade die beste Mahlzeit ihres Lebens gegessen. Ihr Lächeln ist alles und bestätigt, dass sie es genossen hat. Ich knie mich vor ihr hin und streiche ihr das Haar aus dem Gesicht.

"Das war wunderschön, ein Geschenk, das ich nie vergessen werde."

"Ich liebe es, wie du schmeckst." Sie atmet schnell und laut, während sie sich über die Lippen leckt. "Ich kann nicht erklären, warum ich das brauchte, aber ich fühle mich besser, entspannter."

Ich schließe sie in meine Arme und küsse ihr ganzes Gesicht. Ich atme in ihr Haar und bete ihren Duft an. Meine Hände fallen auf ihre schmale Taille und halten sie fest.

"Wenn man läufig wird, können die kleinsten Dinge einen in einen Zustand der Erregung versetzen. Ich hätte es besser wissen müssen, als mich vor dir auszuziehen."

"Du bist unwiderstehlich, sogar in Kleidern." Ihr schiefes Lächeln lässt mich sie noch mehr bewundern. Sie fährt mit den Fingerspitzen über die Linien meiner Tätowierungen und um meine Brust und meinen Bizeps herum, ihre Berührung ist federleicht.

Ist es möglich, in jemanden so vernarrt zu sein, dass man nicht weiß, ob man noch atmen kann, wenn man ihn verliert? Oder empfinde ich so viel mehr für sie?

"Woher weißt du so viel über Omegas, während ich nichts weiß? Warst du mit läufigen Omegas zusammen?"

Sie starrt mich verzweifelt an, und ich erinnere mich an die Familie, bei der ich aufgewachsen bin und die mich dann im Austausch für seine Schwester an Ragnars Familie gegeben hat. Ich wühle mich durch die Vergangenheit, nur um an eine Familie erinnert zu werden, die mich nie geliebt hat, sondern mich als Instrument sah, um ihr Territorium zu beherrschen.

"Als ich jünger war, wurde die zweite Frau meines Vaters läufig, und es herrschte Chaos. Zuerst konnte ihr jeder widerstehen, aber ihr Brunstzyklus zog sich über mehrere Wochen hin, und egal wie sehr mein Vater sie befriedigte, ihr Duft machte die anderen Alphas im Haus immer noch verrückt. Sie konnte ihren Hunger nicht stillen, und als mein Vater sie mit zwei von seinen Wächtern fand, drehte er durch." Ich erwähne den Teil nicht, indem ihn die Wut verzehrte und er alle drei auf der Stelle abschlachtete.

Narah blinzelt mich an. "Ich werde also ständig Lust haben ... wie lange?"

"Normalerweise bereitet sich der Körper einer Omega auf die Fortpflanzung vor, wenn sie läufig wird."

"Scheiße." Ihre Augen werden groß, und sie gibt einen erstickten, keuchenden Laut von sich. "Aber ich will nicht ..."

"Ich weiß nicht, wie deine Hitze funktioniert, da sie durch Magie ausgelöst wurde oder ob Lyra eine falsche Hitze erzeugt hat. Im Moment können wir nur versuchen, sie zu finden und sie dazu zu bringen, den Zauber zu entfernen."

"Ich hoffe, du hast recht." Ihr Blick begegnet meinem, und dahinter steckt Angst. "Meine Mutter sagte, dass Halbwölfe wie ich nicht läufig werden dürfen, weil die Fortpflanzung ... Ich bin nicht bereit dafür. Sieh nur, wie schrecklich ich mich um meine beiden Schwestern gekümmert habe." Sie atmet schwerer, mit einem gequälten Blick in den Augen.

Ich ziehe sie in meine Arme und küsse ihre Stirn, während sie sich an mich schmiegt. "Wir kriegen das wieder hin. Das verspreche ich dir. Bis dahin bleibst du immer in der Nähe von einem von uns."

Wenn ich ihr die Sorgen nehmen könnte, würde ich es sofort tun.

Ein Schatten fällt über uns. Crius isst einen

Apfel, das Schmatzen reißt mich aus meinen Gedanken.

"Ich konnte nicht umhin, euch zu belauschen. Willst du damit sagen, dass unser nackter Anblick dich unserem Charme gegenüber unwiderstehlich macht? Interessant." Sein böses Grinsen verzieht seinen Mund, und ich verdrehe die Augen, weil ich genau weiß, was er denkt.

"Behalte ihn in der Hose. Es geht darum, was Narah braucht, und nicht darum, dass wir es herausfordern", knurre ich und fordere ihn mit gefletschten Zähnen auf, sich zurückzuhalten.

"Sagt der Kerl, der ihr praktisch seinen Schwanz ins Gesicht gewedelt hat."

Ich gebe ihm meinen besten Gesichtsausdruck, den er jedoch ignoriert.

Er zieht einen weiteren Apfel aus seiner Tasche und reicht ihn Narah mit einem Lächeln. "Etwas zur Erfrischung für deinen Mund, meine Schöne." Dann sieht er mich mit etwas Dunklem hinter seinen Augen an. Seine Haltung verändert sich, er versteift sich, die Schultern werden kantiger, und mein Magen krampft sich zusammen, als ob etwas Schlimmes passiert wäre.

"Wir müssen los", weist er an. "Am Ende des Feldes bewegt sich eine größere Gruppe von Zombies. Wir können ihnen ausweichen, wenn wir uns jetzt auf den Weg machen."

Das Hochgefühl in meinem Körper schwindet, und mit einem Wimpernschlag steigt Panik in mir auf. In Sekundenschnelle bin ich auf den Beinen und hebe Narah mit mir hoch. Ich ziehe mich schnell um, packe unsere nassen Klamotten ein, und schon sind wir wieder unterwegs.

Für den Rest des Tages kann ich nur noch an Narah denken. Mein Schwanz zuckt jedes Mal, wenn ich ihren Mund ansehe und mir vorstelle, wie er sich um meinen Schwanz legt. Ich habe keine Ahnung, wie ich die Nacht überstehen soll.

Brünstige Omegas beeinflussen Alphas mit ihren Pheromonen. Wir verwandeln uns in ausgehungerte, geile Bastarde, und je länger wir in dieser Phase bei ihr bleiben, desto mehr verlieren wir uns in unseren ursprünglichsten Bedürfnissen. Normalerweise wäre das kein Problem, aber in unserer jetzigen Situation und unserer Konzentration auf Narah könnten wir zu leichten Zielscheiben für jeden werden, der uns töten will.

Wir haben eine Reihe von Kandidaten gewonnen, die diese Rolle ausfüllen wollen.

VIER

"Noch eine Nacht, dann sind wir bei Narah", murmelt Ragnar leise und sieht mich an, obwohl ich mich frage, ob er das eher zu seinem eigenen Vorteil sagt als zu meinem.

Narah ist eine Versuchung für uns, seit wir zugestimmt haben, ihr mit ihren Schwestern zu helfen. Wir alle starren sie an wie hungrige Wölfe und bleiben in den Schatten, wo Ragnar uns zu bleiben befohlen hat, bis das Verlangen zu groß wird.

Sie sollte tabu sein, nur ein Geschäft - nicht mehr. Man sieht ja, wie gut das funktioniert hat. Jeder von uns ist über seine eigenen Füße gestolpert, um sie zu seinem Eigentum zu machen, um seinen Schwanz in sie zu stecken, einschließlich Ragnar.

Jetzt hat sie sich uns angeschlossen, um den

wilden Sektor zu übernehmen, und wir haben alles getan, um sie zu beschützen. Deshalb bin ich kurz davor, aus meiner Haut zu hüpfen, um aus dieser Stadt zu verschwinden und die anderen einzuholen.

Überall lauern Gefahren.

Stattdessen spielen wir Spielchen mit Mihai. Ich habe Ragnar gesagt, ein Wort von ihm, und ich würde den Alpha exekutieren, und dann erheben wir Anspruch auf sein Rudel. Ich warte immer noch darauf, dass er das Kommando gibt, mein Wolf ist begierig, bereit, dieses Arschloch zu eliminieren, das uns wie Fußabtreter behandelt.

Der Wind pfeift mir um die Ohren, und vor uns ist ein riesiges Feuer in der Mitte der Stadt zu sehen. Es wärmt mich, selbst bis dahin, wo wir am Rand der Menschenmenge stehen. Die Meute hat sich eingefunden, um Lyssa die letzte Ehre zu erweisen. Mihai beendet seine Trauerrede und beginnt dann zu singen. Alle um uns herum stimmen in die traurige, langsame Ballade ein, die von Trauer spricht.

Meine Brust zieht sich zusammen, wenn ich den Schmerz in ihren Stimmen höre, eine der ihren zu verlieren. Ich mache mir auch Gedanken darüber, was ich tun würde, wenn wir Narah verlieren würden, weil wir mit dem Bane-Wolfsrudel zusammen waren, anstatt mit ihr. Ich bringe meine Gedanken zum Schweigen, bevor ich ausflippe, denn ich bin fest entschlossen, so etwas nicht geschehen zu lassen, wenn ich es verhindern kann.

Durch die Menschenmenge hindurch beobachte ich, wie mehrere Männer Lyssas eingewickelten Körper ins Feuer schieben, und es dauert nicht lange, bis die Flammen sie verschlingen. Ich danke der Mondgöttin, dass der Wind die Glut des Feuers nicht in unsere Richtung bläst.

Je länger wir dort stehen, desto heftiger pocht mein Puls durch meine Adern, endlich zu Narah zu laufen. Die ganze Situation ist verdammt nervig. Eine Stunde später gehen alle in die Kantine, um etwas zu trinken. Mihai ist nirgends zu sehen.

Ich beiße die Zähne zusammen. "Wo zum Teufel ist er hin?"

"Wir spüren ihn auf und bringen es hinter uns", knurrt er, während sich Schatten in seinen Augen bilden.

Apropos Arschlöcher: Zwei Wachen marschieren auf uns zu, und auf ihren Gesichtern zeichnet sich Feindseligkeit ab. Der Dunkelhaarige bleibt vor Ragnar stehen.

"Ich bringe dich zu Mihai. Seine Gäste sind eingetroffen."

"Wurde auch Zeit", brumme ich und mache einen Schritt auf meinen Alpha zu, als das andere Arschloch, ein großer, schlaksiger Arsch, eine Hand ausstreckt und sie mir praktisch auf die Brust schlägt.

"Du nicht", bellt er. "Nur Ragnar."

Wut flammt in mir auf und ich reagiere, bevor ich nachdenken kann. Ich packe seine Hand und drehe sie, bis ich das befriedigende Knacken von Knochen höre. Er schreit auf, und ich schlage ihm meine Faust ins Gesicht, damit er die Klappe hält. Blut spritzt aus seiner Nase, und er stolpert rückwärts und stolpert über ein Loch im Boden.

Ich drehe mich um und wende mich seinem Freund zu. "Niemand fasst mich an, und ich lasse Ragnar nicht allein." Der dunkelhaarige Mann mustert mich eine ganze Weile und nickt dann. Kluger Mann.

Wir ziehen wieder weiter und lassen seinen Freund wimmernd zurück.

Ragnar sagt kein Wort, und ich weiß, dass er heute Abend genauso nervös ist wie ich.

Wir betreten eine große Hütte und befinden uns in einem Gang, der sich in zwei Richtungen erstreckt. Flammende Fackeln in Metallhalterungen an den Wänden werfen Schatten auf die Steinstruktur.

"Hier entlang", sagt der Wachmann.

Wir marschieren hinter ihm her in einen Raum mit einem runden Tisch und Stühlen. Gekreuzte Schwerter und Wandteppiche schmücken die

Wände, und in einem riesigen mittelalterlichen Kronleuchter flackern Kerzen.

Mihai ist auf den Beinen, ebenso wie drei kräftige Männer in Pelzmänteln. Ragnar geht nach vorne, um sich vorzustellen, und ich weiche zurück und stoße mit den Absätzen an die Wand neben dem Eingang. Ich war oft genug auf solchen Veranstaltungen, um zu wissen, wie es läuft. Zurückhalten und versuchen, nicht einzuschlafen.

Ihr Gespräch wiederholt frühere Begegnungen mit anderen Rudeln, wobei sie Ragnar mit Fragen über Dänemark löchern und darüber, wie sie auch mit seinem Familienrudel ein Bündnis eingehen können. Das muss ich Ragnar lassen. Der Mann versteht es, die Leute dazu zu bringen, das zu glauben, was er will, und gleichzeitig die Möglichkeit anzudeuten, ihnen zu geben, was sie wollen.

Nach einer Stunde werden Biere gebracht, während sie von großen Schlachten erzählen, die ihr Rudel gewonnen hat. Ich beschließe, mich zu verziehen, hauptsächlich um zu pinkeln und mich zu strecken.

Ich gehe in die Büsche hinter der Hütte und lasse meine riesige Schlange los, um zu pinkeln. Scheiße, das fühlt sich gut an. Ich habe es schon zu lange zurückgehalten. Ich entleere mich und verstaue meinen Schwanz. Als ich Geflüster höre, erstarre ich und drehe mich um, um zu sehen, wer da spricht. Ich bleibe in den Schatten verborgen und bewege mich nicht, um meine Position nicht zu verraten. Zwei Gestalten stehen hinter dem großen Haus, und ich werde hellhörig, will ihr Gespräch belauschen.

"Warum zum Teufel hast du es Mihai nicht gesagt?"

"Sprich verdammt noch mal leise", knurrt der zweite Typ. "Hast du gesehen, was für eine miese Laune er hat? Ich mache es nach seinem Treffen."

Schweigen.

Ich rolle mit den Augen über die beiden Dummköpfe.

"Das ist ein Fehler. Er wird an die Decke gehen, weil du es ihm nicht früher gesagt hast. Er wird wissen wollen, dass du die Schlampe gesehen hast, die Lyssa getötet hat."

So ein Mist! Ein Schauer läuft mir über den Rücken. Jemand hat gesehen, wie Narahs Schwester Lyssa getötet hat. Sie werden niemals glauben, dass das Mädchen besessen war, als sie die Tochter des Alphas angriff. In meinem Kopf pocht die Angst. Das könnte alles zerstören, wofür wir gearbeitet haben. Sie könnten sich gegen Narah und ihre Schwestern wenden und das ganze Rudel würde hinter ihnen her sein.

Scheiße. Verflucht. Ihr Hurensöhne.

Ich balle die Fäuste, atme scharf ein und stürze mich aus dem Wald direkt auf die bald toten Arschlöcher. Als ich den ersten Schwanz im Nacken packe, schreit er auf und erschrickt über mein plötzliches Auftauchen. Es gibt keine Pause, als ich die Klinge aus meinem Gürtel ziehe und ihm mit einem schnellen Hieb mit meinem Messer die Kehle durchschneide.

Der andere Kerl schreit und rennt weg, und ich gerate in Panik. Ich werfe das erste Arschloch auf den Boden und stürme seinem Freund hinterher. Mein Herz klopft, und meine Gedanken kreisen nur um einen Gedanken: den Wichser aufhalten, bevor uns jemand sieht. Dringlichkeit blutet in meine Adern und ich stampfe auf den Boden, als er die Tür erreicht.

"Nein, das tust du nicht." Ich schleudere meine Klinge auf ihn, das Messer wirbelt durch die Luft. Es knallt in seinen Rücken und bohrt sich mit der Wucht meines Wurfes in sein Fleisch. Seine Knie knicken ein, und er fällt mit dem Gesicht voran auf den Boden vor der geschlossenen Tür.

Verdammt, das war knapp!

Wie ein Wahnsinniger packe ich ihn an den Knöcheln und ziehe ihn schnell hinter die Hütte. Ein schneller Scan bestätigt, dass niemand etwas gesehen hat, doch mein Puls pocht in meinem Kopf. In Windeseile ziehe ich die beiden in den Wald und erreiche den Rand einer kleinen Klippe. Die Dunkelheit stiehlt die Sicht nach unten, aber wen kümmert das schon? Solange diese Arschlöcher versteckt sind.

Der Mann, dem in den Rücken gestochen wurde, stöhnt immer noch. Ich ziehe meine Klinge heraus, lege eine Hand auf seinen Mund, um seine Schreie zu unterdrücken, und hocke mich an seine Seite.

"Die Sache ist die, Arschloch. Ich kann dich retten, aber zuerst brauche ich etwas von dir. Ich habe gehört, du hast heute Morgen etwas gesehen, was du nicht hättest sehen sollen. Wem hast du noch davon erzählt?" Es wird von Sekunde zu Sekunde schwieriger, meine Stimme ruhig zu halten. Ich nehme meine Hand von seinem Mund.

"N ... niemandem." Er stöhnt wie ein verwundetes Wildschwein.

"Lüge mich nicht an. Hast du es deiner Familie erzählt? Deiner Frau vielleicht?"

Sein Gesicht verzieht sich vor Schmerz, während Blut aus seinem Mundwinkel tropft. Sieht aus, als hätte ich mit meiner Klinge etwas lebendwichtiges durchbohrt. Pech für ihn.

"Ich bin nicht gefährlich", stöhnt er und hustet Blut. "Ich habe es niemandem gesagt."

Die Zeitverschwendung macht mich wütend, also erlöse ich ihn mit meiner Klinge in seiner Kehle von seinem Elend. Dann durchtrenne ich die Nerven an den Hinterköpfen der Männer und stoße sie mit meinem Fuß über die Klippe. Der dumpfe Aufprall ist alles, was ich hören muss.

Ich säubere meine Klinge im Gras, verstaue sie und wische mir mit dem Gras das Blut von den Händen. Um sicherzugehen, dass ich nicht blutverschmiert bin, fahre ich mir sicherheitshalber mit dem Unterarm über das Gesicht und marschiere dann aus dem Wald.

Ich fühle mich total aufgedreht und stürme um das Gebäude herum, um zu sehen, ob jemand in der Nähe ist und welche Häuser nahe genug sind, dass deren Bewohner etwas gesehen haben könnten. Als ich überzeugt bin, dass ich eine mögliche Katastrophe ausgeschlossen habe, schlendere ich zurück in das Steingebäude und bete, dass das Treffen vorbei ist.

Die Gruppe trinkt Bier und gluckst.

Mit zusammengebissenen Zähnen trete ich an meine Position an der Wand zurück. Ragnar blickt mit einem Blick zu mir herüber, der fragt, ob alles in Ordnung ist.

Ich schüttle den Kopf und hoffe, er versteht, dass wir gehen müssen. Ich kenne diesen Mann schon einen guten Teil meines Lebens, und er kann mich wie ein Buch lesen.

Als er sein Getränk ausgetrunken hat, stellt er es mit einem Knall ab, um die Aufmerksamkeit aller auf sich zu ziehen, steht dann auf und gibt seine lahme

Ausrede zum Besten, dass er früh aufstehen müsse. Endlich lassen wir sie hinter uns, aber wir wechseln kein Wort, bis wir draußen sind.

"Was ist los?", fragt er und holt tief Luft.

"Ein Rudelmitglied hat gesehen, wie Kaira heute Morgen Mihais Tochter getötet hat."

"Verdammt!" Er bleibt stehen und stürzt sich auf mich wie eine giftige Viper.

"Ich habe mich darum gekümmert. Er hat mit jemand anderem geredet, und beide sind tot und ich habe sie über eine Klippe im hinteren Teil der Stadt geworfen."

In seinen Augen steht Panik, und ich kann es ihm nicht verdenken. "Hast du ihn gefragt, wer noch davon wusste?"

"Er sagte, niemand, aber das bedeutet gar nichts. Ein toter Mann wird alles sagen, um zu überleben. Ich schlage vor, wir verlassen dieses Rudel heute Nacht."

"Scheiße. Okay, hol unsere Sachen und Jae. Ich muss Mihai sagen, dass ich für etwa eine Woche weg bin. Ich kann nicht zulassen, dass das verdammte Wiesel denkt, ich sei abgehauen und hätte alles verraten, wofür ich gearbeitet habe." Er dreht sich auf dem Absatz um und seine Stiefel schlagen mit brutalen Schritten auf dem Boden auf, während er den Weg zurückläuft, den wir gekommen sind.

Ich schaue mich auf dem offenen Gelände um,

das von Häusern umgeben ist und in dessen Mitte ein Feuer lodert. Eine Handvoll Wachen steht in der Nähe des Feuers, redet und scheint mich nicht zu beachten.

Der frühere Schauer läuft mir wieder über die Arme. Unsere perfekt ausgeklügelten Pläne könnten sich komplett in Luft auflösen, wenn der tote Schwanz noch jemandem davon erzählt hat.

FÜNF

Mein Herz pocht in meiner Brust, als meine Hüften nach vorne schnellen und mein Schwanz in die Fotze meines süßen Mädchens eindringt.

Narah ist wunderschön, sie wölbt den Rücken. Ich liebe es, die Geräusche zu hören, die sie macht. Es ist egoistisch, aber ich liebe es, wenn sie läufig ist. Ich bin im Himmel, jeder Zentimeter ihres Duftes durchtränkt mich, und ich will, dass es niemals endet.

Nach einem vollen Reisetag brachte die Nacht die Kälte. Als wir eine kleine Schurkenstadt erreichten, die ein Zimmer zur Miete anbot, beschlossen wir, uns auszuruhen. Niemand stellte Fragen, und wir wurden in Ruhe gelassen. Angesichts der Untoten da draußen und Narahs Hitze hatten wir keine andere Wahl, als für die Nacht einzuchecken.

Sie hält sich an der Lehne der Couch fest, über die sie sich gebeugt hat, ihren süßen Hintern in der Luft, die Beine gespreizt. Meine Eier ziehen sich zusammen und schwirren, als ich nach unten schaue und beobachte, wie mein riesiger Schwanz die rosa Lippen spreizt, während ich tiefer eindringe. Mein Mädchen tropft, was das Hinein- und Herausgleiten erleichtert. Während ihr Körper durch die Welle geht, brennt ihr Inneres, und ich spüre es bei jedem Stoß an meinem Schwanz.

Schneller. Schneller gegen ihre Muschi.

"Du bist verdammt nochmal alles für mich", rufe ich, während ich meine gesamte Länge in ihr Loch stoße.

Ich werfe einen Blick nach rechts, wo Nikos auf einem Stuhl sitzt und mir den Todesblick zuwirft, und grinse. Der Bastard windet sich gegen das dicke Seil, mit dem ich ihn an den Stuhl gefesselt habe - seine Arme sind hinter ihm gefesselt, seine Knöchel sind gefesselt, sein Mund ist geknebelt. Ich will seine schmutzigen Worte nicht hören, während ich mein Mädchen genieße.

Lachen ist viel schwieriger, wenn man tief in der Muschi steckt und in einen Zustand des Nirwanas gepresst wird.

"Sieh mich nicht so an", sage ich zu ihm. "Sie ist

läufig geworden, und das hast du verdient, nachdem du dir einen blasen lassen hast und mich hängengelassen hast. Ich tue dir einen Gefallen und gebe dir einen Sitz in der ersten Reihe bei der Show."

Schnurrend blickt Narah über ihre Schulter zu mir, ihre Wangen sind errötet, der Schweiß sammelt sich auf ihrer Stirn. Die Lust trübt ihre Augen und ich weiß, dass sie sich nur schwer auf etwas anderes konzentrieren kann als auf das Vergnügen, das sie verschlingt.

"Ich werde mir Zeit nehmen, Narah, und dir genau das geben, was du brauchst."

Nikos strampelt, der Stuhl springt, aber ich habe keine Zeit für ihn, nicht wenn ich Narah ficke. Sie wackelt mit ihrem Hintern und verlangt nach mehr.

"Sag mir, dass es das ist, was du willst. Schrei es heraus."

"Hör nicht auf", stöhnt sie. "Fester."

Ich greife nach vorne, schlinge meine Hand um ihr Haar, mache eine Faust und ziehe ihren Kopf sanft zurück.

"Ich werde dir alles geben, mein gieriges Mädchen." Ich nehme sie heftig, so wie es meine Schönheit verlangt. Meine Sicht verschwimmt, während ich mich austobe. Wir schaukeln so heftig, dass die Couch bei unserem Fick hin und her rutscht.

Als sie mich ansieht, maunzt sie, und ihr Körper zuckt leicht. Sie ist nah dran, und mein Schwanz stößt fest zu, das Ende schwillt bereits zu einem Knoten an.

Ich will, dass sie mit mir explodiert und wir beide schreien. Ich bin so verdammt nah dran. Ich reibe ihre Klitoris mit meinem Finger, dann kneife ich sie. Sie zittert unter mir, spannt sich plötzlich an und zuckt zusammen. Ihre Schreie sind wunderschön, während ihre Fotze meinen Schwanz zusammenpresst. Während ich wachse und sie sich zusammenzieht, ist der Druck unerträglich, köstlich.

"Mehr", knurre ich und stimme in ihre Melodie ein, als ich platze und mein Sperma in sie spritzt. Eine Hand liegt auf ihrem Arsch, die andere verheddert sich in ihren Haaren, während ich Welle um Welle meines Samens in sie spritzte.

Narah macht die köstlichsten Geräusche, fast wie Vogelgezwitscher, während sie über die Klippe fällt.

In ihr zu kommen und sie zu fluten ist intensiv, und mein Atem geht schnell. Ich könnte nicht aufhören, selbst wenn ich es versuchte. Sie ist meine Sucht.

Nach kurzer Zeit beruhige ich mich, und sie keucht unter mir. Der schwere Nebel ihrer Hitze hat sich gelichtet, und die Luft im Raum ist sexgeschwängert. Ich lasse ihr Haar los und fahre mit der Hand über ihre Wirbelsäule, ihre Haut ist weich und zart. Ich schlinge meine Arme um ihre Mitte und hebe sie hoch.

"Wie geht es dir, mein kleiner Vogel?", frage ich, während sie sich an mich lehnt.

"Ich bin immer noch ganz aufgedreht." Sie kichert, klingt leicht betrunken, und das bringt mich zum Grinsen. "Ich hatte keine Ahnung, dass ein Orgasmus während der Läufigkeit so gut sein kann. Alles fühlt sich hundertmal empfindlicher an, viel intensiver."

"Du warst unglaublich", gurre ich, verloren in dem Gefühl, wie weich sie sich gegen mich drückt. "Ich kann mich so leicht an dich verlieren." Ich umarme sie und weiß, dass sie bis zum Ende der Zeit, bis zu meinem letzten Atemzug, mir gehört.

"Wir werden es langsam angehen", flüstere ich ihr zu, lasse mir Zeit und spüre bereits, wie schlaff ihr Körper vor Erschöpfung ist. Während ich immer noch in ihrer Muschi stecke, nehme ich ihr Gewicht, drücke ihren Rücken an meine Brust, ihren Hintern an meinen Unterleib und drehe mich um.

Nikos starrt uns mit großen Augen an. Ich habe ihn vergessen. Mein Fehler.

"Ich schätze, du kannst jetzt gehen", sage ich und trage Narah mit mir in ihr an ihm vorbei. Sie hat ihren Kopf an meine Schulter gelehnt. Ich ziehe an dem Knoten an der Rückseite des Stuhls, den ich zum leichten Lösen geknüpft hatte. Er kann seine Knöchel und den Knebel lösen.

Am Bett angekommen, liegt Narah schwach in meinen Armen, mein verknoteter Schwanz steckt in ihr, und sie atmet schwer.

"Ich bin so müde", flüstert sie.

"Ich halte dich fest, meine Schöne. Du bist in Sicherheit."

"Es ist fast so, als würde ich schweben", sagt sie mit leiser Stimme, die bereits in den Schlaf abdriftet.

Nikos ist auf den Beinen, knurrt wie ein verdammter Bär, reißt sich den Knebel vom Mund und wendet sich dem Bett in der hinteren Ecke des großen Raumes zu.

"Das war eine blöde Aktion", schimpft er mit tiefer Stimme. "Eine verdammt gute Show, aber du bist trotzdem ein Arschloch." Er knackt seinen Hals und schlendert auf uns zu.

Narahs Atmung ist schwer, ihr Körper ist an mich gepresst, und sie ist wie ein Licht ausgegangen.

"Du hast sie erschöpft", sagt er leise, als hätte er Angst, sie zu wecken.

"Wie willst du es haben? Willst du mitmachen oder glotzen? Wie auch immer du dich entscheidest, blase die Kerzen aus."

Ich wende meine Aufmerksamkeit wieder Narah zu. Wie schön sie sich in meinen Armen anfühlt. Ich kann mich nicht erinnern, wann ich das letzte Mal solches Glück in mein Leben gelassen habe.

Ich hätte nie gedacht, dass ich zur Liebe fähig bin, hätte es nie für möglich gehalten. Meine Vergangenheit ist ein schreckliches Chaos, etwas, mit dem ich lange Zeit nicht leben konnte, und das mich gebrochen hat. Etwas, an das ich mich nie erinnern wollte, und es gab nur einen Ausweg.

Wenn ich die einzige Fähigkeit, die ich besitze, im Kampf einsetze, würde ich als Krieger mit einem explosiven Ende enden - etwas, das Ragnar ablehnt. Ich habe es von Anfang an gewusst, aber ich bin trotzdem mit ihm auf diese Mission gegangen. Vielleicht wollte ein Teil von mir verzweifelt seine Hilfe ... Ich weiß es nicht, verdammt.

Und jetzt sieh mich an. Ich bin verliebt und absolut bereit, mein Herz zu verschenken. Verdammt, ich bin immer noch kaputt, aber die rauen Kanten fühlen sich nicht mehr so scharf an. Ich erkenne mich selbst nicht wieder.

"Ich glaube, ich bin dabei, mich in dich zu verlieben", rutscht es mir über die Lippen und schwebt zu Narah.

Narah

Als ich von dem leisen Gemurmel der Worte erwache, öffne ich ein Auge, ohne mich zu bewegen oder gar aufzustehen.

Die Stimmen werden lauter, und ich bin neugierig, also öffne ich das andere Auge. Crius und Nikos stehen auf der anderen Seite des Raumes und reden in einem Ton, den sie wohl für ein leises Flüstern halten. Aber bei all dem Knurren klingt es eher wie zwei Hunde, die gleich einen Kampf beginnen werden.

Natürlich spiele ich mit dem Gedanken, dass wir von Zombies gefangen werden, dass Lyra uns findet oder ein Dutzend anderer Szenarien. Ich scheine jetzt genug Feinde zu haben, dass meine Angst gerechtfertigt ist.

"Sind wir in Gefahr?", krächze ich und die Bettfedern quietschen, als ich mich aufsetzen will.

Beide Männer drehen sich zu mir um, die Dunkelheit in ihren Gesichtern verblasst und wird durch ein Lächeln ersetzt. Ich blinzle sie an, ohne zu wissen, was los ist.

"Du bist wach, gut", sagt Nikos und stolziert durch den Raum. Er trägt Jeans und ein lockeres Henley-Top und sieht so sexy aus wie immer. Er setzt sich neben mich und schiebt mir lose Haarsträhnen hinters Ohr. "Es besteht keine Gefahr. Wie hast du geschlafen?"

"Wie ein Klotz. Ich wusste gar nicht, wie müde ich war."

"Wir hatten gestern einen anstrengenden Tag, und du hattest zwei Hitzeperioden. Das wird dich schnell erschöpfen."

Meine Wangen brennen bei der Erwähnung der Hitze, selbst nach allem, was ich mit den Jungs gemacht habe. Ich kann nicht erklären, wie intensiv sich die Hitze anfühlt, außer dass mein Körper mich völlig beherrscht und nur diese Männer will - ihre Schwänze - und es erschreckt mich, wie ausgehungert ich bin.

"Es ist einfach so neu für mich. Das Gefühl ist überwältigend."

"Jemand, der so verletzlich und wunderschön ist wie du, sollte sich nicht an einem Ort wie diesem aufhalten, wenn er läufig ist. Letzte Nacht, als du schliefst, konnte ich nicht anders, als zu denken, dass so viel Schönheit und Perfektion an einem dunklen und schmutzigen Ort falsch ist. Wir werden das in Ordnung bringen, du wirst sehen."

Mein Herz klopft heftiger bei seinen süßen Worten. Dieser mächtige Mann, der immer zurückhaltend und grüblerisch war, starrt mich mit einem Feuer in den Augen an - ganz im Gegensatz zu seinem harten, kalten Blick, als wir uns das erste Mal trafen. Er hält seine Emotionen nicht länger unter Verschluss, und er ist mir so ans Herz gewachsen, dass ich es kaum ertragen könnte, ihn zu verlieren.

"Bro, du hast uns beim Schlafen beobachtet? Gruselig", platzt Crius heraus und stiehlt den Moment, als er sich vom anderen Ende des Raums zu uns gesellt.

"Ich habe Narah beobachtet, nicht dich. Niemals dich", wirft er zurück, grinst und entlockt mir ein Kichern.

Sie sind süß, wenn sie scherzen, aber ich bin neugierig, worüber sie geredet haben, als ich aufgewacht bin. Als ich Nikos dabei erwische, wie er mir auf den Mund starrt, setzt mein Herz einen Schlag aus. Ich drücke die Decke fester an meine Brust, nicht weil mir kalt ist, sondern weil ich befürchte, dass die kleinste Kleinigkeit meine Hitze auslösen könnte. Ich liebe all den Sex, aber ein Mädchen kann in so kurzer Zeit nur begrenzt oft Sex verkraften.

Außerdem mache ich mir große Sorgen um Kaira, die besessen ist, und um Jae, die keine Ahnung hat, was vor sich geht, aber mit Stone und Ragnar auf der Flucht ist. Ich kann es kaum erwarten, mit ihr zu sprechen und sie von ihren Sorgen zu befreien, denn ich weiß, dass sie zu Tode erschreckt sein wird.

Crius lässt sich auf das Bett fallen, sodass die Bettfedern wieder knarren. Seine Lippen drücken gegen meine Schulter, so warm, so einladend, während seine Hand um meine nackte Taille gleitet.

"Du bist letzte Nacht schnell eingeschlafen", murmelt er und wiegt mich in den Armen. "Es war wunderschön, aber wir müssen bald los."

Ich nicke und beobachte die Intensität in seinem Gesicht. "Bist du sicher, dass alles in Ordnung ist?"

"Auf jeden Fall", fügt Crius hinzu. "Aber wir sollten bald aufbrechen."

Ich beuge mich vor, umarme die beiden und atme ihre süchtig machenden Düfte ein - Moschus, Kiefer und Wolf. "Ich kann euch beiden nicht genug dafür danken, dass ihr euch um mich kümmert." Mein Magen knurrt, und ich runzle die Stirn und versuche, mich daran zu erinnern, wann ich das letzte Mal etwas gegessen habe.

"Machst du Witze?" Crius zieht sich zurück und kneift sich leicht in den Nasenrücken. "Ich würde gegen eine Armee von Zombies kämpfen, um dich zu beschützen. Für dich würde ich alles tun." Plötzlich steht er auf und dreht sich weg. "Während du dich fertig machst, werde ich uns Frühstück besorgen." Bevor einer von uns reagieren kann, verlässt er den Raum.

Ich brauche eine Sekunde, um zu begreifen, was gerade passiert ist, dann muss ich lachen.

"Er hatte eine Erektion, nicht wahr? Er ist uner-sättlich. Das seid ihr alle."

Nikos gluckst. "Und du auch." Er küsst mich, und ich beuge mich vor, will seine Berührung, seine

Wärme. Vorsichtig zieht er sich von mir zurück, und ich stöhne und flehe ihn an, zurückzukommen.

"Du bist so warm", jammere ich.

"Und du bist eine Verführerin", sagt er mit tiefer, fester Stimme.

Ich halte seine Hand fest, um ihn an meiner Seite zu haben.

"Was ist los?", fragt er, als sei er auf ein unangenehmes Gespräch gefasst.

"Worüber hast du dich vorhin mit Crius gestritten?"

Nikos seufzt, seine Schultern biegen sich nach vorne. "Nichts Wichtiges."

Er will wieder aufstehen, aber ich drücke meine Hand leicht zusammen und halte ihn fest.

"Ich habe ein Recht darauf, zu erfahren, ob ich davon betroffen bin".

"Crius ist besorgt", sagt er und setzt sich vor mich. "Ich mache mir Sorgen, wie wir mit Lyra umgehen werden, wenn wir sie einholen. Keiner von uns will, dass du ihr gegenübertrittst, aber wir haben keine Chance. Crius schlug vor, dass er seine Kraft einsetzen könnte, aber er ist nur ein einziges Mal in der Lage, so eine große Menge Kraft zu nutzen, und das würde ihn wahrscheinlich umbringen. Seine Kraft ist so stark, dass er das eine Mal, als er sie einsetzen wollte, nur knapp überlebt hat."

Ich schnappe nach Luft, und mein Brustkorb

zieht sich zusammen. "Dann kann er sie nicht benutzen."

"Genau darüber haben wir uns gestritten. Er würde alles für dich tun, Narah, aber er muss verstehen, dass wir jetzt ein Team sind, und dass wir das alle überleben müssen." Er presst die Lippen zusammen. "Er betet dich absolut an. Ich habe ihn noch nie so mit jemandem gesehen. Ich habe ihm gesagt, er solle über eine Zukunft mit dir nachdenken, nicht seine für deine aufgeben."

Der Gedanke, dass er so etwas Dummes tun könnte, lässt mich erstarren. "Ich werde mit Crius sprechen." Diesmal muss er nicht den Helden spielen.

Mit ernster Miene lässt mich Nikos' Blick nicht los, wahrscheinlich versucht er, herauszufinden, was ich denke.

"Wir müssen ihn nur gut im Auge behalten." Ich lege meine Arme um Nikos' Hals, umarme ihn und drücke ihn enger an mich. "Danke."

Mein Puls rast, und mein Körper steht unter Strom. Ich weiß nicht, ob ich weinen, oder Nikos anflehen soll, mit mir zu schlafen. Ich bin im Moment so durcheinander.

Große Hände, heiß wie Feuer, fahren über meinen nackten Rücken, während er mich umarmt und festhält. Es kribbelt, und Wärme steigt mir ins Gesicht. Ich blicke zu Nikos auf, zu diesem rauen, tätowierten Wikinger, und mein Herz klopft lauter. Ich fahre mit den Fingern über das Runenmuster auf seiner Schulter.

"Ich werde mich immer um dich kümmern, Narah. Ich werde die Welt zerstören, wenn es dir ein Lächeln ins Gesicht zaubert, aber ich weiß, dass deine Verlockung meine Schwäche ist", sagt er. "Wenn wir dich nicht anziehen, wird selbst ein so starker Mann wie ich zerbrechen."

In meinem Magen brennt es und ich denke an all die unanständigen Dinge, die wir tun könnten. Als sich die Empfindungen verstärken, ziehe ich mich schnell von Nikos zurück.

"Ja, du hast recht. Ich muss mich fertig machen und eine superkalte Dusche nehmen." Ich ziehe mich von Nikos zurück und sein Blick senkt sich auf meine Brüste. Ich klettere aus dem Bett und schlendere ins Bad. Als ich über meine Schulter zu ihm schaue, starrt er auf meinen Hintern.

"Narah, du wirst mich vernichten."

SECHS

Wir sind den größten Teil des Tages nonstop unterwegs gewesen.

Je weiter wir den Bergpfad hinaufgehen, desto mehr Panik steigt in meiner Brust auf. Hohe Kiefern erdrücken den Berg, und Sträucher, umgestürzte Baumstämme und Äste säumen das Gelände. Die Sonne ist bereits hinter dem Kamm des Berges verschwunden, und die Nacht kriecht über die Landschaft. Die wenigen schwachen Fackeln, die den unbefestigten Weg säumen, sind kaum in der Lage, die aufkommende Dunkelheit zu durchbrechen.

Nikos hält meine Hand und zieht mich den steilen Pfad hinauf. Crius übernimmt die Führung. Ragnar, Stone und Jae sollten hinter uns sein, oder vielleicht haben sie uns überholt, als wir für die

Nacht angehalten haben. Ich weiß es nicht, aber ich bete, dass sie in Sicherheit sind.

Schritt für Schritt gehe ich weiter, obwohl mir die Oberschenkel brennen, denn wir sind schon seit Stunden unterwegs, zumindest fühlt es sich so an. Die Muskeln zittern, je weiter wir kommen, und das hat alles mit der Angst zu tun, die sich in meinem Magen verkrampft.

Meine Gedanken geraten außer Kontrolle. Was macht Lyra mit meiner Schwester? Sind sie im Haus meiner Mutter? Was machen sie mit ihr? Sind wir zu spät dran? Was, wenn wir sie nicht aufhalten können?

Ich beiße meinen Kiefer zusammen und muss meine Gedanken unterdrücken, bevor ich ausflippe. Ich darf nicht überdreht sein. Ich muss mich konzentrieren, um meine Magie zu benutzen.

Nikos' große Hand legt sich um meine und drückt sie, als könne er meine Anspannung spüren. Er sieht mich mit einem knappen Lächeln an und fängt meinen Blick auf.

"Sollen wir uns ausruhen?"

Ich schüttle den Kopf. "Lass uns einfach weitergehen."

Als wir schließlich den Gipfel des Berges erreichen, wo sich der Weg in mehrere Richtungen verzweigt, stockt mir der Atem. Jede Richtung verschwindet im Wald, und in der Ferne sind kleine

Lichtkugeln zu sehen, die mir verraten, dass das örtliche Wolfsrudel mit Laternen oder Fackeln unterwegs ist und seinem alltäglichen Leben nachgeht.

Ich weiß nicht mehr, wie sich Normalität anfühlt. Seit ich mit meinen Schwestern vor dem Sturmwolf-Rudel geflohen bin, scheine ich nur noch zu rennen.

Der Wind weht nicht, die Bäume stehen still, und es gibt keine Vogelstimmen. Die Atmosphäre ist angespannt, als wüsste die Nacht, dass in diesen Wäldern etwas nicht stimmt.

Wir befinden uns im Wolfsgebirgsdorf, das größtenteils an einem Berghang liegt. In diesem Gebiet gibt es keinen Alpha, der über alles herrscht. Es ist ein Ort, an dem sich jeder niederlassen kann, unabhängig von seinem Status. Das könnte erklären, warum niemand auf eine verrückte Jagd gegangen ist, als die Leute im Dorf zu verschwinden begannen. All die armen Opfer, die meine Mutter tötete und in ihrem Keller einsperrte, um ihnen die Kraft zu entziehen.

Meine Haut kribbelt, und ich kämpfe gegen den Drang an, vor diesem Ort zurückzuschrecken. Mir geht durch den Kopf, was man mir über den Keller meiner Mutter erzählt hat, in dem die toten Menschen liegen, die sie ausgesaugt hat. Bin ich bereit, das zu sehen? Ich zögere und starre auf Crius, der den Weg vor uns entlang sprintet. Nikos sagt mir, dass wir warten, bis Crius überprüft hat, ob der Weg frei ist.

"Was glaubst du, was Lyra mit dem Körper meiner Mutter will?", flüstere ich.

"Sie will ihre Kraft abziehen, nehme ich an. Deine Mutter hat ihr Blut gemischt mit Magie benutzt, um deinen Vater wiederzubeleben, also könnte es ihr Blut sein, was sie will. Nachdem so viel Zeit vergangen ist, weiß ich allerdings nicht, ob im Körper deiner Mutter noch Magie vorhanden ist."

Ich kaue auf meiner Unterlippe und bin überzeugt, dass Lyra weiß, was sie tut und dass es etwas gibt, das sie von meiner Mutter braucht, um noch mächtiger zu werden, während Crius auf uns zustürmt.

"Der Weg ist frei." Crius winkt uns, ihm zu folgen. Wir lassen den Geruch des kochenden Essens und die Lichter hinter uns, doch es gelingt mir nicht, meine Angst zu überwinden.

Trotz des Waldes, der uns abschirmt, beißt die schärfere Kälte in meine Haut. Ich ziehe die Ärmel über meine Arme und bleibe dicht bei Nikos, der Wärme ausstrahlt, doch nichts wärmt mich.

Als wir schließlich das vertraute Glucksen des Flusses hören, der durch das Grundstück meiner Mutter fließt, werden meine Ohren hellhörig. Ich kann nicht verhindern, dass sich die Erinnerungen an meine Mutter aufdrängen, die unseren Fluch durch Ertränken beseitigte und sich dann von unserer Energie ernährte. So wichtig war ich für sie. Sie tötete meine Männer und mich trotz der geringen Wahrscheinlichkeit, dass wir nicht zurückkommen oder als Zombies zurückkehren würden.

Mit Nikos' Hand auf meinem Rücken erinnere ich mich daran, dass ich jetzt an einem besseren Ort bin, und schiebe die verletzten Gefühle beiseite. Sie werden mir nicht helfen.

Eine Eule ruft durch die Nacht, und ich zucke zusammen.

Nikos blickt lächelnd auf mich herab. "Es ist okay."

"Ich weiß nicht, ob ich das sagen würde." Trotzdem gehen wir weiter und holen bald Crius ein, der etwas weiter vorn stehen geblieben ist.

"Was ist hier los?", fragt Nikos leise.

Wir kommen auf einen offenen, von Bäumen befreiten Hof, wo der Fluss in etwa zwanzig Fuß Entfernung in Sicht kommt. Das Haus meiner Mutter liegt im Schatten wie ein überdimensionaler, geduckter Wolf.

Ich kann mich nicht bewegen - ich will mich nicht bewegen.

Ich starre auf das hölzerne Häuschen. Durch die Fenster gähnt Dunkelheit, und aus dem Schornstein steigt kein Rauch auf. Es ist still ... zu still. Keine Spur von Lyra oder auch nur von den Nachbarn. Mutters Haus ist völlig isoliert, und ich vermute, dass sie genau deshalb diesen Ort gewählt hat.

Mir läuft ein Schauer über den Rücken, als ich auf der anderen Seite des Hofes stehe, wo sie so lange gelebt hat, während meine Schwestern und ich bei den Sturmwölfen festsaßen. Sie hat uns allein und in Gefahr gelassen. Ihre Worte flackern in meinem Kopf auf und bringen mir keinen Trost.

Ich nehme es dir nicht übel, wenn du mir den Tod deines Vaters nicht verzeihst, und dass ich dich und deine Schwestern verlassen habe. Damals habe ich getan, was ich für das Beste für euch drei hielt. Ihr hattet für mich immer Priorität.

Ich kann nicht verhindern, dass das Gefühl des Verrats meine Brust zusammenpresst. Ich halte mir die Hände an die Seite und atme tief ein, denn ich muss mich konzentrieren, um meine Schwester zu retten. Mutter ist tot. Nichts kann sie zurückbringen, um die Vergangenheit zu ändern. Die Sehnsucht nach dem, was hätte sein können, lässt mich nicht los, also wende ich mich an meine beiden Männer, meine neue Familie - meine Zukunft.

"Was denkst du? Vielleicht hat Lyra den Ort nicht gefunden?", frage ich.

"Oder sie war hier und ist wieder gegangen", schlägt Nikos vor.

Mir dreht sich der Magen um, und in meinem

Kopf hallt die Kälte wider, dass wir sie verpasst haben.

"Ich werde das Haus durchsuchen", sagt Crius, nimmt die Axt von seinem Gürtel und dreht sie leicht in der Hand.

"Vielleicht sollten wir zusammenbleiben? Was ist, wenn es Fallen oder Zombies gibt, die von den Morden meiner Mutter stammen?"

"Es gibt nur einen Weg, das herauszufinden, meine Hübsche. Ich verspreche, ich werde vorsichtig sein. Außerdem wirst du keinen Fuß hineinsetzen, bis ich weiß, dass es sicher ist. Bis dahin wird Nikos dich beschützen."

Nikos' Worte über Crius, der bereit ist, seine mächtige Magie einzusetzen, gehen mir nicht mehr aus dem Kopf - ein einziger Einsatz, und es wäre sein Ende. Ich öffne meine Faust und greife nach seiner Hand.

"Bitte, keine Heldentaten. Sie ist mächtig, und ich brauche dich lebend."

Sein Blick hebt sich zu meinem, und nach einer zögerlichen Pause nickt er und ihm wird die Bedeutung meiner Worte klar. Vielleicht ist es auch nur ein Wunsch meinerseits, um mit der Panik fertig zu werden, die in mir aufsteigt. Crius beugt sich zu mir und küsst mich auf die Lippen. Der Gedanke, dass ihm etwas zustoßen könnte, lässt mich innerlich zusammenzucken, und etwas überkommt mich -

Verzweiflung und das Bedürfnis, ehrlich zu sein. Ich greife nach seinem Hemd und ziehe ihn näher zu mir.

"Ich glaube, ich bin auch dabei, mich in dich zu verlieben", flüstere ich.

Einer der Gründe, warum ich letzte Nacht so unglaublich gut geschlafen habe, waren Crius' süße Worte - ein zutiefst emotionales Geständnis, das ich schon mein ganzes Leben lang hören wollte.

Er sieht mich an, und in seinen Augen funkelt es, gefolgt von einem Lächeln, das sich auf seine Lippen legt. Meine Wangen werden heiß.

"Ich habe gehört, was du gestern Abend gesagt hast." Das herzerwärmende Gefühl, das er mir vermittelt, umhüllt mich.

"Ich verspreche, dass ich zurückkomme. Du hast mir gerade das gesamte Jahr verschönert." Er gluckst, und mein Herz macht einen Sprung. Ich greife nach Nikos, weil ich ihn nicht außen vorlassen will.

"Ich weiß, es ist der falsche Ort, und vielleicht bin ich zu dramatisch und besorgt, aber Nikos, ich werde es einfach sagen und hoffen, dass ich mich nicht blamiere. Du bist mir ans Herz gewachsen, und ich liebe auch dich."

Sein Atem stockt, und ich glaube, seine Augen glitzern. Plötzlich liege ich in seinen Armen, und er küsst mich.

"Ich liebe dich verdammt noch mal bis zu den Sternen und zurück. Schon lange wollte ich dir begreiflich machen, wie sehr mir jeder kleinste Moment, den du mit mir verbringst, die Welt bedeutet."

Er küsst mich wieder, und in meinem Bauch schlagen die Schmetterlinge mit den Flügeln. Beide Männer sind jetzt bei mir, und ich bade in ihrer Zuneigung.

Nikos küsst meine Nase und murmelt grinsend: "Von allen Orten, an denen man ein Gespräch solches führen kann, das mir ewig in Erinnerung bleiben wird, ist es ausgerechnet dieser."

Wir alle lachen leise und reißen uns zusammen. Die Angst hat eine Art, Emotionen hervorzubringen, die ich nie teilen wollte, aber ich bereue nichts. Vielleicht habe ich meine Gefühle schon zu lange zurückgehalten.

"Bringen wir euch beide aus dem Blickfeld und in die Schatten", sagt Crius, der nicht aufhören kann, mich zu berühren oder mich mit diesem frechen Grinsen anzuschauen. Nikos steht in meinem Rücken und hält mich fest.

Zu dritt verlassen wir den ausgetretenen Pfad und bewegen uns schnell in den Schatten einer Baumgruppe. Nach ein paar Schritten fährt ein elektrisches Summen durch meine Beine. Es kommt so schnell, dass ich keine Zeit habe, zu schreien. Ich drehe mich zu Nikos und Crius, beide mit großen Augen und bleichen Gesichtern, und wie ich geben sie keinen Laut von sich.

Irgendetwas krabbelt an meinen Beinen hoch, aber die Dunkelheit erstickt mich und flackert in meinen Augenwinkeln. Panik erschüttert mein Inneres. Verzweiflung krallt sich in mir fest, aber es geht alles so schnell, dass wir keine Chance haben, zu reagieren. In Sekundenschnelle verzehrt sie mich und lässt meinen Puls in meinen Schläfen pochen. So sehr ich auch versuche zu schreien, mich zu bewegen, meine Magie zu rufen, es kommt zu spät.

Meine Welt verschwindet im Handumdrehen.

"Gib mir den Zimt", ruft Nikos verzweifelt.

Ich höre die Panik in seiner Stimme von der anderen Seite der Hütte, und ich kann nicht anders, als zu kichern. Ich weiß, dass er und Crius in der Küche sind und kochen. Wenn ich nicht da bin, wird das Haus einem Katastrophengebiet gleichen, sobald sie mit dem Frühstück fertig sind.

Der süße Geruch von Pfannkuchen lässt meinen Magen knurren. Ich wachte hungrig auf, was die beiden Männer auf den Plan rief.

Stöhnend erhebe ich mich vom Bett und atme lang

aus. In letzter Zeit bin ich so langsam, dass meine beiden Ehemänner mich nichts mehr im Haus machen lassen.

Eine Brise rauscht durch die offenen Flügeltüren in den Raum, die Spitzenvorhänge flattern wie wogende Wellen und durchfluten den Raum mit dem goldenen Schein des Sonnenlichts. Draußen dehnt sich die Wiese bis zum Bach aus, gelbe Blumen säumen den Rasen.

Perfekt ... wie jeder Tag. Es fühlt sich an, als würden wir im Himmel leben. Wir drei - eine perfekte kleine Familie.

Je länger ich nach draußen schaue, desto mehr kitzelt mich ein seltsames Gefühl in meinem Hinterkopf. Ein Gefühl der Leere erfüllt mich, als wenn ich etwas vergessen habe, und nichts, was ich tue, hilft mir, mich daran zu erinnern. Und doch haftet es in meinem Kopf wie Spinnweben, die mich daran erinnern, dass etwas nicht richtig ist.

Ich schüttle den Gedanken ab und gehe in den Flur, wo Gänseblümchen aus dem Garten - ein wilder Regenbogen aus Creme- und Rottönen und Bonbonrosa - eine Vase auf dem Beistelltisch füllen und meine Nase mit dem süßesten Blumenduft überfluten. Fotos von uns dreien schmücken die Wände - Wanderungen durch die Berge, Schwimmen, Angeln - alles, was wir je gemacht haben.

An der Küchentür spannt sich mein Bauch an, und ich stöhne auf und reibe die Stelle, bis sie sich beruhigt.

Ich halte inne, um meinen schneller werdenden Atem zu beruhigen.

"Narah, warum bist du nicht im Bett?" Crius stürmt an meine Seite. Er ist überall mit Mehl bestäubt, ganz zu schweigen davon, dass es ihm wie Kriegsbemalung auf den Wangen haftet. Er legt einen Arm auf meinen Rücken, den anderen auf meinen dicken Bauch, und in dem Moment, in dem er mich streichelt, spüre ich die Tritte unseres Babys.

Meine Augen werden groß. "Hast du unsere Jelly Bean gefühlt?"

"Oh, Narah." Crius lässt sich auf die Knie fallen und küsst meinen riesigen Bauch, seine Augen glitzern, während er unserem ungeborenen Kind etwas zuflüstert.

Nikos kommt zu uns, in Hosen und nur mit einer Schürze bekleidet, und nimmt mich in die Arme, küsst meinen Hals. "Du riechst göttlich, aber du musst dich ausruhen. Du bist jeden Tag fällig."

"Mir ist langweilig und ich will nicht allein sein."

Plötzlich liege ich in Nikos Armen, und er setzt mich auf einen Stuhl am Küchentisch. Crius bringt einen kleinen Hocker und hebt meine Füße darauf. Als Nächstes wuseln sie in der Küche herum und bringen mir einen Teller mit Pfannkuchen, Ahornsirup und Saft. Es gibt auch geschnittenes Obst und frisch geschlagene Sahne, und ich sehe, dass sie noch am Kochen sind.

"Das ist unglaublich", murmle ich.

"Hau rein", sagt Nikos, stützt sich mit dem Rücken

auf den Tresen und beobachtet mich. Dieser Mann mit den ausgeprägten Muskeln und den Tätowierungen, gekleidet in eine gerüschte weiße Schürze, und der Mann, der über und über mit Mehl bedeckt ist, dessen langes Haar durch die Sauerei eher weiß als blond aussieht, sind meine Welt.

Als ich sehe, dass er darauf wartet, dass ich esse, schneide ich die Pfannkuchen an und nehme einen Bissen, wobei ich stöhne, als der fluffige Teig auf meiner Zunge zergeht. "Göttlich. Ich brauche definitiv mehr."

"Wir sind dabei", verkündet Crius und schickt mir einen Luftkuss.

Die beiden streiten sich wieder darüber, wer die besten Pfannkuchen macht, und ich sehe, dass sie zwei Pfannen in Betrieb haben, die um die Wette Pfannku-chen machen.

Wenn es das Nirwana gibt, habe ich es gefunden.

Ich schlucke meinen Bissen hinunter und schaue durch die offene Hintertür in den Garten. Die Obst-bäume wiegen sich in der leichten Brise, und der Himmel glitzert, als bestünde er aus Juwelen. Ich sehe einen Apfel von seinem Ast fallen, eine große rote Frucht, und ich schmecke bereits seine Süße auf meiner Zunge. Mit plötz-lichem Speichelfluss bin ich auf den Beinen und watschele langsam durch die Hintertür in den Garten. Das Gras kitzelt zwischen meinen Zehen, als ich mich zum Baum begebe und den heruntergefallenen Apfel aufhebe. Er riecht köstlich, und ich beiße ab.

Der Saft füllt meinen Mund, tropft mir das Kinn hinunter, aber damit steigt auch wieder ein seltsames Gefühl in mir auf. Ich habe definitiv etwas vergessen, aber es ist mehr als das. Der Geschmack des Apfels erinnert mich daran, dass ich nicht hierhergehöre. Für ein paar Augenblicke bin ich eine Fremde in einer wunderschönen Landschaft. Es macht keinen Sinn. Meine Kleidung passt nicht zu mir, und ich kenne diese Hütte nicht. Die Blumen duften süßlich, und ein entferntes Wolfsgeheul singt in der Brise. Eine Sehnsucht zwängt sich in meine Brust.

Während ich den Apfel anstarre, kommt mir etwas in den Sinn ... eine Erinnerung an einen Fluss, an mich, wie ich durchnässt bin, an ...

"Narah!" Nikos' Stimme durchschneidet meine Gedanken. Die Erinnerung und das Gefühl sind verschwunden, und ich drehe mich zu ihm um. "Ist alles in Ordnung?"

Ich blinzle ihn an, als er aus unserem schönen weißen Cottage herauskommt.

Sein Lächeln bringt mich zum Schmunzeln, als ich mich auf den Weg zu ihm mache und den Apfel hinter mir fallen lasse.

"Ja, alles ist perfekt."

SIEBEN

"Bist du dir da sicher? Was ist, wenn sie von den Untoten gefangen worden sind? Was ist, wenn ..."

"Genug", unterbricht Stone Jae. Wir wandern alle den Berg hinauf und haben kaum Licht zur Orientierung. "Ich weiß, dass du Angst um deine Schwestern hast, aber du musst uns vertrauen."

"Ja, aber ..."

"Ohne Wenn und Aber. Crius und Nikos sind Krieger", fährt Stone fort. "Narah wird nichts passieren. Darauf gebe ich euch mein Wort." Als ich über meine Schulter zu ihnen zurückblicke, starrt sie Stone an.

"Vergiss nicht, dass ich dich vorhin vor einem Zombieangriff gerettet habe, also habe ich ein

Mitspracherecht bei den Plänen. Ich bin jetzt eine Mitstreiterin."

Stone schnaubt. "Ach wirklich? 'Vorsicht' zu schreien, rettet mich nicht."

"Ach, ich hätte dich also in den Arsch beißen lassen sollen?"

Ich lache in mich hinein.

"Sollte ein Mädchen in deinem Alter eine solche Sprache benutzen?" Es ist amüsant und bewundernswert, wie hartnäckig Stone auf ihre ständigen Streitereien eingeht. Er ist unnachgiebig, wenn es darum geht, Jae seinen Standpunkt zu verdeutlichen, und Jae lässt sich nicht darauf ein.

"Ich kann also kämpfen und Untote töten, aber ich darf nicht Arsch sagen? Arsch. Arsch. Arsch. Was wollt ihr dagegen tun?"

"Ich stopfe dir den Mund mit Dreck aus, zum Beispiel. Ich bin mir ziemlich sicher, dass Narah das gutheißen wird. Ich erinnere mich sogar, dass sie mir gesagt hat, ich könne alles tun, um dir Manieren beizubringen." Stone lacht. "Autsch", stöhnt Stone plötzlich. "Du zwickst so fest."

Ich kichere vor mich hin. Er beschäftigt sie und lässt sie nicht um ihre Schwestern weinen, wie sie es schon zweimal auf dieser anstrengenden Reise getan hat.

Schließlich erreichen wir die Spitze des Weges

auf dem Berg, und ich drehe mich um, damit das Duo verschnaufen kann.

"Wir sind jetzt ganz in der Nähe", sage ich. "Lasst uns das Reden auf ein Minimum beschränken. Wir wissen nicht, was wir vorfinden werden."

Jae fährt sich mit zwei zusammengekniffenen Fingern über den Mund und macht eine kleine Drehung am Mundwinkel, um zu signalisieren, dass sie den Mund geschlossen halten wird. Das Mädchen ist sehr anstrengend, doch wenn ich ihr in die Augen schaue, sehe ich Narah und vermisse sie schrecklich.

Mein Herz schlägt schneller bei dem Gedanken, was wir tun werden, wenn wir Jaes Schwestern nicht finden. Wenn die Situation anders wäre, hätte ich Jae bei Mihais Rudel gelassen und das junge Mädchen nicht in Gefahr gebracht. Natürlich musste diese verdammte Hohepriesterin Lyssa töten, was mein Leben noch komplizierter macht.

Es ist schon nach Mitternacht, und der Mond steht hoch und hell und trägt nicht dazu bei, die Schatten in der Umgebung zu vertreiben. Nach den zwei Gruppen von Untoten, auf die wir gestoßen sind, und der riesigen, die wir umgangen haben, ohne gesehen zu werden, bin ich bei jeder Bewegung nervös wie ein Flitzebogen. Wir könnten genauso gut wieder im Schattenland-Sektor sein, wo diese scheiß Zombies überall herumkrabbelten.

Ich werfe einen Blick in die Dunkelheit, denn wenn Zombies in der Nähe wären, hätten sie bereits angegriffen. Das beruhigt meine unruhigen Nerven nicht. Heute Morgen wusste ich, dass der Tag verdammt anstrengend werden würde, und wir waren noch lange nicht fertig, wenn man bedenkt, dass eine Hohepriesterin in Kairas Körper frei herumläuft.

"Also, wie lautet der Plan?", flüstert Stone.

"Ich übernehme die Führung. Bleibt dicht hinter mir, bis wir wissen, womit wir es zu tun haben."

Stone nickt einmal, und schon geht es weiter. Die Nacht verschluckt die Wälder, es weht kein Lüftchen, nur die Grillen singen und die Frösche quaken. Ich überquere lautlos den ausgetretenen Pfad zwischen den Bäumen, eine Fähigkeit, die man bei der Jagd braucht. Hinter mir stapfen Jaes Schritte über den Boden, aber Stones Schritte sind so leise wie die Nacht.

Die Vorfreude spannt meinen Bauch an. Wir gehen blind hinein, aber wir werden es schon hinkriegen. Das tun wir immer.

Als ich das Haus von Narahs Mutter erreiche, schaue ich mir das Land und den Fluss an und wende mich dann dem Haus zu. Kein einziges Licht, kein Geräusch, Unbehagen kratzt an meinem Nacken. Als ich mich zu Stone und Jae umdrehe, bemerke ich etwas Seltsames abseits des Weges und neben einer Baumgruppe unweit des Hauses - dunkle Gestalten schwingen von den Bäumen wie riesige Fledermäuse, die an den Ästen hängen. Ich kann mir keinen Reim darauf machen, was ich da sehe, und mir läuft eine Gänsehaut über den Rücken.

"Bleib hier", flüstere ich und gehe auf den Baum zu, während mein Puls in meinen Ohren pocht. Mein Wolf ist direkt in meiner Brust, er spürt die Gefahr.

Die Schatten werden dunkler und deutlicher, je näher ich komme. Was zum Teufel starre ich da an? Ich bete, dass es etwas Dummes und ein Spiel der Dunkelheit ist, aber irgendetwas in mir erschaudert. Ich traue der Hexe alles zu - vor allem, als sich die Härchen auf meinen Armen aufrichten, wie sie es immer tun, wenn Magie in der Luft liegt.

Die Dunkelheit durchdringt alles, und erst als ich den Rand des Baumes erreiche, halte ich inne und schaue nach oben. Das Erste, was ich sehe, sind Füße, schwere Kampfstiefel, abgewetzt und abgenutzt, und darin stecken lange, starke Beine. Scheiß auf mich - Körper baumeln vom Baum.

Ein schwerer Atemzug, gefolgt von einem rauen Einatmen, und mein Kopf dreht sich immer noch, um dem Ganzen einen Sinn zu geben. Als ich um den Baum herumtrete, bemerke ich den silbernen Schimmer im Mondlicht - eine Axt an einem Gürtel.

Crius' Axt.

Mein Herz rast, als mich die Erkenntnis in meinen Solarplexus trifft.

Drei Leichen hängen an dem Baum, und Panik ergreift mich.

Ich kann nicht atmen, aber ich klettere schon wie wild auf den Baum. Meine Lungen brennen, als ich mir vorstelle, wie sie an ihren Hälsen aufgehängt sind. Meine Muskeln spannen sich an, als ich mich höher schiebe, bis ich die Achse erreiche, an der sich die Äste nach außen strecken, und Crius mir gegenüber hängt - die Augen geschlossen, den Kopf nach vorne gesenkt.

Verzweifelt greife ich nach ihm, nur um festzustellen, dass er nicht an einer Schlinge aufgehängt ist. Sein Oberkörper und seine Arme sind fest in hölzerne Ranken gewickelt. "Crius." Ich schüttele ihn. Aber er bewegt sich nicht. Ich drücke zwei Finger in seinen Nacken und fühle seinen Puls. Er ist langsam, aber vorhanden.

Ich drehe mich und habe Mühe, mich zu bewegen. An einem anderen Ast hängt Nikos, und weiter oben baumelt Narah, eingehüllt in Dunkelheit. Von meiner Position aus kann ich nur ihre Füße sehen.

"Stone", rufe ich, während ich die Klinge aus meinem Gürtel ziehe. Ohne auf ihn zu warten, hacke ich auf die erste Ranke ein, die Nikos festhält. Ein Ast schnappt nach vorne, trifft mich im Gesicht, und ich werde nach hinten geschleudert. Meine Stiefel rutschen unter mir weg, und ich taumle. Ich kralle ich mich am Baum fest, um Halt zu finden.

Und rutsche ab.

Ich lande auf dem Rücken und ein scharfer Schmerz rast über meine Schulterblätter.

"Scheiße", stöhne ich und bleibe einen Moment lang liegen, um wieder zu Atem zu kommen. Mein Kopf pulsiert vor Schmerz, von dem Schlag auf meine Stirn, was immer noch wie eine verdammte Schlampe sticht. Verdammter Baum.

Stone ist plötzlich da, schaut mich grinsend an und bietet mir seine Hand an.

"Hast du vergessen, wie man auf Bäume klettert, alter Mann?"

"Der verdammte Baum ist verflucht." Mit seiner Hilfe stehe ich auf und wische mir den Staub ab. "Ihr Götter, wie lange hängen die schon so da oben im Baum fest?"

Bevor Stone den Baum untersuchen kann, schreit Jae auf, und Stone ist sofort an ihrer Seite und hält ihr eine Hand auf den Mund. Sie zeigt nach oben, und er gibt ein gutturales Knurren von sich.

"Fick mich!"

Das Nächste, was ich weiß, ist, dass er an den Baum herantritt und beide Handflächen und seine Wange an den Stamm legt, um etwas zu hören.

Jae bewegt sich zitternd neben mir. "Narah ist da oben, nicht wahr?"

"Ich fürchte ja." Ich halte sie in meiner Nähe und scanne das Gelände und das Haus, wobei mein Blick auf der Eingangstür verweilt. Ich möchte hineingehen und mich vergewissern, dass wir allein sind. Hier draußen fühle ich mich verletzlich, ein leichtes Ziel.

"Stone, wie lautet das Urteil?", frage ich und senke meine Stimme.

Als Stone endlich aufhört, den Baum zu umarmen und sich zu uns umdreht, leuchten die Runen auf seinem Schlüsselbein und seiner Brust in einem hellen Blau und scheinen durch seine Kleidung hindurch.

"Es ist ein Fallenzauber, der jeden fängt, der sich dem Haus nähert. Zum Glück ist diese Art von Zauber eine einmalige Sache, wenn sie ausgesprochen werden."

"Kannst du ihn entfernen?"

Er wölbt eine Augenbraue. "Was glaubst du, mit wem du hier redest?" Er knackt mit den Fingerknöcheln.

"Ohne sie zu verletzen?", platzt Jae heraus, die Klugscheißerin nimmt mir die Worte aus dem Mund.

"Das kann ich nicht versprechen, aber ich werde es versuchen. Jeder Zauber reagiert anders. Jetzt tritt zurück."

"Versuche, sie nicht zu töten", schnauze ich,

während sich die Spannung in meinem Rücken ausbreitet.

"Das habe ich vor." Meistens schätze ich Stones Unnahbarkeit, aber manchmal treibt sie meine Angst in die Höhe.

Ich nehme Jaes Hand und gehe zurück auf den Weg, wobei ich Stone und den Baum sowie das Haus im Blick behalte.

Stone wendet sich wieder dem Baum zu, und sein leises Murmeln wird von der Brise getragen. Er hat seit seiner Geburt eine Affinität zur Natur. Sie liegt in der Blutlinie seiner Mutter, und die Runen, die sie ihm in jungen Jahren einprägte, dienen als Aktivierungsscheibe für den Zugang zu seiner Kraft.

Seine Magie kommt vom Land, von der Familie, und ist nicht so mächtig oder so vielfältig wie die einer Hexe, aber sie ist verdammt beeindruckend. Die Dinge, die ich ihn habe tun sehen, verblüffen mich immer wieder. Wenn man bedenkt, dass sein Vater ihn wegen der Runen abgelehnt hat. In der beschissenen Vorstellung des Alphas sollten Männer keine Magie nutzen. Es sei eine weibliche Fähigkeit.

Als Stone das erste Mal versehentlich seine Kräfte zu Hause einsetzte, brach ihm sein Vater zwei Rippen und warf ihn aus dem Haus. Stone war damals erst acht Jahre alt. Meine Familie nahm ihn auf, und wir wuchsen wie Brüder zusammen auf. Nicht, dass mein Zuhause ein Musterbeispiel für

Familienglück gewesen wäre, aber er hatte Essen und ein Dach über dem Kopf.

"Wird Narah wieder gesund?" Jae zupft an meinem Ärmel. "Ich meine, warum sind sie auf dem Baum gefesselt? Frisst etwas an ihnen?" Sie blinzelt schnell hintereinander, und ihre Augen glitzern.

"Wenn jemand etwas herausfinden kann, dann ist es Stone. Was auch immer passiert, wir werden damit fertig." Ich streichle ihren Rücken. "Meine Mutter sagte einmal, wenn ich schlechte Gedanken zulasse, gebe ich dem Universum die Erlaubnis, sie Wirklichkeit werden zu lassen. Denke stattdessen an die positiven Dinge, die du dir wünschst."

"Also, was soll ich tun? Das ist alles, woran ich jetzt denken kann."

Ich lache leise. "Es braucht seine Zeit, aber glaub mir, es funktioniert."

Plötzlich erbebt die Erde unter meinen Füßen, und Jae drückt sich an meine Seite. Wir halten uns aneinander fest und gehen ein paar Schritte zurück. Stone steht immer noch mit dem Gesicht zum Baum, seine Hände auf dem Stamm, aber die Luft hat sich verändert. Sie fühlt sich aufgeladen an und stellt die Härchen in meinem Nacken auf.

In einem Moment schauen wir noch zu ihm hin, im Nächsten bebt der Boden, der Baum schwankt und die Äste wackeln. Ich kann nur entsetzt zusehen, wie die drei Körper derer, die mir am nächsten sind, wild umher schwingen. Mein Herz schlägt mir bis zum Hals.

"Weißt du, was du da tust?", rufe ich. Stone antwortet nicht, aber ich vertraue ihm. Verdammt, das tue ich, aber Magie ist ein unberechenbares Miststück.

Plötzlich wird er nach hinten geschleudert. Aber Stone bleibt nie liegen und ist in Sekundenschnelle wieder auf den Beinen. Blaue Magie tanzt aus seinen Händen, breitet sich aus und wickelt sich um den Baumstamm. Der Baum wackelt immer noch.

"Oh Gott, ich glaube, er versucht, den Baum aus dem Boden zu heben", murmelt Jae, deren Körper sich an meiner Seite anspannt.

Sie hat recht. Die Wurzeln ragen rund um den Baum aus dem Boden und scheinen ihn aus dem Boden zu schieben.

"Was machst du da?", rufe ich ein wenig lauter. "Bitte sag mir, dass es sich nicht um eine Wiederholung des Angriffs der Bäume aus dem Giftwald handelt."

"Ich habe das im Griff", zischt er. "Der einzige Weg, den Fluch zu beenden, ist, den Baum zu töten, was bedeutet, seine Lebenskraft abzuschneiden." Er gräbt den Baum quasi aus dem Boden.

Ich fühle kalte Angst, dass dies Narah und meine Männer in größere Gefahr bringen könnte.

"Okay, du hast ihn gehört." So hoffnungslos ich mich auch fühle, ich muss Stone vertrauen.

Ich ziehe Jae ein paar Schritte weg, wir warten und beobachten, wie die drei an den Ästen schwingen. Als der Baum halb aus dem Boden ragt, gibt es einen lauten Knall.

Der Ast, an dem Crius hängt, bricht, und er fällt auf den Boden. Ich stürze mich mit einer Klinge in der Hand auf ihn. Crius stöhnt, aber die verdammten Ranken halten ihn fest umschlungen. Ich schnappe mir die Axt von seinem Gürtel und hacke auf die Ranken ein, die vom Baum zu ihm führen, um die Verbindung zu trennen. Der Ast ist zwar abgebrochen, aber das reicht offenbar nicht aus.

Je mehr ich zerlege, desto mehr stößt Crius gegen die Fesseln. Ich hacke wie wild auf das Holz ein, als ich hinter mir das Splittern von Holz höre und Nikos sich endlich befreien kann. Ein letzter Hieb und ich sprinte zu ihm hinüber.

Die ganze Zeit über murmelt Stone Worte, seine Augen flattern nach hinten, seine Augen sind ganz weiß.

Nikos ist wach, flucht wie ein Tier und schlägt um sich. "Narah. Hole Narah", knurrt er mich an.

"Crius", rufe ich aus.

Er stolpert auf mich zu, unfähig, eine gerade Linie zu gehen.

"Gib sie mir. Ich werde es tun. Ich gehe und hole Narah."

Nikos' Augen werden groß, als Jae die Axt nimmt, aber ich habe keine Zeit zum Streiten.

Der Baum ist zum größten Teil aus dem Boden gerissen, und ich springe unter den Baum, um eine schwingende Narah zu fangen. Mein Herz klopft, die Luft ist dick vor Magie. Ein Knurren entweicht meinen Lippen vor Dringlichkeit und Frustration.

Als das donnernde Knacken von Holz ertönt, durchfährt mich ein panischer Schreck. Der Ast mit Narah schwingt nach links hinter den Baum. Ich stürme in diese Richtung, gerade als der Ast vom Baum abbricht. Ich breite meine Arme aus und stürze zu der Stelle, an der sie herunterkommt.

Ihre entsetzten Schreie erfüllen plötzlich die Luft.

Sie schlägt hart auf mich auf und zwingt mich in die Knie, aber ich halte sie mit aller Kraft fest und lehne mich nach hinten, um ihr Gewicht zu tragen und sie nicht fallen zu lassen.

Meine kleine Füchsin fühlt sich so warm an mir an und ist so viel fülliger, was mir sagt, dass mehr Ranken um sie herumgeschlungen sind.

"Hallo, meine Hübsche. Ich habe dich."

"Ragnar?", stöhnt sie und zuckt dann zusammen.

Ich stehe auf und stürme mit ihr in meinen

Armen aus dem Schatten ins Freie. Ich lege sie schnell auf den Rasen, und Jae ist da und gibt mir die Axt.

Irgendetwas scheint falsch zu sein.

Sie weint vor Schmerz, und ihr Körper ist von den Ranken umschlungen, aber warum sind so viele um sie herum?

Hektisch schneide ich die Ranken durch, während Jae, Nikos und Crius auf ihren Knien an dem riesigen Durcheinander zerren.

"Wir sind da", sagt Nikos.

Crius gurrt irgendetwas von einer Jelly Bean, aber ich höre nicht zu. Schließlich zerhacke ich die letzte Ranke, und wir reißen schnell alle von ihr runter.

Ich erstarre erschrocken.

Narah liegt auf dem Rücken und wimmert, ihre Hände umklammern einen dicken, runden Bauch.

Ich habe erwartet, sie mit blauen Flecken und Verletzungen vorzufinden, weil sie so fest einge-bunden war ... aber niemand hätte mich *auf das* vorbereiten können. Niemand.

"Oh mein Gott, Narah", platzt Jae heraus. "Du bist schwanger!"

ACHT

"Verdammt, ich bin immer noch schwanger", ruft Narah schockiert, starrt auf ihren Bauch und reibt ihn. "Ich kann meine Füße nicht sehen."

"Darüber machst du dir Sorgen?", murmelt Jae. "Wie bist du so schnell so dick geworden? Hast du ein ganzes Schwein verschluckt?"

"Jae", warnt Stone mit tiefer Stimme, dann wendet er sich mit gerunzelter Stirn an mich. "Aber im Ernst, Engel, hast du etwas gegessen, was dir nicht bekommt?"

In Sekundenschnelle bin ich an ihrer Seite, lege einen Arm um ihren Rücken und stütze sie, während sie sich den unteren Rücken reibt. Ihr Hemd rutscht immer wieder über ihre Taille und entblößt ihren runden Bauch. Ich bin verwirrt, mein

Kopf schmerzt, weil ich versuche, das alles zu begreifen.

Doch mein Schwanz ist steinhart bei ihrem kurvigen Körper und weil sie so umwerfend aussieht. Ich bin völlig von ihr gefesselt.

"Narah", sage ich mit brüchiger Stimme, während ich ihr tief in die Augen blicke. Ich bin so überwältigt, dass ich keine Worte finde. Sie drückt sich näher an mich. Mir schwillt das Herz, dass sie ein Kind in sich trägt, und mir werden die Knie wackelig. Bin ich dafür bereit?

"Das macht mir ein bisschen Angst. Ich bin nicht wirklich bereit dafür", gibt Narah zu.

"Ich habe dich, kleine Füchsin. Wir alle haben dich, und wir werden das gemeinsam durchstehen. Ich verstehe nicht wirklich, wie du so fortgeschritten schwanger sein kannst, also musst du mir helfen."

Ihre großen Augen leuchten bernsteinfarben, und ihr Haar ist unordentlich und kleine Zweige hängen darin fest, aber ihre Berührung ist wie Seide. Es juckt mich in den Händen, sie auszuziehen und zu erkunden, wie schön sie mit ihrem Babybauch ist. Als sie stöhnt und sich die Seite hält, schließe ich sie in meine Arme.

"Du musst dich ausruhen." Ich trage sie zu einer kleinen Holzbank am Fluss und weg vom Haus.

"Welchen Zauber wir auch immer ausgelöst haben, er hat uns alle drei in einen Traumzustand versetzt", erklärt sie, und die anderen folgen uns schnell.

"Es war total abgefahren", murmelt Crius. "Ich war ein verdammtes Küchenmädchen, das Pfannkuchen macht."

"Warte! Was?", platze ich heraus und Jae lacht.

"Wir haben für Narah Pfannkuchen gebacken, weil sie schwanger war", erzählt Nikos.

"Und ich bin in einem fremden Bett aufgewacht", beginnt sie. "Ich war schwanger und lebte in einem kleinen Haus. In meinem Kopf wusste ich, dass es mein Zuhause war und dass ich dort glücklich war, weil ich mit meinen beiden Ehemännern zusammenlebte. Aber irgendetwas fühlte sich falsch an, als ob ich wusste, dass etwas nicht stimmte, aber es war so verschwommen. Es ist so verwirrend."

"Ich erinnere mich nur daran, wie aufgeregt ich war, dass du unser Baby bekommst", sagt Nikos und setzt sich neben Narah auf die Bank.

Crius stellt sich hinter sie, streichelt ihre Schultern und lächelt sie an, ganz verliebt.

"Ich will ehrlich sein, dich so zu sehen, macht mich an", schnurrt Crius.

"Igitt, eklig", platzt Jae heraus. Crius zuckt nur mit den Schultern und küsst Narah auf den Scheitel.

Die Besessenheit in ihren Augen für Narah entfacht ein Aufflackern in meiner Brust, das sich in mein Herz bohrt. Ich bin nicht eifersüchtig, aber ich habe das Gefühl, dass ich einen Moment verpasst habe, der so viel bedeutet.

"Wenn es ein Traum war, warum in aller Welt bin ich dann noch schwanger? Ich meine, es kann doch nicht echt sein, oder?"

Sie ist nicht so dick wie andere hochschwangere Frauen, aber für ihre geringe Größe hat sie einen perfekten Babybauch. Nennt mich verrückt, aber es passt perfekt zu ihr. Ich stelle fest, dass ihre Brüste viel größer sind, und ich liebe jeden Zentimeter von ihnen.

"Stone, weißt du, womit wir es zu tun haben?", fragt Nikos.

Stone scheint genauso schockiert zu sein wie ich und starrt Narah ungläubig an. Er macht sich auf den Weg zu ihr und fällt auf die Knie.

"Narah, du bist so schön, und egal, was passiert, ich werde mich um dich und das Baby kümmern. Ich tue alles für dich."

"Meine Güte, haben denn alle nur das Baby im Kopf? Ihr benehmt euch alle so komisch", sagt Jae. "Sie ist verdammt nochmal schwanger, obwohl sie es gestern noch nicht war."

Narahs Lippen pressen sich zusammen, während sie versucht, ihr Hemd über ihren Bauch zu ziehen.

"Ist das ein Zauber, der entfernt werden muss, oder passiert das wirklich? Es fühlt sich real und wirklich beängstigend an."

"Nun." Stone reibt sich mit dem Handrücken über den Mund. "Irgendetwas könnte schiefgelaufen sein, denn du wurdest ja schon mit einem Brunstzauber belegt, und der Fangzauber hat dich dann in Trance oder Koma versetzt, also gab es definitiv eine Überschneidung der Magie. Gekreuzte Magie ist nie gut."

"Also, was? Ich bin schwanger und stehe kurz vor der Entbindung, und das über Nacht?"

"Unmöglich", gluckst Jae.

"Ich kann nur raten. So etwas habe ich noch nie gesehen." Stone setzt sich vor Narah und nimmt ihre Hand an seine Brust. "Was auch immer es ist, wir werden es wissen, sobald wir Lyra gefunden haben."

"Ich nehme an, das Baby ist höchstwahrscheinlich von mir", erklärt Crius aus heiterem Himmel, "ich war der Letzte, der ..." Seine Worte verpuffen, als er Jae anschaut, die ihm einen Todesblick zuwirft.

"Oder von Ragnar", fügt Nikos hinzu. "Ihr wart beide zur selben Zeit mit Narah zusammen, und man braucht keinen Omega-Knoten, um sie zu schwängern. Es ist nicht narrensicher."

"Oh, das ist so eklig. Ich werde für den Rest meines Lebens Alpträume haben. Bitte hör auf, darüber zu reden." Jae hält sich die Ohren zu.

"Konzentrieren wir uns." Mein Blick verweilt auf Narahs Brüsten, also richte ich meine Aufmerksamkeit wieder auf ihr Gesicht. Sie grinst mich an, und meine Eier ziehen sich zusammen, weil sie einfach umwerfend aussieht. Ich schlucke und versuche, mich an das zu erinnern, was ich sagen wollte, während mein Puls in meiner Kehle pocht und ihr süßer Nektarduft meine Nasenlöcher reizt.

"Wir müssen reingehen und das Haus nach Lyra absuchen. Stone, du wirst das mit deiner Magie tun. Narah kann nicht ..."

"Ich werde mich nicht zurücklehnen. Sie hat meine Schwester." Sie streckt abwehrend ihren Arm aus. "Hilf mir auf. Du weißt, dass du sie nicht allein besiegen kannst, und das muss heute Abend ein Ende haben. Sicher, ich bin so rund wie ein Wal, aber ich bin nicht weniger tödlich."

"Ist es sicher, während der Schwangerschaft Magie anzuwenden?", fragt Nikos.

Narah zuckt mit den Schultern, und Stone fährt sich mit der Hand durchs Haar. "Ich habe gesehen, dass schwangere Hexen zu Hause ohne Probleme Magie benutzen."

"Das habe ich auch", antworte ich. "Ich glaube nicht, dass es dem Baby schaden würde." Ich lege einen Arm um ihren Rücken und hebe sie mit Leichtigkeit hoch, um sie an mich zu drücken. "Ich will nicht, dass du verletzt wirst, aber vielleicht hast du recht, dass wir zusammen reingehen sollten. Crius, Stone, Nikos, überprüft die Umgebung des Hauses und schaut, ob ihr durch die Fenster etwas sehen könnt."

Mit einem kurzen Nicken übernimmt Stone die Führung, gefolgt von Nikos und Crius.

Narahs Bauch ist so warm und tröstlich an mir. Ich habe nie daran gedacht, Vater zu werden oder eine eigene Familie zu haben. Es gibt zu viel für mich zu erobern, und jetzt hat mir das Universum einen gewaltigen runden Ball zugeworfen.

Der Schock hat mich aus meinen Gedanken gerissen, doch die Freude darüber, dass Narah unser Kind austrägt, ist in meiner Brust spürbar. Es ist mir sogar egal, ob es meins oder Crius' ist. Wir sind eine Einheit, eine Familie, und es ist unser Kind. Meine Gedanken drehen sich um sich selbst, und ich möchte unbedingt ihren Bauch berühren.

"Das ist viel zu viel Liebeskram." Jae rollt mit den Augen. "Ich gehe runter an den Fluss, aber ich habe eine Frage. Damit bin ich jetzt eine Tante, richtig?"

"Ich denke schon", antwortet Narah, während ich sie abstelle.

"Ja! Technisch gesehen bin ich erwachsen."

Bevor einer von uns Jae korrigieren kann, bewegt sie sich zum Flussufer, wo wir sie gut sehen können.

"Bist du damit einverstanden?", fragt Narah. "Du starrst mich so seltsam an, und als du mich das erste Mal gesehen hast, bist du blass geworden."

"Natürlich, es geht mir gut. Ich werde nicht leugnen, dass ich immer noch aufgewühlt bin, aber ich würde dich nie verlassen. Du bist in dieser Lage wegen der Entscheidungen, die wir alle getroffen haben."

"Was, wenn es kein Zauber ist und ich ein echtes Baby in mir habe? Göttin, wie kann mir das passieren? Es ist mir unangenehm, überhaupt darüber zu reden. Wir haben uns gerade erst kennengelernt, herausgefunden, wie wir die Dinge zum Laufen bringen, und jetzt das." Sie schaut auf ihren Bauch und redet, wie sie es tut, wenn sie nervös ist. "Ich habe Angst, und ihr seid alle in diese Sache hineingezogen worden." Sie atmet schwer ein und zuckt dann zusammen, die Hand in der Mitte ihres Bauches.

Ich bewege meine Hand neben ihre, und ein winziger Fußtritt berührt meine Handfläche. Mein Herz klopft, ich grinse und denke an ein kleines Leben in Narah.

"Narah. Ich habe es gespürt."

"Jelly Bean. So nannten wir es im Traumzustand."

"Ich möchte dieses Kind mit dir haben." Ich lächle und bin ganz erfüllt von einer unerklärlichen Wärme und einem Übermaß an Gefühlen. "Unser Kind. Unser Jelly Bean. Ich hätte nie gedacht, dass ich das wollen würde, aber ich habe den Tritt gespürt..."

Sie lehnt sich an meine Brust, und ich halte sie

fest, wohl wissend, wie schrecklich das für sie sein muss. Ich werfe einen Blick zurück zum Haus und stelle fest, dass die Männer schnell zurückkehren. Mit einem Pfiff errege ich Jaes Aufmerksamkeit und rufe sie mit einer Handbewegung zurück.

"Meine kleine Füchsin, wir müssen nur den heutigen Abend überstehen, dann werden wir unsere nächsten Schritte planen. Du hast jetzt Priorität. Du und Jelly Bean." Ich küsse ihre weichen Lippen, ihre Brüste sind absolut verführerisch. Bevor ich mich verliere, stehe ich auf.

"Was hast du gefunden?"

"Kein einziges Lebenszeichen. Es sei denn, sie schläft da drin, aber das wissen wir erst, wenn wir reingehen."

"Dann machen wir das", sagt Narah und steht mit Jaes Hilfe auf.

"Okay, wir gehen rein und halten Narah und Jae die ganze Zeit zwischen uns."

Es gibt kein Zögern. Wir sind alle bereit, damit umzugehen.

Narah

Eines Tages möchte ich aufwachen und nicht mehr vor Szenarien stehen, in denen es um Leben und Tod geht. Heute ist der seltsamste Tag meines Lebens, und ich will einfach nur, dass er vorbei ist. Der Umgang mit Hexen birgt Gefahren, aber schwanger zu werden, ist eine ganz andere Stufe des Wahnsinns.

Ich bin neunzehn, und ich habe nicht damit gerechnet, ein Baby zu bekommen, bevor ich nicht mindestens Mitte bis Ende zwanzig bin. Und das auch nur, wenn ich einen Alpha finde, der uns beschützt. Sicher, ich habe vier von ihnen, aber wir stecken mitten im Chaos und sind nicht annähernd in der Lage, ein Kind aufzuziehen. Wir haben nicht einmal ein eigenes Haus, in dem wir uns um ein Neugeborenes kümmern könnten.

Eine Rückkehr zum Bane-Wolfsrudel ist eine Möglichkeit, aber ich habe noch nicht einmal mit Ragnar darüber gesprochen, was passiert, wenn der Alpha erfährt, dass seine Tochter abgeschlachtet wurde.

Was sollen wir also tun? Im Haus meiner Mutter leben? Ich ziehe eine Grimasse bei dem Gedanken, dass sie in diesem Haus Menschen umgebracht hat, und ich habe nicht die Kraft, hierzubleiben.

"Geht es dir gut?", fragt Jae und stellt sich neben

mich, während wir darauf warten, dass Nikos die Vordertür eintritt.

"Mir geht es gut, wenn man die ganzen Umstände bedenkt." Ich schenke ihr ein schiefes Grinsen. "Und was ist mit dir? Ich hatte noch nicht einmal die Gelegenheit, mit dir zu reden und dir alles zu erzählen."

"Stone hat mir so ziemlich alles erzählt." Sie zuckt mit den Schultern und schaut zu Stone, der mir grinsend den Rücken freihält und unserem leisen Gespräch zuhört.

"Ich weiß, aber du bist meine jüngere Schwester, und ich sollte mich um dich kümmern." Ich nehme ihre Hand in meine und drücke sie leicht. "Ich sollte dich nicht in Gefahr bringen."

"Gibt es so etwas wie einen Ort ohne Gefahr?", fragt sie und klingt dabei viel reifer, als sie sollte.

"Ich verspreche dir, Schatz, wir werden bald einen Ort finden, den wir unser Zuhause nennen können."

Sie umarmt mich, und ich drücke sie an mich und wünsche mir, ich könnte sie für immer in Sicherheit wissen, und es macht mir Angst. Sieh nur, wie schlecht ich mit meinen Schwestern zurechtkomme. Wie werde ich mit einem Baby sein? Der Gedanke, dass ich eine schlechte Mutter sein werde, macht sich in mir breit. Was weiß ich schon über die Erziehung eines Kindes?

"Wir sind drin", flüstert Nikos über seine Schulter und zieht meine Aufmerksamkeit auf sich. Langsam öffnen er und Ragnar die Tür, und wir folgen ihnen auf dem Fuße.

Ich schüttle meine Gedanken ab und weiß, dass dies nicht der richtige Zeitpunkt ist, um sich Sorgen zu machen. Ich habe schon genug Probleme auf meinem Teller.

Im Haus ist es so dunkel, dass ich kaum meine Hände sehen kann, geschweige denn irgendetwas anderes. Wenige Augenblicke später flackert eine Flamme an der Kerze in Nikos' Hand auf.

"Wo hast du sie gefunden?", flüstere ich.

"Ich erinnere mich, dass ich sie das letzte Mal, als ich hier war, auf einem Regal in diesem Raum gesehen habe, und ich habe immer Streichhölzer dabei." Er reicht Ragnar eine Kerze und Stone eine weitere, und ich nehme an, das sind alle, die im Regal lagen.

Wir lassen den Flur hinter uns und betreten den Hauptraum mit einem massiven Kamin auf der linken Seite, der von Nikos Kerze beleuchtet wird. Er geht mit den anderen beiden Männern schnell durch den Raum, um zu sehen, ob wir allein sind. Crius bleibt hinter uns, seine Hand liegt auf meiner Taille. Seine Berührung ist so warm, und es ist tröstlich, zu wissen, dass er für uns da ist.

Je mehr Räume wir durchsuchen, desto mehr wird uns klar, dass wir vielleicht doch allein sind.

Mein Puls rast trotzdem, während ich Jae an meiner Seite halte. Sie sagt kein Wort, aber sie weiß, dass dies der Ort ist, an dem unsere Mutter ohne uns gelebt hat. An einem Ort, der so heruntergekommen ist, dass Löcher in der Wand sind, ein Teil der Decke heruntergefallen ist und die Küche ein entkerntes Chaos ist, in dem überall Dinge herumliegen. Das Haus ist zerstört. Ich weiß nicht, wie es dazu kam, und es ist erschreckend, es zu sehen.

Mutters Besessenheit, unseren Vater wieder zum Leben zu erwecken, ohne, dass er wirklich lebendig war, hat sie teuer bezahlt und uns so viel gekostet. Es schmerzt mich immer noch, ihn lebendig gesehen zu haben und zu wissen, dass so viele Leben für ihn gestorben sind. Ich bin glücklich, dass ich ihn noch einmal sehen konnte. Aber es war nicht richtig.

Meine Kehle ist voller Emotionen, aber ich kann nicht zusammenbrechen, schon gar nicht vor Jae. Ich halte ihre Hand und ziehe sie noch näher an meine Seite.

"Alles in Ordnung?", flüstere ich.

"Ja, sicher. Dieser Ort ist ein einziges Chaos."

Unsere Schritte führen den langen Flur hinunter, als ich ein schwaches Flackern unter der Tür zu meiner Rechten bemerke. Die Panik dreht und wendet sich in mir wie eine Beißzange. Ich sage Jae, sie soll die anderen am Ende des Flurs einholen. Ich ergreife Stones Hand und zeige auf das Licht, das unter der Tür hindurchscheint.

"Wir gehen da rein", flüstere ich und öffne mich meiner Magie. Ich versuche, mich darauf zu konzentrieren, keine Kraft aus mir zu ziehen und das Baby nicht in Gefahr zu bringen.

"Lass mich zuerst gehen", murmelt Stone zurück, wobei das blaue Leuchten seiner Runen durch sein Hemd dringt.

Mein Atem stockt, als er die Tür aufstößt. Ein schwaches Licht begrüßt uns von irgendwo im Keller. Natürlich ist das der Ort, an dem Lyra sein würde.

Mir läuft ein Schauer über den Rücken, aber ich schiebe die Angst beiseite. Ich folge Stone und wir schleichen die Treppe hinunter. Meine Hände schwirren vom Ruf der Magie, obwohl ich sie nicht anrufe, und ich spüre sie an meinen Fingern kribbeln. Ich atme tief durch und konzentriere mich darauf, nur Energie aus meiner Umgebung und vor allem aus Lyra zu ziehen. Wenn sie dadurch bewusstlos wird, können wir sie lange genug fesseln, um sie davon abzuhalten, uns anzugreifen.

Wir erreichen den Fuß der Treppe, und während Stone nach rechts geht, wo das Licht heller scheint, ruft mich etwas von links. Das Gefühl von Nadelstichen läuft meine linke Hand hinauf, und ich drehe mich in diese Richtung. Kaum bin ich ein paar Schritte gegangen, bleibe ich auf der Stelle stehen, und mein Atem geht stoßweise.

Vor mir beugt sich Lyra, immer noch im Körper meiner Schwester, über den Körper meiner toten Mutter, ihr Mund steht offen, ein gelbes Licht strömt aus dem Körper meiner Mutter in ihren Mund.

Ein Schauer durchfährt mich. Ich kann nur daran denken, dass sie Kaira umbringen wird, dass meine Schwester nie wieder dieselbe sein wird.

Die Wut flammt mit meinem nächsten Herzschlag auf, und die grausame Hitze verzehrt mich und lässt mich verbrennen. Mit ihr pocht die Verzweiflung auf mich ein. Ohne abzuwarten, entfessle ich die Schleusen meiner Magie.

Gelbes Licht strahlt über Lyras Rücken und schwappt zu mir. Es durchflutet mich, füllt jede Pore und fühlt sich an, als würde jemand mit Stacheln über meinen Körper kratzen. Ich stehle ihre Magie, ihre Dunkelheit, alles, was sie hat.

Plötzlich zuckt sie hoch und dreht sich in meine Richtung.

Erschrocken stolpere ich nach hinten, und ein schneller, harter Atemzug strömt über meine Lippen, und der saure Geschmack von Magie erfüllt meine Nasenlöcher.

"Du bist gekommen, um zu sterben", knurrt sie, wobei sie eher wie ein Tier klingt.

Wut durchströmt mich, und ich stelle mir meine Schwester vor, verängstigt und gefangen.

Mit diesem einen Gedanken reißt die Kraft aus mir heraus und überzieht mich mit dem Gefühl von statischer Aufladung, die über meine Haut läuft. Sie strömt aus meinen Händen, gerade als Stone hinter mir meinen Namen ruft. Blaue Lichtstrahlen treffen Lyra so hart und schnell, dass ich sie nicht aufhalten könnte, selbst wenn ich es versuchte.

Zitternd falle ich auf die Knie.

Die Hohepriesterin brüllt, und ihre gelbe Magie strömt aus ihren Händen, aber im Gegensatz zu meiner strömt sie in alle Richtungen und verschlingt alles in Sichtweite.

Panik durchströmt mich, dass sie uns alle umbringen wird, dass wir einen Fehler gemacht haben, hierherzukommen.

Für diese wenigen Sekunden bin ich überzeugt, dass dies das Ende ist.

Hier werde ich sterben.

NEUN

Erschrocken wache ich auf und blicke auf eine weiße Decke, die in Sonnenlicht getaucht ist. Für ein paar Sekunden bin ich überzeugt, dass ich mich wieder in meinem Koma-Traum befinde – in dem kleinen Haus mit meinen beiden Ehemännern, in dem ich das perfekte kleine Leben genieße, ohne eine einzige Sorge auf der Welt. Es ist eine egoistische Erleichterung, dass ich in diesem gemütlichen Haus in Sicherheit bin, aber ich habe andere, die ich liebe, zurückgelassen.

Mit einem Stöhnen drehe ich mich auf die Seite und schaue aus dem offenen Fenster, durch das eine kühle Brise weht. Draußen wiegen sich die Bäume, und ich habe immer noch keine Ahnung, wo ich bin.

Ein plötzliches Engegefühl in der Magengegend sticht mir in die Seite. Richtig, ich bin immer noch schwanger. Alle meine Gedanken schießen mir durch den Kopf - die Hexe, die von Kaira Besitz ergriffen hat, ich, wie ich sie mit meiner toten Mutter im Keller gefunden habe, und ich, wie ich sie mit meiner Magie angegriffen habe. Jemand muss mich nach oben getragen haben, nachdem ich ohnmächtig geworden war.

Ein Funke des Schreckens durchzuckt mich, und ich kann meine Hände nicht schnell genug zum Gesicht heben. An meinen Fingern ist keine Spur von Schwarz zu sehen, und ich atme laut aus vor Erleichterung, dass ich mir keine Energie entzogen und dem Baby geschadet habe.

Es ist seltsam, wie besorgt ich bin, wo ich doch vor einem Tag noch gar nicht schwanger war oder auch nur daran dachte, Kinder zu haben. Es ist etwas ganz anderes, seinen Körper plötzlich mit einem wunderschönen kleinen Engel zu teilen, aber die Erinnerungen an die Zeit, in der ich im Cottage gelebt habe, vermitteln das falsche Gefühl, schon länger schwanger zu sein.

Mit einer unbeholfenen Bewegung von Armen und Beinen, wie eine Schildkröte auf dem Rücken, stolpere ich aus dem Bett. Wenn ich an mir herunterschaue, sehe ich, dass ich ein langes Hemd trage und sonst nichts. Jemand hat mich umgezogen, nachdem ich ohnmächtig war.

"Warum bist du auf?", schreit Jae hinter mir.

Ich drehe mich um und entdecke sie in der Tür, die Hände in die Hüften gestemmt und mit strenger Miene, und ich lache. "Komm her, du", sage ich, begeistert und überglücklich, dass sie in Sicherheit ist. Wenn man bedenkt, dass sie noch nicht in Panik geraten ist, hoffe ich, dass das nach den Ereignissen der letzten Nacht, in der ich offensichtlich einen Blackout hatte, eine gute Nachricht ist.

Sie rennt durch den Raum, schließt den Abstand zwischen uns und ist an meiner Seite, umarmt mich um meinen Bauch.

"Ich hatte solche Angst, dass du verletzt bist, dass ich letzte Nacht kaum geschlafen habe. Ich lag sogar neben dir und hoffte, du würdest aufwachen, aber das tust du natürlich gerade dann, wenn ich auf die Toilette gehe."

"Mir geht es gut", sage ich mit frecher Zuversicht. "Wo ist Kaira? Sind Ragnar und die anderen hier?"

Sie nimmt meine Hand und führt mich zurück zum Bett. "Setz dich."

Unbehagen läuft mir den Rücken hinauf. "Ist es so schlimm?"

"Ich weiß es nicht." Sie schüttelt den Kopf. "Wir haben darauf gewartet, dass du aufwachst, damit wir uns vergewissern können, dass du in Sicherheit bist."

"Okay, ich bin da. Sag es mir", bitte ich ungeduldig, setze mich auf die Bettkante und rutsche ein paar Mal hin und her, bis ich eine bequeme Stellung gefunden habe. Sobald ich mich niedergelassen habe, lässt sich Jae neben mich fallen, berührt meinen Bauch und grinst.

"Nebenbei bemerkt, ich bin so aufgeregt, Tante zu werden, aber gestern Abend ist mir klar geworden, dass ich dich nicht gefragt habe, ob du glücklich darüber bist. Ich meine, ich würde ausflippen, wenn ich es wäre, aber für dich schien es okay zu sein, schwanger zu sein. Die Männer da draußen waren ganz verrückt nach dir, Nikos sprach davon, eine Wiege mit Rädern zu bauen, um das Baby herumzuschieben. Ich hätte nie gedacht, dass ein Wikingerkrieger so überschwänglich werden kann", kichert sie.

Ich grinse wie ein Honigkuchenpferd, wenn ich höre, dass sie genauso begeistert sind wie ich.

"Die Wahrheit ist, dass ich mich immer noch daran gewöhne. Ich liebe es, aber es hat mich geschockt, und es ist der denkbar schlechteste Zeitpunkt."

"Ist es jemals der richtige Zeitpunkt?"

Ich grinse und streiche ihr das Haar aus der Stirn und notiere mir innerlich, dass ich ihr die Haare schneiden muss, sobald sich die Lage beruhigt hat.

"Wahrscheinlich nicht, aber das ist wirklich ein schlechter Zeitpunkt, bei all dem, was passiert."

"Ich weiß, aber was auch immer passiert, du hast uns, und dieses kleine Wesen hat bereits sechs Menschen, die ihn oder sie lieben." Ihre Lippen formen ein O, und ihre Augen sind ebenso rund. "Was ist, wenn du Zwillinge bekommst?"

"Okay, du machst mir Herzklopfen. Lass uns das jetzt nicht sagen. Ich versuche wirklich, nicht daran zu denken, wie ich ohne Hebamme gebären soll." Ich lege einen Arm um ihre Schultern und drücke sie an mich. "Aber du hast recht. Wir werden immer einander haben. Egal was passiert, wir werden zusammen sein. Wir werden alle in einem großen Haus mit einer großen Küche und einem Garten leben. Du und Kaira werdet jede ein eigenes Zimmer haben."

"Was ist mit den Jungs?", fragt sie lächelnd. "Ich glaube einfach nicht, dass das Bett groß genug für euch alle fünf ist, plus das Baby."

"Hatte ich nicht erwähnt, dass du als Tante den Babysitterdienst übernimmst, einschließlich, dass das Kleine in deinem Zimmer schläft?", necke ich sie und zerzause ihr Haar.

Sie wirft mir einen strengen Blick zu. "Ich sage nicht nein, aber das werden wir sehen."

Es herrscht eine angenehme Stille im Raum, und ich frage schließlich: "Ist Kaira also frei von der Hohepriesterin?"

"Nicht ganz, aber sie ist in Sicherheit. Nachdem

du gestern Abend deine Magie auf die Hohepriesterin angewandt hast, hast du ihre Energie in dich hineingezogen und euch dann beide außer Gefecht gesetzt. Sie ist immer noch in Kaira, aber sie ist gefesselt und mit einem Schutzzauber belegt, sodass sie nicht entkommen kann."

"Wie kann sie immer noch in ihr festsitzen?" Ich seufze schwer, während sich die Kälte der Nachricht in meiner Brust verhärtet. "Ich habe alles getan, was ich konnte, um die Hexe loszuwerden." Ein Teil von mir befürchtet, dass wir zu spät gekommen sind und dass das, was Lyra von meiner Mutter genommen hat, sie dauerhaft mit meiner Schwester verschmolzen hat.

Bei dem Gedanken, dass wir Kaira vielleicht nie befreien werden, läuft mir ein Schauer über den Rücken.

"Stone hat die ganze Nacht in Mutters Büchern gelesen, um zu sehen, ob es irgendwelche Zaubersprüche oder Informationen darüber gibt, wie man jemanden exorziert." Sie kaut auf ihrem Lippenwinkel.

Ich weiß, dass sie Angst hat. Sie braucht es nicht zu sagen, ich höre es an ihrer Stimme. Ich habe nicht vor, ihr noch mehr Angst einzujagen.

"Wir werden einen Weg finden. Nichts ist jemals von Dauer." Ihr ein Lächeln zu entlocken, gibt mir einen Funken Hoffnung, dass wir Kaira retten können.

Das Klappern von etwas Schwerem, das auf die Dielen schlägt, hallt wider, und ich schaue zur Tür. "Was ist das?"

"Crius und Stone versuchen, den zerbrochenen Tisch und die Stühle zusammenzusetzen, damit wir einen Platz zum Frühstücken haben. Ragnar und Nikos sind zum örtlichen Packmarkt gegangen, um Lebensmittel zu besorgen."

Langsam erhebe ich mich und Jae legt mir ein Paar Sandalen vor die Füße, in die ich einsteigen kann. Ich frage nicht, wem sie gehören, und ziehe sie einfach an.

"Wo ist Kaira?"

"In Mutters Schlafzimmer. Sie ist immer noch bewusstlos, aber Stone passt gut auf sie auf. Weißt du, es ist komisch, hier zu sein. Ich weiß, dass Mutter hier gelebt hat, aber für mich fühlt es sich nicht nach ihr an." Sie zuckt mit den Schultern. "Vielleicht war ich zu jung, als sie uns verließ, um mich wirklich an sie zu erinnern." Sie hat Herzschmerz in der Brust.

Wie könnte es anders sein? Als ich zum ersten Mal erfuhr, dass Mutter uns aus ihrem Leben ausgeschlossen hatte, war ich verletzt und eifersüchtig. Es schmerzt mich, zu sehen, wie Jae den Schmerz wegwischt, obwohl ich weiß, dass sie tief im Inneren wütend ist.

"Ich liebe dich, Jae." Ich ziehe sie in meine Arme. "Wir sind die Familie, die wir brauchen. Ich werde immer für dich da sein."

Als sie sich schließlich aus meiner Umarmung befreit, wischt sie sich die Augen und lächelt.

"Sieh dir an, was sie geschafft haben."

Als ich Jae in einen Flur folge, blinzle ich über das, was ich sehe. Riesige Löcher in den Wänden, die Decke ist halb heruntergekommen, ein Balken hängt herab, und ich muss über einen klaffenden Riss in den Dielen steigen.

"Hmm, ich kann mich nicht erinnern, dass es hier gestern Abend so schlimm aussah, oder war es so dunkel, dass ich es übersehen habe?"

"Ah, ja", sagt Jae über ihre Schulter und hüpft über ein weiteres Loch. "Als die Hexe dich letzte Nacht zur Vergeltung mit ihrer Magie angegriffen hat, ist sie durchgedreht und hat das Haus regelrecht zerfetzt. Ich bin überrascht, dass es noch steht. Es hat wie verrückt gewackelt, nachdem du ohnmächtig geworden bist. Du hättest das Chaos der vier Jungs sehen sollen, die wie wild herumgerannt sind, um dich zu retten und die Hexe einzusperren."

"Wow, ich habe den ganzen Spaß verpasst", sage ich sarkastisch und entlocke Jae ein Lachen.

Trotz der Verrücktheit meines Lebens liegt heute eine Gelassenheit in der Luft, die ich zu schätzen weiß. Ich bin mir nicht sicher, ob ich zu viele stressige Tage ertragen kann.

Als wir den Hauptraum betreten, stehen Stone und Crius im Hintergrund und begutachten einen runden Tisch und eine Sammlung von verschiedenen Stühlen, Hockern und umgedrehten Holzkisten als Sitzgelegenheiten. Als sie sich in unsere Richtung drehen, treibt mir die Freude, die sich auf ihren Gesichtern ausbreitet, die Tränen in die Augen.

"Engel", platzt Stone heraus und eilt zu mir herüber, ebenso wie Crius. Ich bin schneller in ihren Armen, als ich "Hallo" sagen kann, und plötzlich hebt er mich von den Beinen.

"Du bist wach", gurrt Crius und streicht mir mit der Hand über die Stirn, als würde er meine Temperatur prüfen. "Und du siehst gut aus. Wie fühlst du dich?"

Stone lässt mich auf einem gepolsterten Hochlehner am Tisch Platz nehmen, dann ziehen beide weitere Stühle heran, um auf beiden Seiten von mir Platz zu nehmen, während Jae mir ein Glas Wasser holt und es vor mich stellt.

"Entspannt und als hätte ich eine Ewigkeit geschlafen."

Die Männer starren mich an, als könnten sie nicht genug von mir bekommen, ihre Hände sind überall auf mir. Ich denke daran, wie viel Angst sie die ganze Nacht über gehabt haben müssen, während ich ohnmächtig war, und das ist ihr Umgang mit diesem Schrecken.

"Du hast uns zu Tode beunruhigt. Wir mussten etwas tun, um uns abzulenken", erklärt Stone und blickt auf den Tisch.

"Da kam mir meine Axt gerade recht", fügt Crius hinzu und grinst böse.

"Warte, du hast den Tisch von Grund auf neu gemacht?", frage ich.

"Bist du verrückt? Natürlich nicht", sagt Crius. "Ich habe die ungleichen Beine abgehackt, damit es nicht mehr wackelt."

Jae bricht in Gelächter aus. "Du hättest hören sollen, wie sehr er geflucht hat, als ob es das Schwerste auf der Welt wäre."

Das Knarren der Dielen lässt uns aufblicken. Ragnar und Nikos betreten den Raum und tragen eine große Kiste. Es scheint eine Menge Essen für ein Frühstück zu sein, aber wir haben sechs Mäuler zu stopfen ... sieben, um genau zu sein. Wenn ich an Kaira denke, tut mir die Brust weh.

"Narah", sagt Nikos und eilt herbei, um die Kiste auf den Tisch zu stellen. Jae wühlt sich bereits durch das Essen.

In wenigen Augenblicken ist Ragnar an meiner Seite, schiebt sich an Crius vorbei und stiehlt mir einen Kuss. Dann verteilt er ganz viele auf meinem Gesicht, und ich bin im Himmel. Wann hatte ich nur so viel Glück, diese Männer in meinem Leben zu haben? Nikos bekommt auch einen Kuss, dann geben sich Stone und Crius die Ehre, und ich bin ganz heiß. Trotz der Schwangerschaft ist die Erregung in meinem Körper immer noch vorhanden, nur nicht mehr so stark wie früher.

Nachdem er mir erzählt hat, was passiert ist, nachdem ich ohnmächtig geworden bin, und Jaes Erklärung bestätigt hat, setzen wir uns alle um den Tisch. Die Männer sind breitschultrig, und nichts ist groß genug, wenn alle vier dabei sind, also wird es eng.

"Nun, was gibt es zu essen? Ich bin am Verhungern." Crius verteilt Teller, die er in der Küche gefunden haben muss, die immer noch einem Tatort ähnelt.

"Die Auswahl an Lebensmitteln, die man auf dem Markt kaufen kann, war begrenzt", sagt Nikos. Mit Jaes Hilfe stellt er eine große Tüte mit Pfirsichen und Trauben auf den Tisch, gefolgt von etwas, das einem Berg frittierter Fladenbrote ähnelt. "Die sind rumänisch und mit allen möglichen Zutaten gefüllt. Manche haben Kartoffeln, andere Fleisch oder Käse. Sie heißen plăcintă oder so ähnlich und riechen köstlich."

Jeder nimmt sich ein rundes Fladenbrot, das leicht größer ist als mein Kopf.

Stone bedient mich, und ich stelle fest, dass meins mit Fleisch und grünen Zwiebeln gefüllt ist. In dem Moment, in dem es meine Zunge berührt, könnte ich gestorben und in den Himmel gekommen sein. Es ist noch warm, der herzhafte Geschmack ist unglaublich. Ich nehme einen weiteren Bissen und stelle fest, dass ich nicht die Einzige bin, die still geworden ist und sich in das Essen vertieft, und lächle. Es ist toll, endlich etwas zu essen im Magen zu haben.

"Sag mir, dass da noch mehr in der Schachtel ist", murmelt Crius mit einem Bissen im Mund, während er nach einem zweiten Brot greift.

"Wir haben an dich gedacht", antwortet Nikos. "Als wir fünfzig Stück bestellt haben, haben wir vielleicht den Tag des Betas am Marktstand versüßt. Deshalb hat es auch so lange gedauert. Wir mussten warten, während sie sie alle gemacht haben. Wir dachten, wenn wir die mit Fleisch essen, können wir den Rest und das Obst mitnehmen."

"Wir gehen?" Ich verschlucke mich fast an meinem Fladenbrot.

Ragnar sieht mich an, seine Lippen sind geschürzt. "Wir müssen über unsere nächsten Schritte sprechen. Wir sind hier nicht sicher. Martell weiß, dass dies das Haus deiner Mutter ist, wie lange wird es also dauern, bis er auftaucht, wenn er uns nicht bei den Bane-Wölfen findet?"

Ich blinzle ihn an, das Essen liegt mir schwer im Magen. Ein Tag der Normalität, an dem ich nicht um mein Leben fürchten muss, ist alles, was ich mir wünsche.

"Wir können nicht riskieren, dass du verletzt wirst", fügt Nikos hinzu.

"Und wo sind wir sicher?", frage ich, lege das Fladenbrot weg und wische meine öligen Finger an dem Küchentuch ab, das wir uns alle teilen.

Ragnar schluckt das Essen in seinem Mund hinunter, und alle Augen sind auf ihn gerichtet. Ich kann nicht sagen, ob der Rest der Gruppe über diese Entscheidung Bescheid weiß, aber ich tappe auf jeden Fall im Dunkeln.

"Unsere Priorität ist deine Schwangerschaft, Narah, und das bedeutet, dich in Sicherheit zu bringen. Das könnte bedeuten, dass wir alle nach Süden in den Schattenland-Sektor reisen."

Ich keuche laut genug, um die Aufmerksamkeit auf mich zu lenken.

"Ich bin so verwirrt. Wolltest du nicht den wilden Sektor übernehmen? Warum verstecken wir uns nicht erst einmal woanders?" Ich senke meinen Blick auf meinen Bauch, der mit Krümeln übersät ist. "Ich glaube nicht, dass ich es schaffe, so weit zu reisen. Und dann ist da noch Kaira. Wie sieht der Plan aus? Sie mitschleppen, während eine verrückte Hohepriesterin noch von ihr Besitz ergriffen hat?" In meinem Kopf dreht sich alles. Ich will nicht als schwierig rüberkommen, aber meine Geduld ist nicht gerade grenzenlos.

"Daran habe ich gedacht. Höre mich an", sagt Ragnar und atmet tief ein. "Ich kenne den Alpha im Schattenland-Sektor, und er ist ein Mann mit starken Moralvorstellungen. Nach dem, was ich gesehen habe, ist er nicht korrumpierbar. Wir halten uns bedeckt, bis du entbindest. Deine Sicherheit ist mir wichtiger, und ich werde mich irgendwie um Mihai kümmern." Er hält inne und gibt mir die Möglichkeit zu antworten, aber ich bin mir immer noch nicht sicher, was ich davon halte.

"Meira, die Omega des Alphas, ist das unglaublichste Mädchen, das ich bewundere. Sie hat mich gerettet, als ich dort festsaß. Ich weiß, dass sie uns helfen wird", sagt Jae und wippt mit ihrem Stuhl.

"Und wie kommen wir dahin?", frage ich.

"Kutsche", sagt Nikos. "Es gibt Straßen und Leute, die bereit sind, Passagiere gegen eine Gebühr mitzunehmen. Wir mieten eine von ihnen, und hoffentlich bist du die meiste Zeit der Reise nicht auf den Beinen."

"Und Kaira?", frage ich.

Ragnar fährt sich mit der Hand über den Mund,

und ich sehe, dass dieses Thema in seinen Augen Besorgnis erregt.

"Ich hatte einen Gedanken, der umstritten ist", sagt Ragnar leise. Seine Augen fixieren die meinen, dann dreht er sich zu Nikos um. "Geh und hol Wasser aus dem Fluss und nimm Jae mit."

"Was, nein", protestiert Jae. "Ich will das hören."

Nikos steht auf und reißt ihren Stuhl vom Tisch weg, auf dem sie sitzt. "Du wirst später alles darüber erfahren, glaub mir."

Jae seufzt laut und rollt mit den Augen. "Ich verpasse immer den ganzen Spaß." Sie folgt Nikos mit schleppenden Schritten nach draußen.

Was immer er auch vorhat, er will nicht, dass Jae davon erfährt, und das löst bei mir Beklemmungen aus.

"Ich befürchte, dass das, was Lyra von deiner Mutter genommen hat, sie noch mächtiger gemacht hat, und nichts, was wir tun, wird sie aus dem Körper deiner Schwester entfernen. Je länger wir die beiden zusammenlassen, desto größer könnte der Schaden für Kaira werden", erklärt Ragnar in ernstem Ton.

"Also, was hast du vor?", frage ich und fummle mit dem Küchentuch in meinem Schoß herum.

"Erinnerst du dich daran, wie deine Mutter uns von dem Fluch befreit hat? Sie hat uns komplett zurückgesetzt."

"Bist du verrückt?", erwidere ich. "Willst du Kaira umbringen?" Ich stehe auf, gehe im Zimmer auf und ab und gehe das Chaos durch, das Mutter verursacht hat. "Sie hat uns in dem Fluss hinter ihrem Haus ertränkt, uns die Energie entzogen und uns dann mit Magie wiederbelebt. Ja, wir wurden zurückgesetzt, aber mit dem großen Risiko, dass wir es nicht schaffen oder uns in Zombies verwandeln würden."

Ragnars Lippen werden schmal.

"Ich weiß nicht, ob es funktionieren wird. Was wird mit Lyra geschehen?" Ich bleibe am Ende des Tisches stehen. Crius und Stone haben kein Wort gesagt, aber ich sehe die Angst auch in ihren Gesichtern.

"Ich schätze, sie wird aus Kairas Körper vertrieben und es gibt nichts, wo sie hingehen kann", antwortet Ragnar.

"So viele 'vielleicht'. Was, wenn ich sie aus Versehen in mich hineinziehe?" Zitternd setze ich mich auf einen Hocker und lege eine Hand auf meinen Bauch.

"Wir benutzen einen Gegenstand, um die Energie zu bündeln, damit das nicht passiert", sagt Stone schließlich. "Ich habe gesehen, wie Hexen das machen, um dunkle Geister zu vertreiben."

"Das ist nicht das, was ich will", sagt Ragnar, setzt sich neben mich und nimmt meine Hand in seine. "Aber wir haben keine andere Lösung. Wir müssen sie aus deiner Schwester herausholen, bevor es zu spät ist und bevor sie uns angreift."

Mein Brustkorb hebt und senkt sich schnell, mit flachen Atemzügen, während mein Puls donnert. So viele Gedanken verschwimmen in meinem Kopf, und nichts, was ich mir vorstellen kann, bietet einen Weg, die Hexe zu entfernen.

"Ich habe große Angst um meine Schwester ... und um uns."

"Ich helfe dir." Stone kommt an meine Seite. "Ich kann deine Art von Magie nicht anwenden, aber ich werde tun, was ich kann, um uns alle zu schützen."

"Je früher, desto besser", erinnert mich Ragnar.

Die Dringlichkeit dröhnt lauter in meinem Schädel.

Ich starre Crius an, der zu still ist. "Was ist mit dir? Was denkst du?"

Er leckt sich über die Lippen und steht auf. "Ich habe die Idee verdammt gehasst, als Ragnar mir zum ersten Mal davon erzählte. Was wir durchgemacht haben, war entsetzlich, und ich würde es niemandem wünschen, aber ich sehe keinen anderen Ausweg aus dieser beschissenen Situation. Diese Schlampe hat ihre Krallen in Kaira, und die Entfernung des Fluchs und der Fluss sind vielleicht die einzige Möglichkeit, sie herauszureißen."

Ich will zugeben, dass die Lösung funktionieren

könnte, aber ich bin zu Tode erschrocken. Ragnar legt seinen Arm um meinen Rücken, aber anstatt mich zu trösten, breche ich zusammen und weine. Meine Gefühle sind völlig durcheinander, und ich kann keinen klaren Gedanken fassen. Er drückt mich an sich, sein warmer Atem streicht über meine Wange, während seine Hand meinen Rücken streichelt.

"Es wird alles gut", sagt er mir, während die anderen beiden mich in die Arme nehmen. "Ich würde nie etwas vorschlagen, was deiner Schwester schaden könnte."

"Ich weiß. Es ist nur beängstigend, und ich fühle mich im Moment dumm und emotional." Als ich endlich wieder zu Atem komme, begrüßen mich diese drei verrückten Männer, in die ich mich so sehr verliebt habe, mit einem warmen Lächeln.

"Wie wäre es mit einer Fußmassage?", fragt Crius. "Wirst du es dir überlegen?"

Ich lache ihn aus, während noch mehr Tränen fallen. "Ich glaube, meine Tränenkanäle sind kaputt."

Grinsend nimmt mich Ragnar in die Arme und küsst meine feuchten Wangen.

"Weine, so viel du willst. Wir werden hier sein und jede Träne auffangen", sagt Stone und schiebt mein Haar zur Seite.

"Okay, jetzt machst du es noch schlimmer, weil

du so süß bist." Ich muss lachen, als Jae und Nikos zurückkommen.

"Also, was habe ich verpasst?", fragt Jae. "Wird mich jemand aufklären?"

Ich atme tief ein und lasse ihn langsam wieder los. Es wird ihr nicht gefallen, aber wir haben keine Zeit und keine Möglichkeiten mehr.

ZEHN

"Das kannst du nicht tun", wiederholt Jae zum zehnten Mal, während ihr die Tränen in die Augen schießen. "Du wirst Kaira umbringen", röchelt sie mit erstickter Stimme. "Ich kann mir nicht einmal vorstellen, ihr das anzutun."

Ich halte ihre zitternde Hand und kämpfe mit dem Drang, nicht zusammenzubrechen. Ich bin innerlich zerrissen, weil ich Jae so verzweifelt sehe.

"Es ist nur vorübergehend, dann hole ich sie zurück", versuche ich verzweifelt, meiner Schwester zu erklären. Ich glaube nicht, dass ich die Kraft hätte, Kaira das auch noch erklären zu müssen. Ich bete, dass sie bald wieder bei uns ist und wir das alles hinter uns lassen können.

In diesem Moment starrt mich Jae mit Tränen in

den Augen an, und es zerreißt mich, ihre Qualen zu sehen. Ich hätte es lieber gesehen, wenn sie nicht in all das hineingezogen worden wäre. Sie hat schon so viel Hässliches in dieser Welt gesehen, aber dass sie Zeugin der grausamen Entscheidung wird, die wir treffen müssen, des Risikos, das wir mit Kaira einge-hen, macht mich fertig.

"Komm mit mir." Ich nehme ihre Hand und führe sie durch den Flur zu Mutters Zimmer. Mein Puls beschleunigt sich, als ich Kaira an einen Stuhl gefes-selt sehe, der an das Bett gekettet ist. Das Seil ist um ihre Mitte und ihre Knöchel gewickelt, ihre Arme sind hinter ihrem Rücken verschränkt und ihr Kopf ist nach vorne gesunken. Ein dicker Kreis aus Salz umgibt sie, zusammen mit zerstoßenen Kräutern und einem Schutzzauber, den Stone in einem der Bücher meiner Mutter gefunden hat.

Kaira ist seit gestern Abend so, und ich zittere, als ich sie in einem solchen Zustand sehe. Jeder Zentimeter in mir brennt vor Schuldgefühlen, aber was konnten wir sonst tun? Lyra ist gefährlich. Ein Fehler könnte sie entkommen lassen, und einer von uns könnte getötet werden.

"Ich hasse das so sehr." Jae schluchzt leise. "Ich will nur Kaira zurück. Sie hat es nicht verdient, wie eine Gefangene gefesselt zu sein."

"Ich weiß, aber es gibt keinen anderen Weg, die Hexe aus Kairas Körper zu entfernen. Meine Magie hat nicht funktioniert, also müssen wir es mit Mutters Methode versuchen. Es tut mir weh, Kaira so zu sehen, aber was passiert, wenn wir sie nicht von der Hexe befreien? Wen wird sie als Nächstes töten?" Meine Kehle ist wie zugeschnürt, und ich kämpfe gegen den Drang zu weinen an, um für Jae stark zu sein.

Sie schluchzt nur in ihre Hände. Ich nehme sie in die Arme, streichle ihr Haar und gurre: "Es wird alles gut. Du wirst schon sehen. Ich wette, wenn Kaira mitreden könnte, würde sie uns fragen, warum wir den Zauber nicht schon längst gemacht und sie befreit haben."

Jae hat Schluckauf und sieht zu mir auf. "Sie würde das tun und uns dann ein schlechtes Gewissen machen. Sie ist immer so ungeduldig. Ich habe einfach Angst um sie. Ich will ihr Leben nicht riskieren, aber ich kann es nicht ertragen, sie so zu sehen."

Jedes Wort drückt auf mein Herz, und meine Kehle wird eng. Ich räuspere mich, dann murmle ich: "Stell dir vor, wenn das klappt, wird sie so schockiert sein, mich in diesem Zustand zu sehen. Weißt du noch, als sie uns sagte, sie wolle zehn Kinder haben?"

Jae kichert und wischt sich die Augen. "Und es sollten alles Mädchen sein, weil sie ein Rudel wollte, das nur aus Kriegerinnen besteht."

Zwischen uns herrscht ein Moment der Stille. Meine Gedanken schweifen zu Kairas Wildheit, und ich weiß, dass sie kämpft und Lyra niemals nachgeben wird.

Jae kneift die Lippen zusammen, und ich beuge mich zu ihr, um ihr die Tränen von den Wangen zu wischen.

"Ich denke, wir sollten es tun. Sie würde das wollen."

"Was immer du für richtig hältst, Süße." Ich muss für meine beiden Schwestern stark sein, aber ich bin so voller Schuldgefühle und Angst, dass ich befürchte, innerlich und äußerlich zusammenzubrechen. Ich habe keine andere Wahl. Ich muss das für Kaira und um unser aller Leben tun.

Jae kaut an der Ecke ihres Fingernagels, und ich nehme zärtlich ihre Hand und führe sie aus dem Zimmer.

"Holen wir unsere Schwester zurück."

"Okay. Bitte, lass sie nicht zu einem Zombie werden."

"Natürlich", sage ich selbstbewusst, obwohl ich innerlich zittere. Ich habe keine Ahnung, was ich da tue, aber wenn ich mir etwas bewiesen habe, dann, dass ich unglaublich gut improvisieren kann.

Nikos

"Wie kommt es, dass wir alle diese beschissenen Jobs haben?", jammert Crius, während er und ich Narahs Mutter aus dem Keller manövrieren, wohin wir sie das letzte Mal gebracht hatten, als wir im Haus waren.

Ihr Körper ist eiskalt und bereits in einem Zustand der Verwesung. Fingernägel und Zähne sind ausgefallen, und sie stinkt. Der modrige Gestank von verrottendem Fleisch bringt mich jedes Mal an den Rand des Würgens, wenn ich einatme.

"Beeile dich einfach, verdammt. Ich trage das ganze Gewicht hier unten." Meine Arme sind am Fuß der Treppe angespannt, und Crius geht voran.

Er hebt sie bei jedem Schritt hoch und stöhnt. Seine Fäuste sind weiß vom Griff an dem Bettlaken, in das wir sie gerollt haben.

Als wir den Flur erreichen, entgleitet sie meinem Griff, und ihre Füße stoßen auf den Holzboden.

"Ich weiß nicht, warum du dich beschwerst. Ich trage den größten Teil des Kopfes und des Rumpfes, und das stinkt. Ich glaube, sie verflüssigt sich gerade." Crius starrt auf die nassen Flecken auf dem Bettlaken.

Ich will gar nicht daran denken, sonst muss ich sie vollkotzen.

"Heb sie einfach auf und lass sie uns nach

draußen bringen. Dann schrubbe ich meinen Körper mit einer Drahtbürste." Ich beuge mich herab und reiße noch einmal am Stoff, und wir eilen durch das Haus zur Hintertür.

Stone und Narah haben den Fluchentfernungszauber ihrer Mutter entdeckt und ihn mit einem anderen Zauber verbunden, der Geister von besessenen Menschen entfernt. Dazu braucht man einen Körper, in den man den Geist treiben kann, und einen Talisman, der offenbar alle Geister in der Nähe wie ein Magnet anziehen würde. Offenbar soll Lyras Geist in den toten Körper gerissen und dann fast augenblicklich ausgelöscht werden.

Die Zaubersprüche zusammenzuflicken macht mir Angst, aber wir haben nicht gerade viele Möglichkeiten, Kaira zu retten.

Auf dem Hof angekommen, ziehen dunkle Gewitterwolken auf, die Regen versprechen. Wir folgen Crius und stolpern schnell zum Flussufer, um die Leiche zu entsorgen. Ich stöhne und strecke meinen Rücken, während Crius am Ufer hockt und sich hektisch die Hände wäscht. Meine Haut kribbelt genauso.

Als ich mich umdrehe, entdecke ich Stone und Ragnar in einer hitzigen Diskussion mit Narah. Jae sitzt auf dem Rasen in der Nähe des Hauses, reißt am Gras und wischt sich die Augen.

"Ist hier in Ordnung?", frage ich laut zu Narah und zeige auf ihre Mutter.

"Perfekt", antwortet Stone. "Kannst du sie ein bisschen auspacken?"

Ich zucke zusammen, und Crius ist an meiner Seite und klopft mir auf den Rücken.

"Danke, dass du dich für das Team einsetzt."

"Arschloch." Hastig ziehe ich an dem Stoff und berühre so wenig wie möglich von ihrem Körper. Der Anblick ist ekelerregend. Als ich fertig bin, ziehe ich mich schnell zu den anderen zurück und sehe, dass Crius sich zu Jae gesellt hat.

"Okay, und was ist der nächste Schritt?", frage ich, weil ich es hinter mich bringen will.

Narah sieht zu mir auf, ihr Gesicht errötet, ihre Lippen sind zusammengekniffen, sie ist völlig gestresst.

"Ich glaube, wir sind fast am Ziel. Wir müssen nur noch Kaira rausbringen. Sobald wir anfangen, binden du und Crius sie los und bringen sie ins Wasser."

"Okay." Ich nicke und ein Schauer der Angst läuft mir über den Rücken. "Vorausgesetzt, sie wacht nicht auf und wird wild und tritt uns in den Hintern, richtig? Gibt es etwas, das wir tun können, damit sie nicht aufwacht?"

Narahs Gesicht wird blass.

"Deshalb müssen wir uns beeilen", erklärt Stone.

"In dem Moment, in dem sie das Wasser erreicht, wird Narah den Zauber sprechen. Von da an sollte es schnell gehen."

"Bei dir klingt es so einfach", sage ich sarkastisch.

"Hoffentlich wird es das", fügt Ragnar mit zusammengezogenen Brauen hinzu. Göttin, es ist schlimmer, als ich dachte. Sie sind wie versteinert, dass es nicht klappen wird.

"Ich bin bereit", sagt Narah tapfer. "Ich kann es nicht oft wiederholen. Das stresst mich nur." Sie schnappt nach Luft, und ich mache mir Sorgen, wie sehr sie sich aufregt und ob ein solcher Zauber ihre Schwangerschaft belastet.

In unserem Traumzustand fühlte es sich an, als ob sie jeden Tag fällig wäre, trifft das auch auf das wirkliche Leben zu? Sie watschelt, wenn sie geht, und schnauft, wenn sie sich zu viel bewegt. In jeder anderen Situation würde ich sie in den Arm nehmen und beruhigen, aber als einzige Zauberin unter uns ist sie unsere eigene Retterin, und wenn es darum geht, ihre Schwestern zu retten, kann man ihr nicht widersprechen.

Narah reibt sich den Bauch, und mein Magen krampft sich zusammen. Die Antwort ist, diesen verdammten Zauberspruch zu sprechen und zu beten, dass er funktioniert. Als ich zu Jae hinüberschaue, weint sie. So gern ich Jae auch von hier wegbringen würde, das sture Mädchen hat bereits deutlich gemacht, dass sie nicht gehen wird. Wir müssen also alle besonders wachsam sein, falls die Hexe in Kaira angreift. Widerwillig mache ich auf dem Absatz kehrt und marschiere zum Haus.

"Showtime, Kumpel", rufe ich Crius zu. "Wir müssen Kaira rausbringen."

Crius springt auf, reibt sich den Nacken und marschiert hinter mir her. "Ich bin bereit."

Im Schlafzimmer starren wir Kaira an, die immer noch auf ihrem Stuhl zusammengesackt ist.

"Wie kann man das am besten machen?", fragt Crius und hält seine Axt in der Hand.

"Wir lassen sie auf dem Stuhl. Ich nehme die Rückenlehne, und du nimmst die beiden Vorderbeine."

"Richtig ..." Er wirft mir einen stumpfen Blick zu. "Ich stehe also in der Schusslinie, sollte die Psychohexe zurückkommen."

"Es ist nur fair, dass wir uns abwechseln. Beim letzten Mal habe ich die Beine getragen. Jetzt sammelst du einen Punkt für das Team."

"Fick dich. Lass uns eine Münze werfen."

"Nein", sage ich, aber er hat schon eine Münze aus der Tasche.

"Was sagst du?" Er hebt seinen Blick, als er die sich drehende Münze in die Luft wirft.

"Wir drehen sie nicht um", wiederhole ich lauter.

"Gut, ich sage Kopf."

Ich verdrehe die Augen, als er die Münze auffängt und sie auf seinen Handrücken klatscht. Ich lehne mich zu ihm. Ich traue ihm nicht, dass er nicht betrügt. In dem Moment, in dem ich die Münze sehe, grinse ich.

"Zahl. Die Vorderbeine gehören dir. Und jetzt hör auf, das in die Länge zu ziehen."

"Scheiße." Crius starrt mich mit einem halben Grinsen an. "Beim nächsten Scheißjob darf ich mir aussuchen, welche Seite ich trage."

"Geht für mich in Ordnung. Und jetzt leg los. Ich will das erledigt haben. Narah muss sich ausruhen. Sie sieht aus, als würde sie gleich von den Füßen fallen."

"Das habe ich auch gedacht. Jae ist ganz schön durcheinander. Sie ist so gestresst, ich mache mir Sorgen um ihren Geisteszustand, wenn das hier nicht funktioniert."

"Es wird funktionieren ... das muss es." In Gedanken suche ich nach etwas, um den Schrecken zu unterdrücken, was wir tun werden, wenn die Dinge in die Hose gehen, wie wir alle schützen können, wenn Lyra erwacht und angreift.

"Okay, bist du bereit?", fragt Crius, nachdem er mit seiner Axt das Seil durchgeschnitten hat, mit dem der Stuhl an das Bett gekettet ist. Die Stimmung wird düster.

Mit einem Nicken nehmen wir Kaira und den Stuhl in die Zange. In stillem Gebet bewegen wir uns wie der Wind nach draußen und rennen wie wild zum Fluss. Mein Herz klopft wie wild, und als wir den Fluss erreichen, atme ich flach und röchelnd.

Ragnar ist in Sekundenschnelle an meiner Seite, das Messer in der Hand.

Narah und Stone stehen ein paar Meter hinter uns, und der Hauch von Magie liegt bereits in der Luft. Ich spüre, wie sie an meinem Nacken leckt.

Ragnar verschwendet keine Sekunde. Er macht sich daran, die Seile um Kaira zu zerschneiden. Crius und ich sind zur Stelle und fangen sie auf, als sie nach vorne fällt und aus dem Stuhl kippt.

Jedes Haar auf meinem Körper steht mir zu Berge.

"Schnell, werft sie ins Wasser", befiehlt Ragnar.

Das müssen wir uns nicht zweimal sagen lassen. Wir ziehen sie ins Wasser, Crius und ich halten jeweils einen Arm. Bei drei stoßen wir sie ins Wasser. Meine Brust krampft sich vor Schmerz zusammen, weil ich weiß, dass sie Narahs und Jaes Schwester ist, aber ich will die Hexe in ihr tot sehen.

Kairas Körper platscht ins Wasser, sinkt zunächst, kommt dann wieder hoch und schwimmt mit dem Gesicht nach unten.

Hinter mir hat Jae eine Panikattacke und schreit, dass sie ertrinkt.

Das ist die Absicht.

Ragnar packt mich am Arm und zerrt mich vom Fluss weg, aber je länger ich das Mädchen anstarre, das wir ertränken, desto eisiger wird es in meinen Adern. Ich reibe mir nervös mit der Hand über den Mund und versuche, nicht zu schreien, dass das verdammt falsch ist. Ich weiß, dass es das nicht ist, aber mein Instinkt sagt mir, dass nichts davon richtig ist. Jaes Kummer ist eine Klinge in meiner Brust, die sich in meinem Herzen windet. Diese drei Schwestern sind mir so sehr ans Herz gewachsen, sie sind jetzt Teil meines Lebens.

Mit zusammengebissenen Zähnen verlangt jeder Instinkt in mir, dass ich ins Wasser stürze, um Kaira zu retten, aber ich tue das Schwierigste überhaupt. Mit schweren Füßen und einem noch schwereren Herzen gehe ich weg.

Kaira mag diejenige sein, die im Wasser ist, aber ich ertrinke in meinem Inneren.

Ich halte an einer Stelle inne, von der aus ich alle im Blick habe, um auf eventuelle Angriffe vorbereitet zu sein.

Narah stößt ein lautes Stöhnen aus, sie stützt ihre Hände vor sich ab. Die Luft zwischen ihr und dem Fluss kräuselt sich. Sie sprüht Funken, und die statische Aufladung jagt mir einen Stromstoß durch die Arme.

Mein Herz rast in meiner Brust, als ich meine

Aufmerksamkeit auf Kaira richte. Alle Augen sind auf sie gerichtet, als ihr Körper plötzlich unter die Oberfläche gesaugt wird.

Jae keucht laut auf und eilt zum Fluss, zweifellos um Kaira zu retten.

Ich drehe mich, um ihr nachzustürzen, aber Crius ist schon dabei und nimmt sie in seine Arme. Schluchzend schlägt sie ihre Fäuste auf seine Brust, während er sie zurück zum Haus trägt.

Meine Brust ist kurz davor, zu platzen. Ich schlucke, es brennt meine ausgetrocknete Kehle hinunter und bemerke, wie Narah Tränen über das Gesicht laufen, während sie den Zauberspruch spricht.

Ich bewege mich nicht. Keiner von uns tut das, angesichts der höllischen Situation.

Es dauert nur Sekunden, bis Kaira plötzlich nach oben springt, mit Kopf und Schultern die Oberfläche des Flusses durchbricht, einen Schrei ausstößt und die Arme wild um sich schlägt.

Ich zucke zusammen, mein Herz schlägt mir bis zum Hals.

Jae schreit hinter uns, und Crius schnappt sie sich und stürmt mit ihr ins Haus.

Ich trete näher an den Fluss heran, aber Ragnar hebt seine Handfläche, um mich aufzuhalten.

Narah ist konzentriert und bewegt sich nicht, und auf Stones Brust leuchten die blauen Runen. Als ich das Zittern der Erde spüre und sehe, wie sich die

Wurzeln aus dem Boden und dem Fluss erheben und eine stachelige Umzäunung um Kaira bilden, verstehe ich, dass er sie gefangen hält, falls die Hexe entkommt.

Ich bin mir nicht sicher, ob es sie aufhalten wird, aber Stones Magie kontrolliert die Elemente über die Bewegung hinaus, greift an und hält jemanden fest, wenn nötig. Wir verlassen uns darauf.

Kaira wird wieder unter Wasser gezogen, das Wasser peitscht, wilde Wellen spritzen an das Ufer.

Es sagt mir, dass wir es mit der Hohepriesterin zu tun haben. Doch während wir sie dabei beobachten, wie sie gegen die Magie ankämpft, die sie ertränkt, kann ein Teil von mir nicht anders, als sie zu bemitleiden.

Erinnerungen blitzen auf, wie Narahs Mutter das Gleiche mit uns gemacht hat. Ich hatte noch nie in meinem Leben so viel Angst.

Ragnars Blick verdunkelt sich, als er in meine Richtung blickt. Er ist besorgt. Scheiße, das sind wir alle.

Plötzlich verstummen die Spritzer.

Es ist still … zu still.

Niemand rührt sich, aber mein Puls rast, und ich bin verdammt angespannt. Ich zerbreche mir den Kopf, wie lange wir unter Wasser waren, aber ich weiß es nicht mehr. Damals fühlte es sich wie eine Ewigkeit an.

Blitzschnell schießt ein gelber Lichtschleier aus dem Wasser und schleudert auf Narah, Stone und den toten Körper zu.

Stone wirft sich hin, um Narah zu beschützen, aber im selben Augenblick ertönt ein donnerndes Brüllen aus dem Fluss. Ich stürze mich auf Narah, während ich meinen Kopf in Richtung des Flusses drehe.

"Lauft!", schreit Ragnar.

Eine Wasserwand hat sich aus dem Fluss erhoben und überragt uns, und sie kommt schnell herunter.

Die Panik lässt mich zusammenzucken, aber sie bricht so schnell und heftig über uns herein, dass ich das Gefühl habe, von einem verdammten Berg überrollt worden zu sein. Meine Schreie werden übertönt, als meine Beine unter mir weggeschwemmt werden. Ich zische mit der Strömung, die mich herumwirbelt und verdreht. Ich strecke meine Arme und Beine aus und versuche, einen Weg an die Oberfläche zu finden. Mit angehaltenem Atem gerate ich außer Kontrolle und weiß nicht mehr, was oben und was unten ist.

Sie verarscht uns. Die Hexe lenkt uns ab!

Als Nächstes werde ich weggeschleudert und ausgespuckt, schlage auf dem Boden auf und rolle, bis ich gegen einen Baum knalle. Ich stöhne auf, weil der Schmerz von der Stelle, an der meine Hüfte gegen den Baum prallte, im Zickzack durch mein Bein läuft. Jeder Zentimeter von mir ist durchnässt, und ich sauge die Luft in meine Lungen. Mit offenen Augen brauche ich Sekunden, um herauszufinden, was zum Teufel hier los ist.

Stone hat Narah auf einen Baum gesetzt, beide sitzen auf einem Ast und sind größtenteils im Trockenen, während Ragnar und ich wie Fische auf dem Trockenen taumeln müssen.

Narah ist in Sicherheit, und das ist das Wichtigste.

"Was zum Teufel!", knurrt Ragnar und richtet sich auf. Das Wasser hat den umliegenden Wald durchnässt und tropft vom Dach des Hauses.

Als ich zum Fluss sprinte, platschen meine Schritte auf den aufgeweichten Boden. Kaira liegt auf dem Boden des Flussbettes auf dem Rücken und hustet Wasser.

Mein Herz rast vor Adrenalin.

Ohne zu warten, stürze ich zu ihr und lasse mich auf die Knie fallen. Hastig drehe ich sie auf die Seite und klopfe ihr auf den oberen Rücken, damit sie das Wasser, das sie geschluckt hat, ausspucken kann. Das Wasser strömt über meine angewinkelten Beine und auf Kaira, also hebe ich sie schnell hoch und bete, dass sie nicht mehr besessen ist.

Ich beobachte ihr Gesicht auf Anzeichen, dass sie nicht sie selbst ist, aber sie ist zu sehr mit Husten beschäftigt. Ihr Gesichtsausdruck hat etwas seltsam Unschuldiges an sich, das ich so noch nie in ihrem Gesicht gesehen habe. Seit ich Kaira kenne, steht sie unter Lyras Einfluss, aber irgendetwas fühlt sich jetzt anders an. Ich kann es nicht erklären, aber ich spüre keine Magie in ihrer Nähe.

Ragnar steht am Flussufer. Er beugt sich hinunter, ergreift meinen Arm und hilft mir das schlammige Ufer hinauf. Meine andere Hand liegt um Kaira.

"Sie sieht normal aus", sage ich zu Ragnar, der mit zusammengekniffenen Augenbrauen das Gesicht des Mädchens mustert. Ich kann es ihm nicht verübeln, da wir bereits von der Hohepriesterin hereingelegt worden waren.

Kaira beruhigt sich schließlich, hat Schluckauf und wimmert Narahs Namen.

Narah ist jetzt vom Baum herunter, Stone an ihrer Seite, und beide starren auf den Körper ihrer Mutter hinunter.

Etwas Dunkles kräuselt sich aus dem magischen Talisman, der an der Brust von Narahs Mutter befestigt ist, eine Rauchfahne, die von der Brise weggetragen wird. Alle beobachten, wie es sich wie Asche auflöst - einen Moment ist es noch da, dann ist es weg.

"Bitte sag mir, dass Lyra jetzt tot ist", murmelt Ragnar. Er ist durchnässt, sein Haar klebt an seinem Kopf, aber das ist ihm egal.

Narahs panisches Gesicht schwenkt in meine Richtung und ihr Blick fällt auf Kaira an meiner Seite. Unter Tränen und mit einem Lächeln quiekt sie, während sie unbeholfen auf ihre Schwester zueilt. In Sekundenschnelle ist sie an meiner Seite und umarmt Kaira, und ich trete zurück, um ihr Platz zu machen.

"Narah, wann ist das passiert?", fragt Kaira und berührt den schwangeren Bauch ihrer Schwester.

Narah lacht und umarmt sie und sagt ihr, dass sie ihr später alles erklären wird.

Ich nehme an, dass Lyra ausgerottet wurde. Das schwere Brennen der Magie liegt nicht mehr auf meiner Haut oder in der Luft, was ich als die beste Nachricht der verdammten Welt ansehe. Meine Brust krampft sich zusammen angesichts der Gefühle, die sich um mein Herz kräuseln.

Kaira ist zurück. Ich kann mir ein Grinsen nicht verkneifen, weil ich weiß, dass es Narah unendlich glücklich macht.

"Stone", rufe ich ihm zu, und mit Ragnar kommen wir drei zusammen.

"Sie ist verschwunden", bestätigt Ragnar. "Soweit ich das beurteilen kann, war das Irrlicht, das wir gesehen haben, die besiegte böse Hexe."

"Und der Fluss, der über die Ufer getreten ist?", fragt Ragnar, während er das Wasser aus seinem Hemd auswringt.

"Ihr letzter Versuch", bestätigt Stone. "Aber man kann den Unterschied spüren. Die Luft ist leichter. Sie ist definitiv weg."

"Scheiße, ja." Ich nicke. "Man kann es auch in Kairas Gesicht sehen."

Wir drei atmen zur Abwechslung mal durch, und das hat alles damit zu tun, dass wir nicht glauben können, dass wir diese verdammte Schlampe tatsächlich vernichtet haben.

"Danach", beginnt Stone, "muss ich mich heute Abend hemmungslos betrinken. Ich hatte noch nie so viel Angst, dass uns etwas um die Ohren fliegt".

"Kaira", ruft Jae plötzlich vom anderen Ende des Hofes und rennt zu ihren Schwestern. Ihre Wangen sind klatschnass.

Mir verschlägt es fast die Sprache, als ich die drei zusammen sehe.

Crius schlendert zu uns herüber, fährt sich mit der Hand durch die Haare und starrt auf den vom Fluss völlig zerstörten Hof. Seine Schritte plätschern im Wasser, und er runzelt die Stirn.

"Möchte ich wissen, warum der Fluss überall auf dem Rasen ist?", runzelt er die Stirn. Mit einem Blick auf die drei Schwestern, dann auf ihre Mutter, weiß er, dass wir es geschafft haben. Er jubelt und macht Luftsprünge.

Mit einem tiefen Einatmen strecke ich meinen Rücken durch und schlage der Meute vor: "Wir sollten eine Beerdigungszeremonie für ihre Mutter abhalten, damit alles geregelt ist."

Es gibt einen Moment, in dem wir uns alle vier umschauen und immer noch erstaunt sind, dass zur Abwechslung mal etwas in unsere Richtung geht. Seit wir in Rumänien angekommen sind, haben wir ständig gekämpft, sind ständig rückwärts gegangen. Das ist ein großer Erfolg, und ich nehme den verdammten Sieg, wenn man bedenkt, was wir bis zu diesem Punkt alles durchgemacht haben.

Crius erzählt, wie er einmal in eine Überschwemmung geriet und ein ganzes Dorf rettete. Ich lache über seine dramatischen Geschichten, aber als ich zu den Mädchen schaue, sieht mich Narah mit einem Lächeln an, das mein Herz zum Schmelzen bringt.

Wenigstens für heute Nacht werden wir Frieden in unseren Seelen haben.

ELF

Heute verlassen wir das Wolfsgebirge, und das ist bittersüß.

Gestern Abend haben wir meine Mutter im Garten beerdigt. Ich bin heute Morgen in meinem Schlafzimmer geblieben und fühle einen seltsamen Sog zum Haus. In meiner Seele spüre ich, dass ich nicht mehr zurückkehren werde, wenn wir einmal weg sind. Meine Wölfin rührt sich unruhig in mir und will, dass wir gehen. Sie hasst es hier, hasst den Geruch des Todes, aber die Gefühle sitzen tief.

Es gibt so viel Schmerz und Qualen, zu viele Erinnerungen, die ich hinter mir lassen muss. Ich muss meinen Schwestern helfen, mit dem Trauma fertig zu werden, dass sie durchgemacht haben, und dieser Ort ist für keine von uns gesund.

Ich habe mich zwar entschieden, aber ich habe mein Zimmer noch nicht verlassen.

Unsere Kutsche ist gebucht, und wir sind bereit. Meine Schwestern, die seit der Rettung von Kaira unzertrennlich sind, sind mit den Männern auf dem örtlichen Markt, um Vorräte für unsere Reise zu besorgen. Ragnar plant einen kleinen Abstecher mit Nikos, um den Alpha der Bane-Wölfe, Mihai, zu besuchen. Er erwähnte etwas davon, dass er mehr Zeit für eine Besorgung, die er dem Alpha versprochen hat, gewinnen will. Die beiden werden uns auf dem Weg zum Schattenland-Sektor zu Pferd einholen.

Diese chaotische Veränderung in unserem Leben hat alles mit meiner Schwangerschaft zu tun und damit, dass ich nicht weiß, wann ich entbinden werde. Wie alle anderen bete ich, dass es nach der Ankunft im Schattenland-Sektor passiert, und hoffe, dass es dort Hebammen gibt, die mir helfen. Ich habe Panik vor der Entbindung.

Ist es seltsam, dass ich mich gleichzeitig überfordert und aufgeregt fühle, wann ich mein kleines Jelly Bean sehe? So lange habe ich nur meine Schwestern geliebt und dann diese vier nordischen Krieger, die in mein Leben gestürzt sind, sodass ich mich Hals über Kopf in sie verliebt habe. Und gerade als ich dachte, ich hätte meine Gefühle verstanden und wüsste, wie sehr ich für meine neue Familie empfinde, kam etwas Kleines daher, das mir bewusst machte, wie viel mehr Liebe ich zu geben habe.

Ich starre aus dem Fenster auf den Wald und lege meine Hände auf meinen Bauch. Das Baby hat sich die ganze Nacht über bewegt, und ich fühle mich unwohl. Lächelnd schaue ich nach unten und flüstere: "Ich weiß noch nicht, wer du sein wirst, aber ich weiß, dass du meine Welt sein wirst."

Die Dielen knarren hinter mir, und als ich mich umdrehe, sehe ich Stone in der Tür stehen, der sich mit den Fingern über seinen kurzen Bart streicht. Sein goldenes Haar, das so hell ist wie das Sonnenlicht draußen, hängt unordentlich in sein Gesicht und über seine Schultern, als hätte er es nur mit den Fingern gekämmt. Blaue Augen, so tief wie der Ozean, lächeln mich an.

"Sind sie schon zurück?", frage ich.

"Noch nicht." Er grinst und schüttelt den Kopf. "Nach der langen Einkaufsliste zu urteilen, die du ihnen gegeben hast, werden sie noch eine Weile unterwegs sein."

"Vielleicht habe ich es übertrieben, vor allem bei den Lebensmitteln." Ich lache, als ich daran denke, dass ich die Liste geschrieben habe, als ich hungrig war.

"Hoffentlich finden sie alles." Er drängt sich in den Raum und schlendert auf mich zu. "Das könnte der letzte friedliche Moment sein, in dem wir beide für eine Weile allein sein können." Er tritt die Tür hinter sich zu und beäugt das Bett mit einem lüsternen Blick.

Ich lächle breit. Ich liebe es, wie angetörnt meine Männer sind, wie sie genauso unersättlich sind wie ich.

"Ich verstehe. Was hast du vor?", stichle ich.

"Ich möchte, dass du mich anflehst", sagt er und zieht sein Oberteil in Zeitlupe über seinen Oberkörper. Er hat Kanten und Kurven, überall Muskeln. Der Mann ist solide, und mein Körper spannt sich vor Erregung an. Stone ist ein Adonis, und er gehört ganz mir.

"Ich will, dass du mich überall anfasst", versuche ich verführerisch zu sagen, aber ich kichere nur und komme mir albern vor. "Das kann ich nicht tun. Sieh mich an. Ich bin ein Elefant, und du siehst aus wie ein Gott." Ich zucke mit den Schultern. "Ich fühle mich nur etwas unsicher, schätze ich. Ich habe es so satt, Männerhemden zu tragen, aber das sind die einzigen Sachen, die mir im Moment passen." Ich werde rot und habe das Gefühl, die Stimmung ruiniert zu haben.

Mit einem Blick auf meine Hände, die genauso geschwollen aussehen wie meine Knöchel, wende ich mich wieder dem Fenster zu und kämpfe mit den Gefühlen, die in mir kämpfen. Der Freude über mein

Neugeborenes und dem Verlust des Selbstbewusstseins wegen meines Aussehens.

"Du bist absolut wunderschön, Narah." Stone steht hinter mir, sein Körper ist an meinen gepresst, und er glüht förmlich. Er küsst meine Schulter. "Du hast keine Ahnung, wie sehr ich es liebe, dich schwanger zu sehen, wie attraktiv du bist."

Er drückt seine Erektion gegen meinen Hintern, und ich freue mich, dass ich ihn immer noch anmache.

"Jeder Zentimeter von dir hat mich hypnotisiert, und Babe, du hast uns alle vier sabbern lassen, wie viel größer deine Brüste sind. Ich wache jeden Morgen mit einem Ständer auf, wenn ich an sie denke. Verweigere mir das nicht. Ich brauche dich."

Ich drehe mich zu ihm um, und seine Hand streichelt mein Kinn und zieht meinen Mund zu seinem. Sein Kuss ist magisch. Feuer und Hunger verbrennen mich. Stone küsst mich, als würde er mich wertschätzen. Da ist keine Hektik, keine Aggression, sondern etwas, das er sich einprägt. Es macht süchtig, auf diese Weise angebetet zu werden. Seine Zunge streicht über meinen Mund, ein Knurren in seiner Kehle, und als er sich von mir löst, atme ich schwer.

"Geh nicht zu weit. Ich vermisse dich", säusle ich und streiche mit meiner Hand über seine harte Brust.

In seinen Augen brennt es, als seine Hände mein Hemd über meinen Kopf ziehen, bevor er es beiseite wirft, nur um festzustellen, dass ich darunter völlig nackt bin.

Die Art und Weise, wie er mich von oben bis unten mustert, wie er sich über die Lippen leckt, macht mich völlig fertig. Es verursacht ein köstliches Ziehen zwischen meinen Schenkeln, ein starkes, lustvolles Ziehen. Meine Wölfin erhebt sich und schnurrt unter meiner Haut, was wiederum ein Schnurren aus meiner Kehle dringen lässt. Hitze verschlingt mich, und mein Körper zittert.

"Du bist wunderschön. Dein Körper ist eine Göttin. Ich weiß nicht, wie lange ich es noch abwarten kann, in dich zu gleiten." Er richtet seinen Blick auf meine Brüste und drückt sie zusammen. Sie sind groß und empfindlich, aber seine Berührung lindert den Schmerz. Er kann nicht anders, beugt sich vor und nimmt eine harte Brustwarze in seinen Mund.

Seine Zunge ist wahnsinnig verrucht, schnalzt den Nippel und ich zittere. Genauso liebevoll widmet er sich dem anderen. Ich bin bereits klatsch-nass und das Stöhnen in meiner Kehle wird lauter.

Er lässt mit seinem Mund von meinen Brüsten ab. Mit seinen Händen drückt er sie zusammen und klemmt die Nippel zwischen zwei Fingern ein, während er mich anstarrt.

"Ich liebe es, dich so erregt zu sehen. Die Geräusche, die du machst, lassen meinen Schwanz steinhart werden. Alles an dir macht mich wild."

Meine Antwort kommt als Stöhnen heraus, während die Hitze zwischen meinen Beinen pulsiert. Mir schwirren schmutzige Gedanken durch den Kopf, was ich alles mit Stone anstellen möchte. Ich hätte nie gedacht, dass ich während der Schwangerschaft so geil sein würde oder dass Stone so erregt sein könnte.

"Ich finde es unfair, dass ich die Einzige bin, die nackt ist", beschwere ich mich und fasse ihm an die Hose.

Er hebt mich in seine Arme und ich lache darüber, wie leicht er mich trägt, bevor er mich auf dem Rücken aufs Bett legt.

"Ich möchte, dass du auf Händen und Knien bist, das sollte deinen Rücken etwas entlasten", erklärt er, während er die Knöpfe seiner Jeans aufknöpft.

Stone sieht absurd gut aus - robust, sexy und süchtig machend.

Ich bin zu abgelenkt, um mich zu bewegen. Ich will alles von ihm sehen, und wie aufs Stichwort kommt sein Schwanz zum Vorschein. Er ist dick, geschwollen und riesig, steht aufrecht in Richtung Bauch, die Spitze ist bereits mit klarem, klebrigem Sperma bedeckt. So wie es aussieht, ist der prächtige Kerl schon eine ganze Weile geil.

Mein Inneres spannt sich vor Erwartung an, denn ich weiß, was jetzt kommt. In Zeitlupe drehe ich mich auf die Seite und klettere auf meine Hände und Knie. Stone ist an meiner Seite, seine süßen Küsse auf meinem Rücken, während seine Finger meine Wirbelsäule hinunter und zwischen meine Schenkel wandern.

Ich lehne meinen Kopf zurück und stöhne, als seine Finger über meine Muschi gleiten und mich in den Wahnsinn treiben.

"Ich kann es kaum erwarten, deine süße Fotze zu ficken."

Ich stöhne auf, wie unglaublich sich seine Finger anfühlen, wenn sie über meinen glatten Eingang gleiten und sich ihren Weg zu meiner Klitoris bahnen. Jeder Muskel reagiert auf seine Berührung.

Er klettert zu mir auf das Bett, und die Matratze wackelt unter seinen Bewegungen. Mit einer mühelosen Bewegung kniet er sich hinter mich und spreizt sanft meine Beine.

"Mach auf, Babe."

Ich gehorche und atme schon lange ein, völlig berauscht von seinem Duft, von seiner Gegenwart. Er schiebt einen Finger in mich und ich schnurre. "Ja, bitte mehr." Der Puls zwischen meinen Beinen lässt mich nach Luft schnappen.

"Ich liebe es, wie deine Muschi meine Finger saugt und mich gierig in sich hineinzieht."

"Ich habe mich nach dir gesehnt", murmle ich und reite auf seinem Finger, bis er sich zurückzieht und ich aus Protest knurre.

"Ist das so?", sagt er und drückt die Spitze seines Schwanzes an meinen Eingang.

Ich stähle mich, während er mit seinem riesigen Schwanz über meine Muschi streicht, die Spitze rein- und rausschiebt und mich neckt.

"Willst du so mit mir spielen?", frage ich über meine Schulter und wackle mit dem Hintern. "Ich kann dich genauso gut necken."

Die Lust in seinem Blick verursacht mir eine Gänsehaut.

"Willst du meinen Schwanz so sehr?" Seine Hände umklammern meine Hüften und er stößt langsam in mich hinein, um mich anzupassen.

Mein Puls schlägt heftiger, mein Körper kribbelt. Natürlich hat er recht, aber das werde ich ihm nicht sagen. Nicht, wenn ich das mehr brauche, als mir bewusst ist.

"Narah", knurrt er und drängt sich in mich. "Ich werde mich immer um dich kümmern."

Ich keuche vor Vergnügen, Hitze durchströmt mich. Dann hält er inne.

Ich schaue ihn über die Schulter an und frage: "Was ist los?"

"Wie tief kann ich gehen? Ich will dir und dem Baby nicht wehtun."

Ich atme aus und versuche, an all die Dinge zu denken, die ich über das Schwanger sein gelernt habe, was nicht viel ist. Die meisten Frauen im Sturmwolfsrudel sprachen hauptsächlich über Sex und verglichen ihre Männer.

"Ich habe gehört, dass es in Ordnung ist, während der Schwangerschaft Sex zu haben, und solange es mir nicht wehtut, ist alles gut."

Er starrt mich unsicher an. "Nur, um sicherzugehen, werde ich nichts Grobes tun oder zu tief gehen, okay?"

Ein Teil von mir möchte protestieren, vor allem wenn er halb in mir steckt, aber ich finde es toll, wie fürsorglich er ist.

"Bitte hör nicht auf. Mach weiter", flehe ich und gebe uns beiden, was wir wollen.

Sein verschlagenes Grinsen lässt mir den Atem im Hals stecken bleiben. Er stößt in mich hinein und aus mir heraus, ich ertrinke in rohem Verlangen und schreie vor lauter Fülle in mir auf. Die Dehnung ist berauschend, mein Atem zittert und rast.

Er bewegt sich schneller, sein Atem wird schneller, und mein Körper sehnt sich nach der Erlösung, die sich in mir aufbaut. Die schmutzigen, schmatzenden Geräusche, die wir beide machen, wenn er sich in mir vergräbt, sind wunderschön und kommen immer schneller und schneller.

Ich wimmere und keuche.

"Du bist so eng, so feucht." Seine Finger sind plötzlich an meinem Kitzler, spielen mit ihm, und das Gefühl macht mich wahnsinnig.

Ich stöhne und stemme mich leicht gegen ihn, als er sich aus mir herauszieht.

"Warum hast du aufgehört?"

Er wirft sich auf die Seite neben mich. "Ich möchte, dass du vor mir liegst, mit dem Gesicht zu mir. Wenn ich mich in dir verknote, möchte ich, dass du eine bequeme Position einnimmst."

Ich tanze am Rande der Begierde, meine Augen tränen, und ich schiebe alles auf meinen emotionalen Zustand.

"Solange du versprichst, nicht mehr zu pausieren. Ich war so nah dran." Ich runzele die Stirn und er belohnt mich mit einem leichten Klaps auf den Hintern.

"Komm her", säuselt er.

Ich kuschle mich in seine Arme, sein Körper schmiegt sich an meinen, sein Schwanz gleitet über die glatte Oberfläche. Ich stöhne auf, wie gut es sich anfühlt, besonders als er seinen riesigen Schwanz zwischen meine triefenden Schamlippen und in mich hineinschiebt.

"Näher", säuselt er, einen Arm in meinem Nacken, der mich stützt, den anderen auf meiner Hüfte. "Ich muss wieder in deine kleine Muschi, dann will ich, dass du auf meinem Schwanz kommst."

Oh, verdammt. "Wenn du weiter so redest, komme ich sofort."

Er lacht, dann streifen seine Lippen meine Schulter und er dringt tiefer in mich ein. Ich ziehe mein Bein hoch und über sein Bein, um ihm den Zugang zu erleichtern. Er stößt fester in mich. Er ist nah dran. Ich spüre, wie er sich in mir zusammenzieht und seinen keuchenden Atem in meinem Nacken.

Er umfasst meine Brüste, drückt sie mit einer Hand, spielt mit meinen Brustwarzen, während ich langsam den Verstand verliere. Ich wiege mich gegen ihn und verbrenne.

Stone knurrt in mein Ohr und hält plötzlich inne. Er stößt in mich hinein, und ich spüre, wie er dicker wird, wächst, sein Schwanz mit seinem Knoten anschwillt. Seine Finger gleiten zu meiner Klitoris und streichen in Kreisen, während seine warme Flüssigkeit in mich hineinspritzt.

"Komm für mich", knurrt er besitzergreifend.

Seine Berührung und seine Worte erregen mich, und meine Erregung blüht und explodiert. Ich schreie auf, mein Körper bebt unter dem Orgasmus, der mich überflutet.

Wir sind in der Umarmung des anderen gefangen, atmen schwer und sind vom Vergnügen ergriffen.

Er pumpt weiter und scheint stolz auf die schiere Menge zu sein, die er durch die lustvollen Geräusche, die er von sich gibt, produziert. Der Mann ist großartig, und er will mich. Etwas, mit dem ich mich nach allem, was wir durchgemacht haben, immer noch nicht abfinden kann.

"Ich spüre, wie deine süße Muschi meinen Schwanz saugt, mich trinkt", sagt er, sein Atem auf meinem Hals, dann küsst er die zarte Haut unter meinem Ohr.

Obwohl er durch seinen verknoteten Schwanz in mir eingesperrt ist, kreiselt sein Becken immer noch gegen mich, während er sein dickes, heißes Sperma in mich pumpt.

Ich keuche, wiege mich mit ihm, bin ergriffen von der Art, wie er mich besitzergreifend hält. Jede Berührung, jedes Reiben unserer Haut entfacht ein Lauffeuer zwischen uns. Meine Wölfin stöhnt in meiner Brust auf, weil sie die Verbindung zwischen Stone und mir wahrnimmt. Sie ruft nach seinem Wolf, der immer noch durch den Biss an sie gebunden ist, den er mir gab, als meine vier Männer mich markierten, um meine Magie zurückzubringen.

Sie steigt auf und sehnt sich nach ihm, während sie sich normalerweise nach Martell sehnt. Diese Veränderung ist gewaltig, aber es ist schwer, sie zu begreifen, wenn sich meine Zehen krümmen, und mein Körper von einem unglaublichen Höhepunkt bebt.

"Narah", flüstert Stone, pfeffert meinen Hals mit Küssen voll und atmet schwer. Seine Hand auf meiner Hüfte verkrampft sich vor Verlangen. "Dich kommen zu lassen, ist das Schönste, was ich je gesehen habe. Kannst du hören, wie sich unsere Wölfe gegenseitig erkennen? Seit unserem ersten Kuss wusste ich, dass du mich für jede andere ruinieren würdest. Aber das hier ist so viel mehr ... unser Zeichen von neulich, als wir dich alle beansprucht und gebissen haben, um dich als unser Eigentum zu markieren und Martells Verbindung zu entfernen."

Seine Worte versetzen mich in Hochstimmung. Davon habe ich geträumt, seit ich vor meinem Schicksalsgefährten geflohen bin, und Stone sagt, dass es endlich geklappt hat? Ich möchte vor Glück schreien, aber ich stöhne nur, als er meine Brust drückt.

"Du wirst immer mir gehören", knurrt der Alpha. "Was auch immer passiert, du wirst für immer mir gehören." Sein schwerer, hungriger Atem strömt mit den Worten "Ich liebe dich, Narah" an mein Ohr.

Ich hebe meinen Kopf und mein Herz blüht auf bei den Worten, die mein Herz zum Rasen bringen. Ich kämpfe gegen die Freudentränen an und schaffe es, ein "Oh, Stone, ich liebe es, das zu hören" heraus-zuwürgen. "Ich liebe dich so sehr."

Er hat mir alles gegeben, und ich weiß, wenn wir die Gefahren überwinden, werden alle meine Träume wahr, und ich werde alles haben, was ich mir jemals gewünscht habe.

Wir küssen uns in einem perfekten Moment der Glückseligkeit, und mein Herz singt in dem Wissen, dass ich mit diesen unglaublichen Männern alt werden werde. Es ist eine einfache Sache, aber für mich bedeutet es die Welt.

Ich spüre, wie das Baby strampelt, und ergreife schnell Stones Hand, um sie auf die Stelle zu legen. Ein weiterer kleiner Tritt, und als ich ihn ansehe, leuchten seine Augen auf. Sein Lächeln lässt mich mir vorstellen, wie er unser Kind im Garten jagt, ein Baumhaus baut, und all die kleinen Dinge, die ich als Kind nie hatte, und all die Liebe, die ich mir für unser Baby wünsche.

"Ich bin so aufgeregt, unsere kleine Jelly Bean kennenzulernen", schnurrt er.

In diesen wenigen Momenten bin ich glücklich und weiß, dass wir jeden Kampf, der auf uns zukommt, meistern werden. Wir haben jetzt zu viel zu verlieren, wenn wir es nicht tun.

ZWÖLF

Kalter Regen durchnässt mich, und meine Kleidung klebt an mir. Ich fahre mir mit der Hand über mein stoppeliges Gesicht, um die dort festsitzenden Tröpfchen wegzuwischen, aber es nützt nichts.

Crius stürmt vor der zweispännigen Kutsche her, die von einem älteren Mann gelenkt wird, den wir gut mit Goldmünzen bezahlt haben, die Ragnar seinem Vater abgenommen hatte, bevor er Dänemark verließ. Der Kutscher sitzt auf einer Bank an der Vorderseite der Kutsche und treibt die Pferde über den ausgetretenen Pfad an. Das vierrädrige Gefährt klappert und knarrt. Die Kutsche ist abgenutzt und hat schon bessere Tage gesehen, aber die drei Schwestern darin sind vor den Elementen geschützt, und das ist das Wichtigste.

Ich ertappe Narah dabei, wie sie mich von drinnen beobachtet, ihre Hand auf der Glasscheibe, ihre Augen glänzen mit ihrem Lächeln. Jae taucht hinter ihr auf und streckt mir ihre Zunge entgegen, woraufhin ich lache.

Das Mädchen macht nur Ärger und erinnert mich so sehr an Ragnars Schwester, als wir zusammen aufwuchsen. Seine Schwester Hel war immer rechthaberisch und steckte ihre Nase in alle unsere Angelegenheiten. Obwohl ich wünschte, ich hätte mehr tun können, um Ragnar zu helfen, seine Schwester vor ihrer Zwangsheirat mit Nikos' Familie zu schützen, habe ich Narahs Schwestern als meine eigene Familie angenommen und werde sie mit meinem Leben beschützen.

Ich werfe Narah einen Kuss zu, stoße meine Absätze in das Pferd und eile vorwärts, bis ich mit dem Kutscher auf einer Linie stehe. Trotz seines schalenförmigen Hutes, den er tief auf seinen dicken Kopf gezogen hat, flattern weiße Haarsträhnen darunter hervor. Sein schwarzer Mantel ist bis zum Hals zugeknöpft, und er dreht den Kopf mit einer hochgezogenen Augenbraue in meine Richtung.

"Der Regen ist leicht geblieben", sagt er mir mit einer rauen Stimme, die verrät, dass er fast sein ganzes Leben lang Zigaretten geraucht hat. "Solange er nicht stärker wird, sollten die Räder nicht im Schlamm stecken bleiben."

"Wie lange dauert es noch, bis wir unseren ersten Halt erreichen?" Da die Sonne hinter den umliegenden Bergen verschwindet, werden wir in höchstens einer Stunde von der Nacht eingeholt. Wir werden für die Untoten eine leichte Beute sein, da wir sie aus der Ferne nicht sehen werden. Die kleinen Gruppen, an denen wir vorbeikommen, sind zu weit weg, um uns zu bemerken oder zu erwischen.

Jon, der Kutscher, atmet zischend ein. "Vielleicht erreichen wir in ein oder zwei Stunden die Taverne."

Ich nicke, meine Muskeln spannen sich an. "Bring uns in einer Stunde hin, nicht länger."

Er wirft mir einen finsteren Blick zu. "Ich kann das Wetter nicht kontrollieren, mein Sohn."

"Bring uns in weniger als einer Stunde zur Taverne, und ich verdopple deine Bezahlung."

Der Kutscher strafft die Schultern, denn die Erwähnung von Geld interessiert ihn sehr. "Deal." Mit einem Ruck an den Zügeln pfeift er seinen Pferden zu, und plötzlich geht es schnell voran.

Schlaues Kerlchen.

Abtrünnige Alphas streifen durch die Wälder, verzweifelt auf der Jagd nach einem Omega für die Brunft. Es liegt in unserer DNA, dass wir Weibchen begehren, und im Moment haben wir drei Omegas dabei, die nur von Crius und mir beschützt werden. Ich kann nicht riskieren, dass wir erwischt werden.

Ich habe kein Problem damit, zu kämpfen, und ich werde meine Kräfte einsetzen. Aber wenn wir angegriffen werden, wie kann ich es schaffen, dass Narah und das Baby völlig unversehrt bleiben?

Ragnar und Nikos haben einen Abstecher zu den Bane-Wölfen gemacht, um sich um Mihai zu kümmern, und soweit wir wissen, kann das schnell in die Hose gehen. Genau wie wir werden sie einen Weg finden müssen, um am Leben zu bleiben und uns schließlich einzuholen.

Zumal wir die Schattenlande wahrscheinlich vor ihnen erreichen werden, und obwohl der Alpha dieses Sektors, Dušan, unserer Anwesenheit wohlwollend gegenüberstand, nachdem wir ihm geholfen hatten, hat Ragnar ihm eine Warnung hinterlassen, bevor wir uns getrennt haben.

Ich verspreche dir, dass ich mit meinen Kriegern in dein Schattenland zurückkehren werde. Bei meiner Ankunft trägst du die Verantwortung für dein Land. Wenn das Chaos mit deinem Bruder, der gegen dich um den Besitz kämpft, nicht beseitigt ist, werde ich alle männlichen Bewohner dieses Landes auslöschen, die weiblichen beanspruchen und den Besitz übernehmen.

Jetzt stürmen wir mit einer schwangeren Omega in sein Haus ... ohne Ragnar.

Verdammt großartig.

Crius

Die Frustration bohrt ein Loch in mich hinein.

Die Nacht wogt um uns herum und streckt ihre Krallen über die Landschaft.

Was auch immer Stone dem Kutscher gesagt hat, wir fahren jetzt in Windeseile. Das wurde auch Zeit. Die Taschenlampen, die an den Zügeln der Pferde befestigt sind, werden den Weg vor uns beleuchten, aber sobald es dunkel wird, werden diese beiden Lampen nahezu nutzlos sein.

Jon wollte nicht sagen, woher er die Batterien für die Taschenlampen hatte. Alles, was aus der alten Zivilisation stammt, ist so gut wie verloren, aber es gibt andere Rudel und Übernatürliche in dieser Welt, die sich unvorstellbare Technologien zunutze machen. Sie halten sie auch streng bewacht und töten jeden, der ihnen zu nahekommt.

Ich habe es in Dänemark selbst erlebt, als Ragnars Vater Omegas für Waffen, Munition und was auch immer er brauchte, um die Oberhand gegen Nikos' Familie zu gewinnen, verkauft hat.

Ragnar und ich haben oft über Technologie gesprochen und darüber, mit wem wir uns verbünden wollen. Die kleinen Rudel im wilden Sektor sind totes Gewicht, aber ich verstehe, was Ragnar vorhat. Nachdem die Hexen aus dem Weg geräumt sind, muss er die Rudel zu einer schlagkräftigen Truppe vereinen, um diesen Schwachkopf Martell oder jedes andere Arschloch zu eliminieren, das beschließt, an die Macht zu kommen.

Trotzdem möchte ich nicht in der Haut von Ragnar und Nikos stecken, die es mit einem Alpha zu tun haben, dessen Tochter gerade ermordet wurde.

"Wir sollten in einer Stunde in der Taverne sein", ruft Stone, als er neben mir auftaucht.

"Mein Arsch tut so verdammt weh, und es wird schon dunkel. Wir sitzen wie auf dem Präsentierteller und fahren in einer geraden Linie."

"Du willst in deiner Wolfsgestalt reisen?", fragt er mit hochgezogenen Augenbrauen.

"Nun, denke mal darüber nach. Wir spannen die Pferde vor die Kutsche, dann kommen sie schneller voran, und wir beide können mehr Strecke zurücklegen, um nach Gefahren zu suchen. Wir sind im verdammten Wald, Stone, und die Mädchen sind nicht sicher."

"Ich habe dasselbe gedacht. Meine Haut kribbelt vor Unbehagen. Irgendetwas stimmt hier draußen nicht."

"Wir werden beobachtet", sage ich. "Ich fühle es in meinen Knochen. Ich muss von diesem verdammten Pferd runter und mich wandeln, um herauszufinden, wer es ist."

Stones Gesichtsausdruck ist stoisch, aber die

Härte seiner Augen und die Art, wie er in den dunklen Wald um uns herum starrt, zeigen, dass er weiß, dass es besser ist, zuerst anzugreifen.

Ich atme scharf ein und lecke mir die trockenen Lippen.

Mit einem einzigen Nicken fällt er hinter mir zurück, und wir schützen die Kutsche von beiden Seiten.

Ich kann es kaum erwarten, mich zu wandeln und das Gefühl loszuwerden, dass wir nicht allein sind. Mit einem Pfiff werfe ich einen Blick zurück und sehe, wie die Kutsche zum Stehen kommt.

Stone ist in ein Gespräch mit Jon vertieft, und ich bin einfach zu nervös, um mich mit dem Betawolf zu beschäftigen. Ich springe von meinem Pferd und gebe Stone die Zügel in die Hand.

"Ich laufe voraus."

Er zieht die Brauen zusammen. "Ich werde knapp hinter dir sein."

Mit schnellen Schritten erreiche ich die Seitentür der Kutsche und werde von den drei besorgten Gesichtern begrüßt. Ich öffne die Tür und stecke meinen Kopf hinein.

"Kein Grund zur Sorge", erkläre ich, damit sie nicht in Panik geraten. "Stone und ich werden von hier aus in Wolfsgestalt in den Wald gehen. Wenn die Kutsche alle vier Pferde nutzt, können wir schneller vorankommen. Wir sind weniger als eine

Stunde von der Taverne entfernt." Ich spreche schnell, ziehe mir bereits mein Hemd hoch und über den Kopf und werfe es dann auf den leeren Platz auf dem gepolsterten Sitz.

"Bist du sicher, dass alles in Ordnung ist?", fragt Narah und lässt ihren Blick über die umliegenden Wälder schweifen. "Ich kann versuchen, zu helfen."

Ich schüttele den Kopf und schaue von ihrem besorgten Gesichtsausdruck zu Jaes und Kiaras. Sie erinnern mich an Kaninchen - so klein, zusammengekauert und verletzlich.

Ich nehme Narahs Hand in meine und küsse ihre Fingerspitzen. "Du bist in der Kutsche besser aufgehoben, damit wir schneller vorankommen. Halte dich einfach fest, und wir werden bald eine warme Mahlzeit genießen können." Das Lächeln, das ich ihr schenke, fühlt sich falsch an. Obwohl es eine Lüge ist, ziehe ich es vor, zu denken, dass ich die Wahrheit sage. Ich beuge mich vor und lege eine Hand auf ihren Bauch, der extreme Wärme ausstrahlt. "Wie geht es dir und dem Baby?"

"Es strampelt wie verrückt", sagt Jae. "Ich glaube, es mag die holprige Fahrt nicht."

"Ich glaube, es macht ihm Spaß", fügt Kaira mit einem kleinen Lächeln hinzu. Wie Jae hat auch Kaira etwas Unschuldiges an sich. In Wahrheit habe ich die wahre Kaira bis jetzt noch nicht kennengelernt.

"Du könntest recht haben", sage ich zu ihr. "Als

meine Mutter mit mir schwanger war, reiste sie in Kutschen durchs Land und brachte mich schließlich in einer solchen zur Welt."

Narah stößt einen erstickten Laut aus. "Das arme Ding."

"Das wird schon wieder." Mit einem Kuss auf ihre Fingerknöchel schenke ich ihr ein sanftes Lächeln. "Ich verspreche es. Ich werde das Baby selbst zur Welt bringen, wenn es sein muss. Ich habe einmal gesehen, wie meine Mutter einem unserer Dienstmädchen bei den Wehen geholfen hat."

Sie zieht eine Grimasse und scheint von meinem Angebot nicht überzeugt zu sein.

"Wenn wir die Zeit hätten, würde ich zu dir rein-klettern, aber gib mir eine Stunde, dann haben wir Zeit für uns. Okay, Hübsche?"

Sie nickt, und ich trete zögernd von der Tür weg. Ich ziehe meine Stiefel und meine Hose aus, werfe die Kleidung in die Kutsche und schließe die Tür.

Ich rufe meinen Wolf, und er antwortet sofort, reißt aus mir heraus, die Haut öffnet sich, die Knochen dehnen sich, das Fell breitet sich über meinen sich verändernden Körper aus. In Sekunden-schnelle bin ich ein Wolf, der in den Wald flüchtet.

Hinter mir sehe ich Stone, der dem Kutscher hilft, die beiden Reitpferde vor seine Kutsche zu spannen. Es wird nicht lange dauern, aber solange sie im Freien sitzen, muss ich herausfinden, was zum Teufel meine Instinkte auslöst.

Auf leisen Pfoten dringe ich tiefer in den Wald ein und schnuppere an der Luft. Nichts, aber meine Haut juckt immer noch. Also gehe ich zurück und beschließe, den Wald auf der anderen Seite des Weges schnell zu durchsuchen.

Als ich aus dem Wald springe, erschrecke ich den Kutscher, der bei meinem plötzlichen Auftauchen aufjault. Ohne zu zögern, sprinte ich vor ihnen über den Weg und tauche in den anderen Wald ein, aber nicht bevor ich sehe, dass die Pferde angespannt sind und sie bereit sind, loszulegen.

Verdammt fantastisch.

Schwer atmend stürze ich nach vorne, meine Nasenlöcher blähen sich auf und ziehen einen Geruch ein, der mich in meinen Bahnen hält. Schwerer Moschus, Fell und der Hauch von etwas Elektrischem, das meinen Arm hinauf wandert, das Gefühl, das ich bei anderen Alphas habe.

Ich dachte, wir hätten es hier mit Untoten zu tun, aber in Wahrheit waren andere Wölfe hinter uns her. Abtrünnige Bastarde, die keinem Rudel angehören, streifen durch die Wälder und greifen alles an, was sich bewegt, und wenn sie einen Hauch unserer Omegas riechen, folgen sie uns bis in die Hölle und zurück.

Das ist ein weiterer Grund, warum wir die

Mädchen in der geschlossen Kutsche reisen lassen, um zu verhindern, dass ihre Omega-Düfte in der Luft schweben. Vor allem der von Narah, da sie immer noch läufig ist, auch wenn sie schwanger ist.

Deshalb sind wir bei ihnen - um alle Wichser zu vernichten, die denken, sie hätten ein leichtes Spiel.

Ich werfe mich in die Richtung des Geruchs und stürze mich wie wild in den Kampf. Ich muss die Ängste loswerden, die ich in mir trage. Die ganze Scheiße mit dem Entfernen des Fluchs von Kaira und der Hohepriesterin hat ihren Tribut gefordert. Ich bin ein verdammter Kämpfer. Ich werde mit Dingen fertig, indem ich sie in Stücke reiße, und ich fühlte mich völlig nutzlos, als ich mich zurücklehnte und nichts tat, während die Magie das Problem löste.

Der Gestank der anderen Alphas wird stärker, und mein Puls rast so schnell wie meine Pfoten. Als ich das Knacken von Zweigen hinter mir höre, läuft es mir kalt über den Nacken. Jemand hat sich an mich herangeschlichen?

Scheiße. Fuck. Scheiße.

Ich drehe mich abrupt um, als ein schwarzer Wolf auf mich zustürzt. Ein neuer Geruch durchströmt mich, und ich merke, dass es mehr als eine Partei gibt. Aufgeregt, jemanden anzugreifen, lasse ich meine Deckung fallen.

Wir gehen zu Boden, und ich kämpfe brutal, mit Zähnen und Gewalt. Ich rolle über den Boden und reiße dem Arschloch Fleisch aus Schulter, gerade als er sich an meinem Arm festkrallt. Ich knurre ihm ins Ohr, dann beiße ich ihm in den Nacken.

Wut durchströmt mich, zieht meine Brust zusammen, und ich sehe nichts als Rot. Mit einem grausamen Biss reiße ich ihm die Seite des Halses heraus, reiße Sehnen und Muskeln heraus, das Blut ist warm und dick. Ich höre nicht damit auf. Ich spreize seine Brust und mache mich an seinem Schwanz zu schaffen, während mein Herz in meiner Brust wie wild klopft.

Es hat etwas Belohnendes, jemandem das Leben zu nehmen, der es verdammt noch mal verdient hat.

Das Knacken von Laub in meinem Rücken lässt meine Ohren spitzen, und ein durchdringendes Knurren schüttelt mich durch. Es gibt keine Zeit zu verlieren, nicht, wenn ich zu viel Spaß habe.

Ich drehe mich um und stürze mich auf das Arschloch, das meint, es sei okay, sich an mich heranzuschleichen. Die Augen des grauen Timber-wolfs weiten sich, die Lippen schälen sich über die scharfen Eckzähne. Ich nutze seinen Schock zu meinem Vorteil. Eine Sekunde ist alles, was ich brauche, um die Oberhand zu gewinnen. So werden Schlachten gewonnen. Ein kleiner Schluckauf bei den Feinden, ein Stolpern, irgendetwas, um sie abzulenken. Im Krieg nutzt man alles, um zu gewinnen.

Ich knalle den Mistkerl so heftig gegen einen Baum, dass ihm die Luft aus den Lungen und durch den Mund entweicht. Meine Zähne sind an seiner Halsschlagader, bevor er reagieren kann, und in Sekundenschnelle sackt er vor meinen Füßen zusammen. Nun, das war verdammt noch mal zu einfach.

Ein weiteres Knirschen und ich drehe mich um, ein Knurren in der Kehle, jeder Zentimeter von mir ist in Alarmbereitschaft. Aber statt eines weiteren Wichsers ist es ein riesiger weißer Wolf, etwa so groß, wie ich, der einen Meter entfernt vom ersten toten Alpha stehenbleibt.

Stone stöhnt und protestiert, dass ich ihm niemanden zum Spielen überlassen habe. Ich gebe ein kleines Kläffen von mir und trabe zu ihm hinüber, wobei ich meine Schulter absichtlich gegen seine stoße.

Mehrere gutturale Knurrgeräusche ertönen hinter mir, und die Haare in meinem Nacken stellen sich auf.

Als ich mich umdrehe, zähle ich sechs Wölfe, die sich im Wald verteilen und uns mit funkelnden Augen verfolgen. Der Gedanke, dass so viele Arschlöcher hinter uns her sind, macht mich rasend vor Wut. Jeder dieser bald toten Alphas hat ein Auge auf mein Omega geworfen - meine Narah - und dafür werden sie verdammt noch mal sterben, genau wie ihre Kumpels.

Wenn ich Stone ansehe, sehe ich, dass er den Kopf gesenkt hat und die Ohren am Kopf anlegt. Das passt mir gut. Drei für jeden von uns, klingt nach guten Chancen.

Sofort stürzen wir uns auf die Wölfe, und in meinem Kopf tanzt die Wut, dass sie dafür büßen werden, dass sie jemals gedacht haben, sie würden meinen Engel anrühren.

DREIZEHN

Mein Vater pflegte zu sagen, dass man in der Schlacht die Starken meiden und die Schwachen ins Visier nehmen sollte. Er sagte auch, man solle seine Feinde auf dem Feld besiegen, bevor sie das Haus erreichen, und vor der Sonne zum Kampf aufstehen, um den Sieg zu suchen.

Ich hasste den Mann, aber manchmal bot er goldene Nuggets der Weisheit, die mich überraschten. Obwohl er als Vater und Ehemann kläglich scheiterte, zeichnete er sich in der Kriegsführung aus.

Seine Worte kamen mir in den Sinn, als ich das Territorium des Bane-Wolfsrudels betrat. Als ich in Mihais Haus stehe, steigt mir der schwere Gestank des Todes in die Nase.

Tote Körper.

Mit Blut bespritzte Wände.

Abgerissene Gliedmaßen.

Das Echo der Schreie scheint im pfeifenden Wind draußen zu verhallen.

Mihai liegt auf dem Rücken auf dem Bett, ein Bein hängt über den Rand der Matratze, als ob er gerade schlief, als jemand hereinkam und ihn ermordete, indem er ihm eine Klinge ins Herz stieß. Der schwarze Griff eines Standarddolches ragt aus seiner Brust heraus, umgeben von einem breiten Fleck getrockneten Blutes. Der arme Kerl wurde kaltblütig ermordet. Sein Kumpel liegt neben der Tür mit dem Gesicht nach unten in einer Blutlache.

Seit wir vor ein paar Minuten bei dem Rudel angekommen sind, haben wir überall Leichen gefunden. Meistens Alphas.

Mein Herz drückt angesichts all des sinnlosen Todes.

Als ich scharf einatme, enthüllt der kupferfarbene Geruch einen anderen Duft - feuchtes, von Schweiß durchtränktes Fell, ein Geruch, den ich sofort erkenne. Ich balle meine Hände zu Fäusten und knurre, der tiefe Ton schneidet mir in die Brust.

Diese armen Männer starben durch die Hand eines verdammten Mistkerls, der auf der Suche nach Narah, meinen Männern und mir hierherkam. Das macht mich verdammt wütend.

Ein Alpha hat ebenfalls seine Armee aufgebaut und mir gerade den totalen Krieg erklärt.

Martell.

Schuldgefühle zerren an mir wegen der Zerstörung, die er diesem Rudel zugefügt hat. Er hat sie auseinandergerissen, ihren Anführer Mihai beseitigt und ihre Alphakrieger eliminiert. Im Krieg gibt es Verluste, aber verdammt. Mihai war ein Arschloch, aber ich hätte ihm nicht so einen unverdienten Tod gewünscht.

Mit zerknirschtem Kiefer stehe ich da, fühle mich nutzlos und weiß, dass mein Versuch, den wilden Sektor zu übernehmen, zu diesem Massaker geführt hat. Aber wäre es anders gelaufen - mit oder ohne mein Eingreifen -, wenn Martell die Absicht gehabt hat, das Gebiet zu übernehmen?

Wer zum Teufel weiß das schon, aber das mindert nicht den Berg von Wut, der durch mich hindurch schwappt.

Ich beuge mich zu Mihai hinunter, schließe sanft seine Augenlider und flüstere: "Vielleicht haben die Götter Mitleid mit deiner Seele und geben dir einen Platz in Walhalla."

Ich lasse das Haus hinter mir, als Nikos über das offene Land auf mich zu marschiert, das Gesicht säuerlich und die Brauen zusammengekniffen.

"Nur eine Handvoll hat überlebt", knurrt er. "Die Überlebenden sagen, es war Martell. Dieser Scheißkerl muss sterben, Ragnar. Er hat so viele Männer in diesem verdammten Rudel getötet. Die einzige Rettung war, dass die meisten Omegas und Kinder von ein paar Alphas in Sicherheit gebracht wurden. Sie verstecken sich in den nahe gelegenen Berghöhlen." Er kommt näher und fährt sich grob mit der Hand durch die Haare. "Um ehrlich zu sein, ich weiß, dass wir dem Rudel helfen müssen, aber noch mehr Angst habe ich um Narah, die da draußen mit Martells Männern unterwegs ist."

"Glaubst du, mir geht es nicht genauso?" Eine unsichtbare Hand ballt sich um mein Herz. "Da sie unser Kind in sich trägt, hat sie für uns Vorrang ... sogar vor der Beanspruchung des wilden Sektors." Ich bin teilweise überrascht, meine eigenen Worte zu hören, aber Nikos nickt zustimmend.

Seit Jahren hatte ich nur ein Ziel: den wilden Sektor zu übernehmen, meinem Vater endlich zu zeigen, dass ich nicht die Platzverschwendung bin, als die er mich bezeichnet hat, und meiner Schwester einen sicheren Hafen zu bieten, nachdem ich sie aus ihrer Zwangsehe geholt habe.

"Wir werden Eigentümer vom wilden Sektor", bestätige ich. "Aber das ist erst einmal zweitrangig nach Narah. Dann werden wir diesen Bastard jagen und ihn und seine Anhänger zur Rechenschaft ziehen, selbst wenn ich das mit bloßen Händen tun muss."

"Einverstanden", knurrt Nikos, wobei sich seine Oberlippe über den scharfen Eckzähnen kräuselt. "Ich werde an deiner Seite sein und diese Scheißkerle niedermähen. Martell wird für alles, was er Narah angetan hat, büßen müssen."

Mit einem rasenden Atemzug wende ich mich dem Land um uns herum zu, den Toten, den wenigen Nachzüglern, die aus den Häusern kommen und entkräftet aussehen.

"Wie lautet der Plan?", fragt Nikos.

"Dieses Rudel wurde vernichtet. Die Zurückgebliebenen werden leichte Beute sein, ohne dass ein Alpha über sie herrscht." Ich lecke mir über die trockenen Lippen, die Morgenluft ist eiskalt auf meiner Haut. "Ich werde das Rudel der Bane-Wölfe als meins beanspruchen, und wir werden alle in ihre Häuser zurückbringen. Dann werden wir dem nächsten Rudel einen Besuch abstatten und sie dazu bringen, Krieger zu schicken, die sie bis zu meiner Rückkehr bewachen."

"Sie werden einen hohen Preis verlangen", sagt Nikos.

"Und sie werden meine ungeteilte Loyalität haben, wenn ich den wilden Sektor übernehme und ihnen ein neues Gebiet in diesem Territorium zugestehe." Ihr Alpha hat davon gesprochen, dass er mehr Platz für sein wachsendes Rudel braucht, also bete ich, dass mein Angebot funktioniert.

"Gut, aber machen wir schnell. Es bringt mich um, von Narah getrennt zu sein. Ich will nicht verpassen, wie sie unser Baby bekommt", sagt Nikos mit dunkler Stimme, und ich höre die Frustration in seiner Stimme.

Mein Gefühl sagt mir, dass ich es hinauszögere, mich Narah anzuschließen und sie zu beschützen, aber ich kann dieses Rudel nicht anderen Wolfsclans, Schurken oder Untoten überlassen.

Ich sage mir immer wieder, noch ein bisschen länger, aber ich bin so angespannt, dass ich am liebsten alles hinschmeißen und zu Narah gehen würde, dass ich kurz vorm Explodieren bin.

Nikos beobachtet mich, wartet auf eine Anweisung und sieht verdammt genervt aus. Sein Gesicht ist angespannt, die Hände sind zu Fäusten geballt. Er brennt genauso wie ich darauf, zu Narah zurückzukehren.

"Heute Abend brechen wir in den Schattenland-Sektor auf", knurre ich. "Ich habe keine Ahnung, wie Dušan darauf reagieren wird, dass zwei meiner Männer und drei Omegas einfach vor der Tür seines Rudels auftauchen, ohne dass ich dabei bin."

"Dann lass uns dieses verdammte Rudel in Ordnung bringen." Nikos' Mund verzieht sich. "Je schneller ich zu Narah komme, desto besser fühle ich mich."

VIERZEHN

Die Kutsche schaukelt unter uns, und ich tue mein Bestes, um bequem zu sitzen, was mit dem riesigen Bauch unmöglich ist. Wir rasen an den dunkler werdenden Wäldern vorbei, der Regen prasselt an den Fenstern herunter, während die letzten Sonnenstrahlen die Baumkronen streifen wie Blutspuren, die von einer großen Schlacht übriggeblieben sind.

Crius und Stone haben sich in ihre Wölfe verwandelt und sind im Wald verschwunden, sie sind schon viel zu lange weg. Mein Herz trommelt lauter in meinen Ohren, und Panik sitzt wie eine Zeitbombe unter meinem Brustbein. Warum brauchen sie nur so lange? Ich schaue aus dem Fenster, während die Landschaft an mir vorbeirauscht.

"Es wird schon gut gehen", erinnert mich Jae

zum zehnten Mal. "Diese Typen sind Bestien. Denen wird nichts passieren."

Ich drehe mich um und lehne mich in den gepolsterten Sitz, die Hände auf dem Bauch. "Ich hoffe wirklich, dass du recht hast."

Jae nickt und lächelt mit einer Zuversicht, und ich wünsche mir, ich hätte sie ebenfalls. Kaira sitzt mit angewinkelten Beinen da, beobachtet uns und sieht verängstigt aus.

"Du hättest sie sehen sollen, als wir aus dem Schattenland-Sektor zurückkamen", sagt Jae und wippt in ihrem Sitz, als wir über ein Schlagloch fahren. "Sie waren Maschinen und arbeiteten gut im Team, indem sie alles, was sich uns in den Weg stellte, ohne zu zögern auslöschten. Der extrem wettbewerbsorientierte Crius macht das Töten von Untoten und abtrünnigen Wölfen zu einem Spiel. Um ehrlich zu sein, war es wirklich beängstigend, ihnen zuzusehen, aber ich wusste, dass sie auf meiner Seite waren. Ich habe also Vertrauen, dass sie es schaffen. Du wirst schon sehen, Schwesterherz."

Ich lächle sanft und weiß, dass sie recht hat. Ich habe sie kämpfen sehen, und es ist beeindruckend.

"Ich glaube, ich mache mir einfach Sorgen um sie, um uns, um meinen kleinen Wonneproppen." Ich schaue nach unten und dann wieder nach oben zu meinen Schwestern, die mich lächelnd anstarren, während ich meinen Bauch reibe.

"Es kommt mir so vor, als hätte ich ewig geschlafen und so viel von eurem Leben verpasst", fügt Kaira hinzu. "Wenn ich euch zuhöre, habe ich das Gefühl, zurückgelassen worden zu sein. Ich weiß ja nicht einmal, was ihr beide durchgemacht habt."

"Oh, Kaira." Jae legt den Arm um die Schultern unserer Schwester und zieht sie an ihre Seite. "Ich werde dich über alles aufklären, aber du wurdest nie zurückgelassen."

Kaira sitzt mit Jae auf dem Sitz mir gegenüber, und ich nehme ihre Hand.

"Wir lieben dich, und du hast den Rest deines Lebens Zeit, an allem teilzuhaben, was wir tun. Glaub mir, ich würde alles tun, um die Verrücktheiten der letzten Monate zu vergessen."

Kairas schiefes Grinsen bringt mich zum Kichern. Sie ist immer so liebenswert und wuchs damit auf, dass sie um die Aufmerksamkeit unserer Eltern oder die von mir um Jae kämpfte. Wenn Jae und ich nicht einer Meinung waren, hat Kaira für Frieden gesorgt. Wenn ich sie jetzt ansehe, wirkt sie schüchtern und ängstlich. Ich muss ihr helfen, wieder zu sich selbst zu finden, aber das wird seine Zeit brauchen.

Wenn wir an die Zeit zurückdenken, als wir bei den Sturmwölfen lebten, als wir keine Ahnung hatten, was außerhalb des Rudels lebte, gingen wir davon aus, dass wir dort für immer sicher sein würden. Diese naiven Tage waren einfacher, aber Unwissenheit bringt einen auch schneller um.

"Ich weiß nicht mehr viel von dem, was geschah, nachdem Lyra von mir Besitz ergriffen hat, aber damals in ihrem Hexenzirkel hat sie uns verraten, warum sie uns so sehr hasst", gesteht Kaira plötzlich und gewinnt damit meine volle Aufmerksamkeit.

"Und? Was hat sie gesagt?", frage ich ungeduldig.

"Du hast uns das die ganze Zeit etwas vorenthalten." Jae gibt ihr einen schwesterlichen Schlag auf den Arm.

Kairas Lächeln erwärmt mein Herz, und ich freue mich, dass sie sich immer mehr öffnet.

"Nun, bevor unsere Eltern zusammenkamen, waren Vater und Lyra anscheinend ein Paar."

Mir bleibt der Mund offenstehen. "Warte! Was?" Ich bin sicher, ich habe mich verhört.

"Auf keinen Fall. Er hätte sich nicht mit einer Verrückten getroffen. Nein, das hätten wir gewusst", sagt Jae und ihr Gesicht wird blass.

"Würden wir das?", sage ich. Wir haben kürzlich entdeckt, wie wenig wir über unsere Eltern wissen. "Sie haben uns so viel vorenthalten, also würde ich ihnen alles zutrauen."

Jae schüttelt ungläubig den Kopf. "Und?", stupst sie Kaira erneut am Arm. "Erzähle weiter."

"Unsere Mutter hat sich in ihn verliebt. Er ging nämlich mit beiden gleichzeitig aus, und als sie es herausfanden, gab es einen regelrechten Krieg darum, wer ihn bekommen würde. Mutter verzauberte ihn mit einem Zauber, sodass er ganz vernarrt in sie war, dann verschwanden sie, und Lyra blieb mit gebrochenem Herzen zurück. Oh, und Mutter hat auch Lyra verzaubert, indem sie ihr einen großen Teil ihrer Magie entzogen hat, wodurch Mutter mächtiger und Lyra schwächer wurde."

"Willst du mich verarschen?" Mir fehlen die Worte.

Jae schüttelt den Kopf und blinzelt Kaira ungläubig an.

"So war es", sagt Kaira mit großen Augen, dann zuckt sie mit den Schultern. Sie hatte lange genug Zeit, die Nachricht zu verarbeiten und zu akzeptieren, dass unsere Mutter ein viel schrecklicherer Mensch war, als ich je vermutet habe.

Während mir diese neuen Informationen durch den Kopf gehen, versuche ich, Dinge zusammenzufügen, die für mich nie einen Sinn ergaben - warum Lyra uns hasste und warum sie unbedingt zu unserer Mutter wollte, selbst in ihrer toten Gestalt.

Wollte sie ihre Magie zurück?

Ich denke daran, wie Lyra in Vaters Gedanken eindrang, als wir beim Hexenzirkel waren, um Kaira zu retten. Sie sagte, es sei ihr ein Leichtes gewesen, aus seinen Erinnerungen zu erfahren, wo sich Mutter aufhielt - sie hätten eine Verbindung gehabt.

In der kurzen Zeit, bevor er starb, hätte sie seine Erinnerungen leicht wiederherstellen können, um sich mit ihm zu verbinden und alles herauszufinden, was unsere Mutter getan hatte.

Ich bin fassungslos. Dann kommt mir der schreckliche Gedanke, dass ich jetzt verstehe, warum unsere Mutter nie zu uns zu den Sturmwölfen zurückgekommen ist.

Sie wollte uns nicht wirklich haben, oder? Nachdem Vater gestorben war, nachdem sie uns verlassen hatte, hatte sie all die Jahre daran gearbeitet, ihn für sich selbst zurückzubringen - ohne sich darum zu kümmern, was mit meinen Schwestern und mir geschah.

Ich habe noch so viele Fragen, aber ich bezweifle, dass Kaira die Antworten kennt. Nach dem Verlust unseres Vaters habe ich mir geschworen, weiterzumachen und nicht zuzulassen, dass mich die Taten unserer Mutter noch mehr beunruhigen. Mir ist übel, ich atme schwer und meine Brust zieht sich zusammen, wenn ich daran denke, dass Lyra zu der verrückten Frau wurde, die sie geworden ist. Wenn einem jemand, den man liebt, gestohlen wird ... Göttin. Das würde mich auch wahnsinnig machen.

Wie konnte unsere Mutter das nur tun?

"Heißt das, dass unsere Eltern uns nicht wirklich geliebt haben?" Jaes Stimme bricht.

Mir schießen die Tränen in die Augen, als ich

ihren Herzschmerz und die gemischten Gefühle höre.

"Natürlich haben sie uns geliebt", antwortet Kaira und lächelt in meine Richtung, als wolle sie damit sagen, dass sie das auf sich nehmen wird. "Warum sollten sie drei Kinder haben, wenn sie uns nicht lieben und verehren würden?"

"Aber wenn Papa mit einem Zauber belegt war ..."

"Jae", beginne ich mit leiser Stimme, während ich innerlich zittere. "Der Zauber sollte ihn dazu bringen, sich in Mutter zu verlieben und wahrscheinlich Lyra zu vergessen, aber er hatte nichts mit der Liebe zu tun, die er für uns empfand. Die war echt." Meine Kehle schnürt sich zu, denn ich weiß nicht, wen ich mehr überzeugen will, sie oder mich. Ich möchte weinen, aber nicht vor meinen Schwestern. Ich muss für sie stark bleiben.

Kaira drückt Jae in eine Umarmung, während ich ihre Hand halte.

"Wichtig ist nur, dass wir zusammen sind. Ihr beiden Tanten müsst unserem neuen Familienmitglied all eure Liebe und Aufmerksamkeit schenken." Ich schaue auf meinen Bauch und dann mit einem aufrichtigen Lächeln wieder zu ihnen hinauf. Mein Grinsen ist nicht gezwungen, obwohl ich die schreckliche Wahrheit über die Dinge erfahren habe, die unsere Mutter getan hat. Ich werde nicht zulassen, dass ihre Entscheidungen uns zu Fall bringen.

"Zur Familie gehören nicht nur die Blutsverwandten." Ich nehme auch Kairas Hand und halte mich an meinen beiden Schwestern fest. "Es sind diejenigen, die uns mehr lieben, als es unsere eigene Familie je getan hat. Diejenigen, für die wir an erster Stelle stehen und die nie aufhören, für uns zu kämpfen. Wir haben uns gegenseitig und auch meine vier Alphas. Sie haben so hart an meiner Seite gekämpft, um euch beide zu retten. Bald werden wir mit der kleinen Jelly Bean zu acht in unserer neu gegründeten Familie sein. Wir werden ein Zuhause finden, wo wir sicher sind. Ich gebe dir mein Wort, dass die Dinge nicht mehr so chaotisch sind wie jetzt."

Ich versuche, nicht daran zu denken, dass das Baby etwas anderes als ein gesunder Wolfswandler sein wird, aber in diesem Moment machen sich Zweifel in meinen Gedanken breit.

Ich wurde durch einen Zauber schwanger, während ich von Baumranken gefesselt war und einen seltsamen, induzierten Traum erlebte. Bedeutet das, dass ich ein Mischlingsbaby zur Welt bringe, das zum Teil ein Baum ist oder eine Art Monstrosität?

Mein Herz schlägt schneller, und ich schwitze plötzlich, weil ich ununterbrochen daran denke. Ich spüre noch, wie sich das Baby bewegt, aber es ging alles so schnell. Ich darf nicht in Panik geraten, sonst verliere ich noch den Verstand.

"Geht es dir gut?", fragt Kaira.

Ich hebe meinen Blick und nicke, als die beiden sich vorbeugen und wir uns umarmen, während die Kutsche uns durch die Gegend fährt. Ich muss meinen Geist beruhigen.

Dem Baby wird es gut gehen ... Jelly Bean muss es gut gehen. Es gibt keine andere Möglichkeit.

Sie ist mein Baby.

Stone

Nachdem wir diese verdammten abtrünnigen Alphas im Wald vernichtet haben, holen wir die Kutsche ein und laufen neben ihr her, bis wir die Taverne erreichen. Wir verbringen die Nacht zu fünft in einer Besenkammer - was mir nichts ausmachen würde, wenn es nur Crius, ich und Narah wären. Da Jae und Kaira bei uns sind, schliefen Crius und ich auf dem Boden, damit die Mädchen das Bett nehmen konnten. Wir sind in aller Herrgottsfrühe aufgebrochen. Der Weg durch die Wälder war lang, aber schließlich kommen wir im Schattenland-Sektor an.

Zwei Dinge fallen mir schnell auf.

Erstens gibt es nur wenige Untote in diesen

Wäldern, im Gegensatz zu den vielen Gruppen, denen wir im wilden Sektor begegnet sind. Zweitens sind wir im Wald noch keinem einzigen abtrünnigen Alpha oder Beta begegnet.

Dušan, der Alpha des Schattenland-Sektors, hat seinen Hinterhof von Untoten und wilden Wolfswandlern sauber gehalten. Ich habe auch keine Wachen gesehen, die uns beobachten. Also war ich entweder abgelenkt und habe sie nicht gesehen, oder der Alpha ist sich seiner Sicherheit sicher. Als wir uns seinem Territorium nähern, kommt die Kutsche dort zum Stehen, wo der Feldweg endet, und wir blicken alle zu der hohen Mauer hinauf, die das Gelände seines Rudels in der Ferne umgibt.

Das Waldgebiet öffnet sich zu einem Stück Land, das ich von unserer letzten Reise hierher kenne. Wir erreichten den Schattenland-Sektor im Auftrag von Narah, um ihre Schwester Jae zu finden. Die drei Schwestern waren nach ihrer Flucht vor den Sturmwölfen getrennt worden, und unsere Aufgabe war einfach: Wir sollten Jae finden, und im Gegenzug würde Narah uns mit ihrer Magie dabei helfen, die Hexen inmitten der giftigen Wälder zu überwältigen.

Ich lache fast laut darüber, wie sich diese Aufgabe in ein Chaos verwandelt und unser Leben für immer verändert hat. Sieh uns jetzt an!

Wir bekommen bald ein Baby!

Das Gelände vor uns sieht eher aus wie eine

mittelalterliche Burg. Hohe Steinmauern mit Zinnen an der Spitze breiten sich nach außen aus und umschließen die riesige Festung. Ich bin beeindruckt, wie gut der Alpha sein Rudelheim gesichert hat. Im Inneren befindet sich eine stabile Festung mit Hütten für die Rudelmitglieder. Ich habe mich über den Ort informiert. In der Antike hieß sie Festung Râșnov, in der Ritter lebten, um die Einheimischen vor Eindringlingen aus den Nachbarländern zu schützen.

Jetzt nennen die Schattenwölfe diesen Ort ihr Zuhause.

Die Mauern sind mit Wachtürmen übersät, und ich sehe eine Bewegung in dem Turm vor uns. Zwei Männer treten auf eine kleine Veranda des Turms hinaus und zielen mit ihren Gewehren in unsere Richtung.

"Scheiße", murmelt Crius. "Soll ich mich darum kümmern?"

"Nein." Ich bin mir bewusst, dass sein Versuch uns in einen Krieg gegen das Rudel führen könnte, bei dem wir Hilfe brauchen. "Sag den anderen, sie sollen in der Kutsche bleiben. Ich regle das hier", murmle ich vor mich hin, trete vor und hebe die Hände in die Luft.

"Mein Name ist Stone, und wir sind zurückgekehrte Freunde von Dušan", rufe ich laut. "Mein Alpha, Ragnar, und ein paar von uns waren vor

Monaten hier, als ihr mit einigen unglücklichen Übernahmeproblemen zu kämpfen hattet." Dušans Bruder versuchte, ihn um die Position des obersten Alphas zu bringen und sein Rudel zu übernehmen.

In dieser Welt kann man nicht einmal seiner Familie trauen, und deshalb habe ich meine vergessen. Meine neu gefundene Familie mit Ragnar und seinen Männern hat ersetzt, was ich verloren habe. Jetzt sind auch Narah und ihre Schwestern bei uns. Für sie muss ich es schaffen, dass es funktioniert.

Als die beiden Wachen nur miteinander flüstern - sie stehen zu weit weg, als dass ich ihre Worte hören könnte -, flammt Frustration auf.

"Ich bin sicher, wenn ich mit Dušan sprechen könnte, würde er unseren Besuch akzeptieren. Wie wäre es, wenn Du ihn holst?"

Der dunkelhaarige Mann hebt seinen Kopf in meine Richtung. "Du bist hier nicht willkommen. Geht. Ich werde dich nicht noch einmal warnen."

Zähneknirschend berechne ich, wie viele Sekunden ich brauchen würde, um zur Wand zu stürmen, sie zu erklimmen und dem Arschloch den Hals umzudrehen. Stattdessen grinse ich und gehe einen Schritt näher heran.

"Dušan hat dieses Treffen arrangiert, also sind wir auf Wunsch deines Alphas hier." Ich dehne die Wahrheit und biege sie in jede Richtung, die ich brauche. Die können mich mal.

Der Kopf des Arschlochs hebt sich zu jemandem hinter mir, gerade als das leise Klopfen von Schritten auf dem Gras mich dazu bringt, den Kopf herumzudrehen. Narah und ihre Schwestern gesellen sich zu mir, Crius steht hinter ihnen und zuckt mit den Schultern - was bedeutet, dass er sie nicht kontrollieren konnte. Ich knurre, aber es ist zu spät.

Die Augen der Wachen schweifen über die Weibchen, ihr Interesse ist geweckt, dann schnuppern sie die Luft nach ihrem Geruch ab. Dank der Mondgöttin hat Narahs Schwangerschaft seit gestern dazu beigetragen, ihre Hitze zu blockieren, sonst würden diese Männer bereits mit uns kämpfen, um sie zu erreichen.

"Du willst mit Omegas handeln?", bellt der Wachmann.

Ich erinnere mich, dass Jae mir erzählte, als sie einige Zeit im Schattenland-Sektor-Rudel verbracht hatte, dass die Schattenwölfe Weibchen gegen Waren wie Waffen und Vorräte mit anderen Rudeln tauschten. Sie bestand darauf, dass das Rudel die Omegas nur an von Dušan genehmigte Alphas schickte.

Seien wir ehrlich ... dies ist eine beschissene Welt, und jeder ist auf sich selbst gestellt, aber wenn die sogenannten zugelassenen Alphas Dušan helfen, nachts zu schlafen, dann sind das seine Dämonen, mit denen er umgehen muss.

"Ja", antworte ich schließlich, denn ich denke, wenn wir erst einmal vor Dušan stehen, kann ich die Situation erklären und muss mich nicht mit diesen verdammten Affen herumschlagen. "Und jetzt ruf deinen Alpha her, oder besser noch, bring uns zu ihm."

Sie unterhalten sich wieder, und ich schaue zu Narah hinunter.

"Du hättest in der Kutsche bleiben sollen. Ich will nicht, dass du verletzt wirst."

"Mein Rücken tut weh, und ich kann mich nicht mehr hinsetzen. Außerdem bin ich mir ziemlich sicher, dass wir dir gerade geholfen haben." Ihr süßes Grinsen lässt mich sie anhimmeln, was falsch ist, wenn ich mich darüber ärgere, dass sie nicht auf mich hört, wenn ich sie in Sicherheit bringen will.

Crius sucht das Gelände ab, ob sich jemand anschleicht.

"Kommt in zwei Tagen wieder", sagt der Wächter. "Dušan wird dann verfügbar sein."

"Scheiß drauf", schnauze ich, ein Knurren in der Kehle. "Was sollen wir denn tun? Vor euren Mauern parken, während Untote umherstreunen?"

"Du kannst nicht hierbleiben. Du würdest die Aufmerksamkeit der Untoten auf dich ziehen. Verpiss dich und komm in zwei Tagen wieder", schreit er und hebt sein Gewehr.

Ich schwöre, ich werde ihm die Fresse polieren, wenn ich die Gelegenheit dazu habe.

"Meira", ruft Jae plötzlich. "Ich bin Jae, Meiras Schwester. Ich bin mir sicher, dass Dušan dir den Arsch aufreißen wird, wenn du die Schwester seiner Schicksalsgefährtin nicht auf das Gelände lässt."

Ich sehe Jae an, ihr Kinn hoch erhoben, die Schultern zurückgedrückt. Sieht so aus, als wäre ich nicht der Einzige, der gut darin ist, Lügen zu spinnen. Das kleine Mädchen ist ein Feuerteufel, und ich habe eindeutig einen Fehler gemacht, als ich ihr Wissen aus ihrer Zeit in diesem Rudel nicht nutzte.

"Beeilt euch", ermahnt Jae sie. "Sonst habt ihr hier draußen eine Omega, die in den Wehen liegt. Dann wird jeder verdammte Untote ihre Schreie hören. Bringt uns zu Meira."

"Jae, du wärst ein böser Krieger", flüstert Crius.

Hinter uns erblicke ich unseren Kutscher, der sich nicht von seinem Sitz erhebt, während er das Geschehen beobachtet. Er wird hier warten müssen, bis wir bereit sind, zurückzufahren. Nachdem ich allerdings gehört habe, wie der Wächter davon sprach, dass die Untoten von dem Aufruhr angezogen werden, fällt mir auf, wie hektisch er den Wald hinter sich absucht.

"Wartet", schreit der Wachmann uns an, dreht sich um und klettert auf der anderen Seite der Mauer eine Leiter hinunter, bevor er verschwindet.

Wir wenden uns an das Team und versammeln uns. Kaira umarmt Jae, während Crius Narah an sich lehnt, um ihr etwas Gewicht von den Füßen zu nehmen.

"Gut gemacht, Jae", sage ich, greife zu ihr und zerzause ihr hellbraunes Haar, das ihr über die Schultern tanzt.

Sie schiebt meine Hand weg. "Hey, lass mich nicht schwach aussehen."

Ich lache leise, gerade noch hörbar, dann beuge ich mich vor und küsse Narahs Wange. "Wie geht es dir?"

"Mir tut alles ein bisschen weh, aber es geht mir gut. Ich hasse es nur, dass wir so auf dem Präsentierteller sitzen."

"Wie wäre es, wenn ich dich zurück zur Kutsche trage?", fragt Crius, aber sie schüttelt den Kopf.

Während Jae und Kaira sich leise unterhalten, weiß ich nicht, wie viel Zeit vergeht, aber es kommt mir wie Stunden vor.

Schließlich ertönen hinter uns Schritte im Gras, und ich drehe mich gerade um, als ein halbes Dutzend Wachen mit einer jungen Frau an der Spitze um die Ecke der Grundstücksmauer auftauchen. Tiefes kastanienbraunes Haar flattert über ihre Schultern, während sie sich nähert. Sie trägt schwarze Jeans, Stiefel und ein weißes Hemd im Folklorestil mit roter Stickerei am V-Ausschnitt. Die

Frau ist wunderschön und hat eine makellose Haut, aber nichts im Vergleich zu meiner Narah. Mein Herz klopft, wenn ich nur an sie denke.

Mit ihren einen Meter fünfzig oder einen Meter sechzig ist diese Frau winzig, und neben den kräftigen Wachen, die sie umgeben, wirkt sie noch winziger. Ich erkenne die beiden Alphas an ihrer Seite. Lucien starrt uns an, als würde er im Geiste durchspielen, was er uns antun wird, wenn wir sein Mädchen anfassen. Er trägt ein kariertes Button-up-Hemd, staubige Jeans und Cowboystiefel. Die braunen Haare hängen ihm wirr im Gesicht, als wäre er gerade gerannt. Der zweite Alpha sieht aus wie ein Berg, und ich erinnere mich gut an ihn - Bardhyl.

Wie wir kommt dieser Alpha aus Dänemark und hat ein Wikingererbe. Sein langes blondes Haar hat er hinter die Ohren gesteckt, seine Schultern sind breit, und seine hellgrünen Augen mustern die Eindringlinge vor seinem Haus. Sein Hemd sitzt schief um seinen Hals, und ich stelle fest, dass er barfuß ist, was mir sagt, dass er sich beeilt hat, um uns zu sehen.

Kaira gibt ein leises Quietschen von sich und starrt Bardhyl mit großen Augen an, aber ich kann nicht sagen, ob sie eingeschüchtert ist oder sich über seinen Anblick freut. Schade, denn wenn ich mich richtig erinnere, sind diese Alphas, einschließlich Dušan, Meiras Schicksalsgefährten.

"Meira", ruft Jae und rennt plötzlich von uns weg und auf sie zu.

Meira stürzt von ihren Männern auf Jae zu, und sie umarmen sich innig. Sie lachen, halten sich an den Händen und lächeln. Jae zeigt auf ihre Schwestern und klärt Meira darüber auf, was vor sich geht und wer wer ist.

Ich sehe die aufrichtigen Gefühle zwischen ihnen in ihren Gesichtern. Was auch immer diese beiden durchgemacht haben, es hat ihr Leben verändert.

Während Crius Narah umarmt, nähern wir uns alle dem Team, und Lucien und Bardhyl stellen sich uns in den Weg. Ihre Blicke schweifen über uns. Sie sind angespannt.

"Wo ist dein Alpha, Ragnar?", fragt Bardhyls kiesige Stimme.

"Eine Tagesreise liegt hinter uns. Wir standen vor schwierigen Umständen und mussten früher aufbrechen".

Als ob er es verstanden hätte, schweift seine Aufmerksamkeit an mir vorbei und landet bei einer hochschwangeren Narah.

"Hallo", sagt sie schüchtern und winkt den Jungs zu.

Mir wird ganz heiß, als ich sehe, wie umwerfend sie aussieht. Ich mache den Mund auf, um sie vorzu-stellen, aber Jaes Stimme unterbricht mich.

"Narah, das ist Meira, von der ich dir erzählt

habe. Sie hat mir so oft den Arsch gerettet und mich bei sich aufgenommen. Sie ist ein Engel." Jae zieht Meira an der Hand zu Narah hinüber, um sie ihr vorzustellen, und stiehlt mir den Moment. Kaira ist bei ihnen, und ich stehe am Rande der Gruppe mit Crius, Lucien und Bardhyl, die unbeholfen herumstehen. Die Wachen halten Abstand.

Ich wende mich an die Alphas und habe das Gefühl, dass man uns alle beiseitegeschoben hat. "Also, ist Dušan da?"

Lucien schüttelt den Kopf. "Er ist für heute weg. Er wird heute Abend zurückkommen."

Schweigen. Ich schäume vor Wut, dass die Arschlochwächter versucht haben, uns zwei Nächte zurückzudrängen.

"Ihr seid den ganzen Weg in einer Kutsche gefahren?", fragt Bardhyl und sucht das Gespräch, während die Mädchen sich angeregt unterhalten. "Wie ist es denn so? Oben im wilden Sektor?"

"Voll von verdammten Untoten. Scheint, als würden sie nach Norden wandern", mischt sich Crius ein. "Danke, dass du sie zu uns geschickt hast", grinst er spöttisch.

"Du solltest besser vorbereitet sein und ein paar dicke Mauern um dein Rudelgebiet bauen", fügt Lucien hinzu und betrachtet die Steinmauer, die um ihr Gelände herum neu errichtet wurde.

Ich muss mich zusammenreißen, um nicht

darüber zu scherzen, dass wir den wilden Sektor erst noch für uns beanspruchen müssen, und nicke nur mit einem breiten Grinsen. Ich atme scharf ein, denn ich weiß, wenn Ragnar und Dušan hier wären, wären wir bereits auf dem Gelände und würden wahrscheinlich essen. Ich könnte in diesem Moment ein ganzes Wildschwein essen. Mein Magen stöhnt bei dem Gedanken an gebratenes Fleisch.

Meira dreht sich plötzlich zu uns um und lächelt ihre beiden Alphas strahlend an. Sie starren sie an, als wäre sie ihre Sonne, gefesselt von ihrer Aufmerksamkeit.

"Narah wird jeden Tag gebären", sagt sie streng. "Wir müssen sie reinbringen." Sie sieht mich freundlich an, und ich kann verstehen, warum sie und Jae sich so leicht anfreunden konnten. Sie sind sich so ähnlich und haben ein großes Herz. "Jeder Freund von Jae ist unser Freund. Kommt herein, bevor es Nacht wird. Ich bin sicher, ihr habt uns viel zu erzählen."

"Das haben wir", antworte ich. "Sie muss sich ausruhen, und sie ist fast am Verhungern." Narah wirft mir einen strengen Blick zu, und ich zwinkere meinem hübschen Mädchen zu.

Meira stupst ihre Männer zur Eile an, und wir werden schnell zum Gelände geführt.

Narah lässt ihre Hand in meine gleiten, schaut

frech zu mir auf und flüstert: "Netter Zug. Mich als Ausrede zu benutzen, um gefüttert zu werden."

Ich kichere und beuge mich vor, um ihr einen kurzen Kuss auf die Stirn zu geben. "Du hast keine Ahnung, wie ausgehungert ich bin."

Sie rollt mit den Augen, als wir uns auf den Weg zu den Eingangstoren machen.

Die Wächter führen den Kutscher zusammen mit dem Pferdewagen in den Schutz ihrer zwölf Fuß hohen Zäune.

Sieht aus, als gäbe es jetzt kein Zurück mehr. Ich suche in meinem Kopf nach einer Erklärung, wohl wissend, dass ich nicht die Absicht habe, Ragnars Forderung nach vierzig Frauen zu erwähnen, sobald er im Schattenland-Sektor ankommt. Es spricht allerdings nichts dagegen, dass ich ein paar Fragen darüber stelle, wie sie Omegas sammeln und mit ihnen handeln, bevor Dušan zurückkehrt.

Ich muss fragen, ohne dass die Frauen es hören. Es macht keinen Sinn, in diesem Hornissennest herumzustochern, wenn ich es nicht muss. Narah wird mich umbringen, wenn sie herausfindet, was Ragnar versprochen hat, und es könnte ihre Schwestern in Gefahr bringen, den Grund für unsere Reise zu erfahren.

FÜNFZEHN

Wir sind endlich angekommen.

Ich schnappe nach Luft, als ich vom Pferd steige und die Zügel in der Faust halte. Das Gelände des Schattenland-Sektors steht wie ein Berg vor Nikos und mir.

Die Dunkelheit verschluckt die Landschaft, während die Brise in meinen Ohren flüstert und mein Herzschlag pocht. Wir sind mit dem Pferd hierher geritten und haben nur in nahe gelegenen Städten die Pferde gewechselt, um sie nicht zu Tode zu reiten. Die ganze Zeit über habe ich die Wälder abgesucht, weil ich Angst hatte, dass die Kutsche kaputt ist oder angegriffen wird und meine kleine Füchsin in Gefahr ist.

Ich bin so verkorkst im Kopf, dass ich immer das Schlimmste erwarte. Als ich aufgewachsen bin, habe ich mir eingeredet, dass der Glaube an das Schlimmste bedeutet, dass ich nie enttäuscht werden würde. Jetzt sehe ich, wie schädlich das war und wie sehr mein Vater mein Leben beeinflusst hat.

Also halte ich an dem Gedanken fest, dass es Narah gut geht. Doch als ich vor den Toren des Geländes der Aschewölfe stehe, zieht sich meine Brust zusammen, aus Angst, dass wir sie hier nicht finden werden.

Nikos schlägt mit der Faust gegen das hohe Eingangstor. Er sieht genauso ramponiert und blutig aus wie ich, obwohl unsere Verletzungen nur geringfügig sind - geprellte Rippen, Schnitte, Dinge, die bei uns schnell heilen. Das meiste Blut stammt von den zahlreichen abtrünnigen Alphas und Betas, die uns angegriffen haben. Überraschenderweise waren es nicht die Untoten, die uns Ärger machten, sondern diese verdammten ausgehungerten Wolfsmenschen, die wie wilde Tiere in den Wäldern leben und sich auf jeden stürzen, um ihm alles zu stehlen. Die Bastarde haben ein paar gute Treffer gelandet, aber wir haben sie als Leichen in unserem Kielwasser zurückgelassen.

Ein scharrendes Geräusch von oben lässt uns beide den Blick auf den Wachmann heben, der auf dem Wachturm steht, die Waffe in der Hand, die Lippen schürzend, und auf uns herab starrt.

Ich hebe mein Kinn und sage: "Ich bin Ragnar,

Alpha des wilden Sektors, und möchte mit Dušan sprechen." Es ist mitten in der verdammten Nacht und meine Haut kribbelt, weil ich weiß, dass wir im Freien sind, ein leichtes Ziel.

Mit einem weiteren Schmatzer räuspert sich der Wachmann und lässt sich Zeit mit seiner Antwort.

"Er hat dich erwartet."

Als ich diese Worte höre, atme ich erleichtert auf. Mein wunderschönes Mädchen ist angekommen. In welchem Zustand sie auch immer von den Alphas akzeptiert wurden, jetzt, wo wir hier sind, werde ich das in Ordnung bringen. Wir können es kaum erwarten, hineinzukommen und beobachten, wie der Wächter sich Zeit lässt, um die Tore zu öffnen.

"Würde es schlecht aussehen, wenn ich diesem Arschloch ein bisschen auf den Kopf haue?", flüstert Nikos unter seinem Atem.

Ich lächle ihn an, schüttle den Kopf und reiche ihm die Zügel meines Pferdes, als sich die Tore mit einem schrillen Kreischen öffnen. Der Mann winkt uns hinein, und wir treten durch eine Öffnung, die von Schatten umhüllt ist. Nikos treibt die beiden Pferde an, und eine weitere Wache tritt vor, um ihm zu helfen.

In kürzester Zeit folgen wir einem ausgetretenen Pfad einen Hügel hinauf in Richtung des Geländes. Ein offenes Feld mit Gras, Sträuchern und Bäumen flankiert unseren Weg. Es ist erfrischend zu sehen, dass die Wölfe sich innerhalb der Mauern frei bewegen können und sich vor den Untoten sicher fühlen.

Lange Zeit war der Schattenland-Sektor unter einer Armee von Untoten begraben, und für viele galt er als verfluchtes Land. Es erstaunt mich immer noch, dass Wolfsmenschen in diesem Teil Rumäniens überlebt und sich ein Leben aufgebaut haben.

Die Nacht ist still, nur ab und zu hört man in der Ferne das Heulen eines Wolfes. Auf dem Weg zu der steinernen Festung, die sich aus der Dunkelheit erhebt, kommen wir an einem offenen, von Hütten umgebenen Innenhof vorbei.

Die Männer bringen unsere Pferde in die Ställe und lassen uns allein, um das Gebäude zu betreten. Nikos schlendert an meiner Seite und schaut sich genauso um wie ich.

"Dieser Ort weckt Erinnerungen an zu Hause", flüstert er. In Wahrheit sieht es ganz anders aus als dort, wo ich aufgewachsen bin, in einem offenen Dorf, dessen Grenzen mit Magie gegen unsere Feinde und die Untoten geschützt waren. Ich vermute allerdings, dass er damit seinen Geburtsort meint - bevor sein Vater ihn im Tausch gegen meine Schwester an meine Familie verkaufte.

Das Gelände gibt mir eine Vorstellung davon, was ich bauen muss, wenn ich mit Narah und meinem Rudel endlich den wilden Sektor als meine endgültige Heimat beanspruche. Wenn die Untoten im Norden bleiben, reichen einfache Zäune vielleicht nicht aus. Was Dušan hier geschaffen hat, ist genial.

Apropos ... der Mann tritt aus der Eingangstür seines Schlosses und begegnet meinem Blick mit seinem stählernen Blick. Er trägt Jeans und ein zerknittertes Hemd, was zeigt, dass er sich hastig angezogen hat. Wir müssen ihn aus dem Schlaf geholt haben.

Der Alpha hat auf mich immer den Eindruck eines vernünftigen Mannes gemacht, und selbst wenn er irritiert aussieht, war er kein verdammtes Arschloch wie so viele von ihnen. Außerdem zeugt es von Vertrauen, dass er sich allein mit uns trifft und dass er weiß, wo Narah und meine Männer im Moment sind.

"Dušan, ich wünschte, ich könnte sagen, dass wir uns unter besseren Umständen treffen."

Seine eisblauen Augen durchbohren Nikos und mich, besonders die Blutspritzer auf meiner Kleidung. Als er vortritt, schließe ich den Abstand zwischen uns. Dies ist sein Zuhause, was bedeutet, dass er die Oberhand hat - vor allem, wenn ich seine Hilfe brauche.

"Ragnar, schön, dass du da bist." Der Wind streicht durch sein dunkles Haar, das ihm unordentlich ins Gesicht und über die Schultern fällt. Es ist wilder geworden, seit ich ihn das letzte Mal gesehen habe. "Ich halte immer mein Wort. Jedes Rudel, das in Schwierigkeiten steckt, ist in meinem Haus willkommen", sagt er laut und nimmt mich in eine feste Umarmung und klopft mir auf den Rücken. "Der Besuch deines Rudels kommt allerdings unerwartet. Offensichtlich hast du dir seit unserem letzten Besuch ein Omega gesucht und sie geschwängert."

Ich lache. Wenn er nur wüsste, was für ein Chaos ich seit unserer letzten Begegnung vor all diesen Monaten durchgemacht habe.

"Ich habe dir viel zu sagen. Das ist nicht die Art und Weise, wie ich dich besuchen wollte, aber manchmal hat das Schicksal eine Art, uns zu verarschen."

"Da liegst du nicht falsch." Mit einem weiteren Klaps auf den Rücken schubst er mich in sein Haus.

Das Licht der feurigen Fackeln, die in Messinghalterungen an den Wänden sitzen, wirft Schaffen gegen das steinerne Gemäuer. Unsere Schritte hallen um uns herum, als ich ihm durch einen Korridor folge. Wir nehmen eine geschwungene Steintreppe und treten in ein schwach beleuchtetes Foyer, in dem Wandteppiche mit kämpfenden Wölfen an den Wänden hängen.

"Dein Rudel wurde beköstigt und dann zum Ausruhen in unsere Gästezimmer geschickt", sagt er und schlendert neben mir her. Nikos bleibt in unserem Rücken, und eine Wache folgt ihm.

"Du bist zu großzügig", sage ich. "Bei unserem letzten Treffen war es nicht gerade einfach zwischen uns." Damals holten wir Jae ab, die sich verirrt hatte und irgendwie in den Schattenland-Sektor gelangt war. Es herrschte Chaos, als wir hier ankamen - Untote liefen Amok, Dušan war gefesselt und wurde von jemandem aus seinem Rudel an die Zombies verfüttert. Natürlich haben wir ihn gerettet, was im Nachhinein die verdammt beste Entscheidung war, die ich je getroffen habe.

"Bei deinem letzten Besuch hättest du meine Situation ausnutzen und mich eliminieren können, um mein Rudel zu beanspruchen, aber das hast du nicht getan." Er wirft mir einen verständnisvollen Blick zu. "Dafür bin ich dir ewig dankbar. Außerdem würde Meira mir an die Eier gehen, wenn ich ihre Freunde nicht gastfreundlich behandeln würde." Er grinst und fährt sich mit der Hand durch die Haare, wobei er sich die losen Strähnen aus dem Gesicht streicht.

"Ich bin dafür, kein Chaos in meinem Leben zu verursachen, indem ich mit deiner Omega nicht einer Meinung bin." Ich belle ein Lachen heraus.

"Alles klar. Wie auch immer, ich zeige dir, wo alle sind, bevor wir uns hinsetzen und reden. Ich nehme an, du willst dich vergewissern, dass es allen gut geht."

Ich nicke.

"Auf jeden Fall", antwortet Nikos hinter uns und erntet ein zustimmendes Grinsen von Dušan.

Wir erreichen die erste Tür, und in dem Moment, in dem Dušan sie öffnet, entweichen donnernde Schnarchgeräusche. Ich weiß sofort, dass Crius und Stone da drin sind und wie Drachenschnarchen. Das Licht hinter uns reicht bis in den Raum hinein und enthüllt zwei große Betten mit massigen Gestalten unter den Decken. Stone liegt auf dem Bauch, sein Bein hängt von der Matratze herunter. Crius liegt auf dem Rücken, seine Axt neben dem Bett, als wäre er mit ihr in der Hand eingeschlafen. Das klingt nach ihm. Nach dem Geruch von Schweiß und süßem Wein in der Luft würde ich sagen, dass sie eine lustige Nacht erlebt haben.

Nikos spottet. "Sag mir, dass ich nicht mit den beiden da drin festsitze."

Dušan schließt die Tür und gluckst. "Mach dir keine Sorgen. Du hast dein eigenes Zimmer." Während er Nikos das nächste Zimmer auf dem Gang zeigt, schlägt er vor, zuerst die Duschen aufzusuchen. "Wir haben fließend heißes Wasser."

Nikos' Augen weiten sich. "Du verarschst mich besser nicht. Die kalten Duschen, die ich in letzter Zeit genommen habe, haben mir fast die Eier abgefroren."

Ich bin überwältigt von dem großen Gemeinschaftsbad. Eine überdimensionale Badewanne, in die locker zwanzig Leute passen, nimmt einen großen Teil des Raumes ein. Oder vier Alphas und eine Omega - der Gedanke lässt meinen Schwanz erbeben. Ich vermisse meine kleine Füchsin unheimlich.

"Nun, hier halte ich an, wenn das in Ordnung ist." Nikos blickt mit einer hochgezogenen Augenbraue in meine Richtung. "Ich stinke wie eine Leiche, und das Versprechen von heißem Wasser kann selbst ich nicht ablehnen."

"Tu das." Ich klopfe ihm auf die Schulter. "Ich gehe weiter."

Als wir ihn zurücklassen, frage ich Dušan: "Wo ist Narah?" Wir gehen an weiteren Wachen vorbei, und es ist gut, zu sehen, dass es Schutz gibt.

"Geradeaus. Ich habe dir ein größeres Zimmer gegeben."

Als er die Tür öffnet, schlägt mein Herz schneller, weil ich mein wunderschönes Mädchen wiedersehen und mich vergewissern will, dass sie in Sicherheit ist. Ich stecke meinen Kopf herein und finde sie in einem riesigen Doppelbett, die Laken um sie herum verknotet, so wie sie immer schläft und das ganze Bett und die Decken für sich beansprucht. Sie atmet tief durch, und so sehr ich mich auch darauf freue, zu ihr zugehen, trete ich zurück und schließe die Tür.

"Okay, lass uns reden, bevor ich auf meinen Füßen einschlafe."

"Gut", stimmt Dušan zu.

Wir gehen den Weg zurück, den wir gekommen sind, vorbei am Balkon in einen großen Raum, der aussieht, als wäre ich in eine andere Zeit zurückversetzt worden. Dieser Ort könnte schon existiert haben, bevor das Virus unsere Welt verwüstete. Glühbirnen blinken aus Messingleuchten, und ich brauche einen Moment, um zu erkennen, dass es sich nicht um Kerzen, sondern um elektrische Lampen handelt. Es ist zu lange her, dass ich solchen Luxus gesehen habe. Damals in Dänemark hatten wir Strom und fließendes Wasser, etwas, das mein Vater mit Hilfe von Magie von den örtlichen Hexen besorgt hatte - wenn er sie nicht gerade tötete. Für ihn war jeder entbehrlich.

Hass macht sich in meiner Brust breit, aber ich zwinge mich, die Gedanken loszulassen. Es wird mir nicht guttun, an ihn zu denken.

Dušan lacht, was mich ablenkt und meine Aufmerksamkeit auf ihn lenkt, der auf den Leuchtkörper starrt.

"Ich treibe viel Handel mit anderen Rudeln, vor allem mit dem X-Clan. Sie sind sehr wohlhabend und verfügen über eine Fülle von Technologien, also nutze ich meine Beziehungen zu ihnen."

"Kluge Idee." Ich bin neidisch, aber es macht

mich noch entschlossener, den wilden Sektor zu sichern und ein Zuhause für meine Familie zu schaffen. Ein Grund mehr, meine Beziehung zu Dušan aufrechtzuerhalten.

Wir nähern uns dem Kamin, an dem sich zwei braune Sofas gegenüberstehen. An den Wänden stehen Bücherregale, gefüllt mit alten Büchern, und durch das Fenster fällt Mondlicht.

"Hast du Hunger?", fragt er.

Ich schüttle den Kopf. "Ich sehne mich mehr als alles andere nach einer heißen Dusche und danach, dass sich meine Omega an mich drückt."

"Ich verstehe. Es ist schon weit nach Mitternacht, also werde ich dich nicht lange aufhalten." Der Alpha lehnt sich in der Mitte der Couch zurück, die Arme an seiner Seite, die Beine gespreizt. Er starrt mich an und wartet darauf, dass ich ihm erkläre, wie zum Teufel ich mit meinem Rudel und meiner schwangeren Omega vor seiner Tür gelandet bin.

Also erzähle ich ihm, was ich bei der Übernahme des wilden Sektors erlebt habe, von unserem Umgang mit den Hexen, von Martells aufstrebenden Kräften und sogar von Narahs Magiebesitz. Ich habe nicht die Absicht, das Land dieses Alphas zu betreten und über die Dinge, die wichtig für ihn sind, die Unwahrheit zu sagen. Ich vertraue darauf, dass er fair sein wird, und vermute, dass er die Art von

Mann ist, der es nicht leichtnehmen würde, betrogen zu werden.

Ich habe zu viel zu verlieren, um die Wahrheit nicht zu enthüllen, und ich brauche einen Verbündeten.

Ich habe ein paar Dinge weggelassen, z. B. die Tortur mit Narahs Eltern und wie sie durch Magie schwanger wurde, da ich sie nicht als kritisch ansehe und sie für ihn unnötige Details sind. Außerdem habe ich die Erwähnung von vierzig Weibchen weggelassen. Da Mihai tot ist und das Rudel jetzt unter meiner Kontrolle steht, sind seine Forderungen kein Problem mehr.

"Du hast dir viel vorgenommen." Er nickt mir beruhigend zu, lehnt sich vor, stützt die Ellbogen auf die Oberschenkel und sieht mich an. "Es scheint, als wäre ich dein letzter Ausweg gewesen, um zu entkommen. Was sind deine Absichten im Schattenland-Sektor?" Sein Blick ruht auf mir, und es herrscht Stille im Raum mit der unterschwelligen Frage, ob ich hier bin, um sein Rudel zu fordern.

"Du hast recht", gebe ich zu und lehne mich zurück, ohne Aggression zu zeigen. "Ich befand mich in einer Zwangslage. Martell macht Jagd auf uns, und nachdem er die Anführer der Bane-Wölfe getötet hat, konnte ich Narahs Leben und unser ungeborenes Kind nicht riskieren. Ich finde es keine Schande, zu fliehen, wenn die Zeit dafür gekommen ist. Ich bin hier, um mich für kurze Zeit in Sicherheit zu bringen, mehr nicht."

Dušan steht auf und geht zu einem der Regale, wo er eine Glaskaraffe holt und eine honigartige Flüssigkeit in zwei Gläser gießt. Er reicht mir eines, dann setzt er sich.

"Du siehst aus, als könntest du einen Drink gebrauchen."

"Scheiße, ja."

"Du brauchst also einen Ort, an dem dein Omega sicher gebären kann. Was wirst du dann tun?"

Ich hebe das Glas zum Mund und atme die reiche Süße des Honigs und des verkohlten Holzes des Whiskeys ein, bevor ich es an meine Lippen drücke und in einem Zug trinke. Keine Hitze strömt meine Kehle hinunter, nur ein karamellartiger, würziger Nachgeschmack. Es ist köstlich. Ich stelle das Glas zwischen uns auf den Tisch und begegne Dušans Blick.

"Ich wäre dir für deine Hilfe mit Narah zu Dank verpflichtet. Alles, worum ich bitte, ist, dass sie und ihre Schwestern noch eine Weile hierbleiben können, wenn wir zurückkehren, um Martell zu erledigen. Im Gegenzug erhältst du meine uneingeschränkte Loyalität. Wir werden benachbarte Rudel sein, und von meiner Seite aus wird kein Krieg geführt werden. Wir werden dein Rudel jederzeit in meinem Land willkommen heißen."

Er schwenkt den Whiskey in seiner Hand und nimmt dann einen Schluck. "Nur wenn es dir gelingt, Martell zu beseitigen, richtig?"

Ich grinse und rücke in meinem Sitz vor. "Alles, was ich tue, geschieht in der Absicht, erfolgreich zu sein." Ich atme scharf ein, weil ich mir Sorgen mache, wie Narah reagieren wird, wenn ich sie zurücklasse, aber ich werde sie nicht in Gefahr bringen, vor allem nicht mit einem Kind, das auf sie angewiesen ist. "Ich bitte dich um deine Großzügigkeit, für eine kurze Zeit in deinem Haus Zuflucht zu suchen."

"Wie ich schon sagte, mein Haus steht dir offen, solange du es brauchst. Ich brauche aber zwei Dinge. Erstens eine Vereinbarung, dass ich, sobald du den wilden Sektor gesichert hast, jederzeit freie Fahrt durch dein Land haben werde, um die nördlichen Länder für meinen Handel leicht zu erreichen."

"Die hast du", bestätige ich, ohne zu zögern. "Was noch?"

"Wenn jemand aus deinem Rudel meinem Rudel schadet oder ich herausfinde, dass dein Besuch etwas anderes als zur Sicherheit ist, werde ich nicht zögern, denjenigen zu eliminieren. Jeder, der sich mir in den Weg stellt, wird das gleiche Schicksal erleiden."

Mein Ausatmen ist flach, aber ich stimme ebenso schnell zu. "Ich habe nichts vor dir zu verbergen, aber ich bitte dich, wenn du etwas finden, mit dem du nicht einverstanden bist, mich zuerst zu informieren, um zu vermeiden, dass aus einem Missverständnis heraus Maßnahmen ergriffen werden."

Dušan nippt an seinem Whiskey.

"Ich erweise dir lediglich die gleiche Gnade, die du mir bei deinem letzten Besuch gewährt hast." Dann ist er auf den Beinen. "Deshalb fordere ich einen Blutschwur, um unsere Vereinbarung zu besiegeln."

Ich versteife mich, wohl wissend, dass ein Blutschwur eine Vereinbarung ist, die, sollte einer von uns beiden sie brechen, der eine Alpha automatisch die Herrschaft über das Rudel und die Omegas des anderen beansprucht.

Dušan ist kein Idiot, so viel ist klar. Bei unserem letzten Besuch habe ich ihm gedroht, und so sehr ich den Gedanken auch hasse, im Moment hat er meine Eier in einem Schraubstock. Da Narah so kurz vor der Geburt steht, kann ich nicht riskieren, sie woanders unterzubringen.

Zähneknirschend beobachte ich den Alpha, der nicht grinst, was mir sagt, dass ihm das auch keinen Spaß macht. Ich hasse den Kerl nicht, aber verdammt, ich verabscheue es, solche Deals aus reiner Sorge zu machen, dass niemand das Schicksal kontrollieren kann. In letzter Zeit war es eine verdammte Schlampe, bei der alles drunter und drüber ging.

"Haben wir also eine Abmachung?", fragt er.

Ich schlucke meinen Stolz herunter und stehe auf. "Ja, abgemacht. Ich habe nicht die Absicht, den Schattenwölfen etwas anzutun."

"Gut. Ich würde es vorziehen, wenn dies der Anfang unseres gegenseitigen Vertrauens für zukünftige Geschäfte wäre."

Ich kann nicht anders, als über seine Worte zu lachen, wo ich doch einen Blutschwur leisten werde.

"Einverstanden. Dann wollen wir mal."

Wider besseres Wissen habe ich keine andere Wahl, und wenn es einen Alpha gibt, mit dem ich eine solche Vereinbarung treffen würde, dann ist es Dušan. Die Dinge, die ich von Jae über seine Loyalität und die Art und Weise, wie er sein Rudel behandelt, gehört habe, bringen mir nichts als Wertschätzung für ihn ein.

Er durchquert den Raum und holt ein leeres Glas und eine scharfe Klinge. Nachdem er das Glas auf den Couchtisch zwischen uns gestellt hat, nehmen wir einander gegenüber Platz und lehnen uns vor.

"Um dich zu beruhigen", beginnt Dušan, während er seine Hand und die Klinge über das Glas hebt. "Sobald alle aus deinem Rudel mein Haus verlassen haben, werde ich den Beweis für unseren Blutschwur verbrennen." Er schneidet die Klinge über die fleischige Stelle seiner Handfläche, ohne eine Grimasse zu ziehen, dann rollt er seine Hand zu einer Faust und lässt das Blut in das Glas tropfen, während er mir das Messer reicht.

"Das würde ich zu schätzen wissen." Der scharfe Biss der Klinge schneidet in meine Handfläche. Dušan zieht seine Hand zurück, und ich füge meinen Blutanteil zum Schwur hinzu. Dann schütteln wir uns die Hände, unser Blut vermischt sich. Der Schwur ist mehr als nur ein Beweis im Glas - er ist bis in unsere Wölfe hinein verankert.

Mein Wolf erwacht und grunzt anerkennend in meiner Brust, obwohl er gegen meine Entscheidung knurrt. Doch ich bin nicht mehr der Mann, der ich einst war. Ich muss mich um mehr als mein Rudel und mein Land kümmern. Ich habe eine Familie und ein Neugeborenes, das unterwegs ist. Für sie würde ich alles riskieren, sogar mein Leben.

"Wir haben einen Blutschwur zwischen unseren Wölfen vereinbart", erklärt Dušan. "Wenn der Eid gebrochen wird, werden auch unsere Wölfe die Vereinbarung einhalten, dein Rudel und Omegas werden sich an mich binden. Und sollte ich deiner Familie Schaden zufügen, wird alles, was ich beherr-sche, dir gehören."

"Einverstanden", knurre ich und schüttle seine Hand, während noch mehr Blut in das Glas tropft, bevor wir unsere Hände zurückziehen. Er gibt mir einen Lappen, mit dem ich mir die blutige Hand abwischen kann, dann tut er dasselbe. Ich nehme das als mein Zeichen zu gehen, und das ist auch gut so, denn in meiner Brust macht sich Unmut breit.

"Danke, dass du uns aufgenommen hast, Dušan. Ich werde deine Großzügigkeit nicht vergessen", sage ich und will nicht, dass er denkt, ich sei verbittert. So entstehen keine Partnerschaften, und dieser Alpha verfügt über eine Menge Macht und Verbindungen, die ich nutzen kann.

"Gute Nacht, mein Freund", sagt er mit einem Gähnen, das seinen Mund verzieht.

Ich sehe mich selbst aus seinem Zimmer gehen und schließe die Tür hinter mir. Mit knackendem Nacken atme ich erleichtert durch. Ich habe keine Probleme mit Dušan, aber es liegt nicht in meiner Natur, in einer Beziehung den Unterwürfigen zu spielen.

Narahs wunderschönes Gesicht schwimmt in meinen Gedanken. Ich vermisse sie schrecklich, aber mein Puls steht in Flammen, und ich brauche ein paar Augenblicke, um mich daran zu erinnern, warum ich hier draußen bin, warum ich mir auf die Zunge beißen und mit Dušans Bedrohung leben muss. Also schlendere ich auf den Außenbalkon, der sich im Halbkreis nach außen wölbt.

Er muss seine Familie beschützen, und ich

meine. Ich starre auf meine Wunde hinunter, wo das Blut bereits geronnen ist.

Ich lege den Kopf schief und starre auf das riesige Waldgebiet. Es ist kaum von der Nacht zu unterscheiden, nur der silbrige Schimmer des Mondlichts, der die Wipfel der Baumkronen streift, verrät den Wald. Draußen ist es still, aber in meinem Kopf herrscht Krieg. Ich beiße meinen Kiefer zusammen. Ich habe jeden verdammten Schritt bei der Übernahme von Savage Sektor von langer Hand geplant, und nicht eine Sache ist nach Plan verlaufen. Die Dinge haben sich definitiv in unsere Richtung entwickelt, aber auf eine Art und Weise, die ich nie erwartet hätte.

Ich habe Dänemark verlassen, um mein eigenes Rudel zu gründen, und werde erst nach Hause zurückkehren, wenn ich meine Pläne abgeschlossen habe. Trotz des Todes, dem wir bisher begegnet sind, vermute ich, dass dies nur ein Bruchteil dessen ist, was uns noch bevorsteht. Ich habe keine Ahnung, welches Chaos Martell anrichten wird oder wie viele Rudel er vernichten wird, wenn sie sich seiner Herrschaft nicht beugen.

Und ich kann nichts dagegen tun, was mich verdammt wütend macht und mich vor Zorn erzittern lässt.

Ein Sturm zieht auf, doch da unser Baby unterwegs ist, kann ich im Moment nur ruhig bleiben. Ich freue mich darauf, Vater zu werden, auch wenn es der denkbar schlechteste Zeitpunkt ist.

Eine Familie war schon immer etwas, das ich wollte ... später und erst, wenn ich in meinem eigenen Land Wurzeln geschlagen habe. Aber wenn ich etwas gelernt habe, seit ich Dänemark verlassen habe, dann ist es, dass nichts jemals nach Plan läuft. Das Universum hat seine eigene Agenda, und gerade jetzt bringt es die Pläne meiner Familie voran.

Ich bin total begeistert und kann gar nicht aufhören, an unser kleines Bündel zu denken. Es ist mir egal, wer von uns vieren dafür verantwortlich ist. Mit Narah als Mutter könnte das Baby genauso gut mein Fleisch und Blut sein. Wir sind eine Familie, egal wie. Ich bete jeden Zentimeter von ihr an und kann es kaum erwarten, unser Baby kennenzulernen.

Meine Prioritäten haben sich verschoben, aber das langfristige Ziel ist immer noch in Sicht.

Ich schaue in den Wald, Frustration und Adrenalin schießen gleichzeitig durch mich hindurch. Irgendwie muss ich es schaffen, dass alles funktioniert.

Narah

Das weiche Eindrücken der Matratze hinter mir weckt mich auf, und mit einem einzigen Atemzug umweht mich Ragnars männlicher und wölfischer Duft. Ich lächle in mich hinein, dass er endlich sicher angekommen ist.

Er rutscht ins Bett und legt sich hinter mich, seine große Hand fährt meinen Oberschenkel hinauf und greift meine Hüfte. Die dicke Spitze seines Schwanzes drückt sich zwischen meine Arschbacken. Diese eine Berührung reicht aus, um meinen Körper erbeben zu lassen und die Hitze zu entfachen, die unter der Oberfläche schlummert. Ein Inferno leckt zwischen dem Scheitelpunkt meiner Schenkel, so schnell, dass mir schwindelig wird.

"Ich habe dich vermisst", flüstere ich in die Nacht und versuche, mich umzudrehen, was unmöglich ist, da er an mir klebt. Sein Körper glüht, und er wiegt seine Hüften bereits gegen mich, bereit, loszulegen.

"Ich habe an nichts anderes gedacht als an dich."

Die Wärme seines Kusses auf meiner Schulter lässt meinen Körper erbeben, und es dauert nicht lange, bis ich spüre, wie meine Erregung mich durchtränkt. Meine Nippel verhärten sich bei seiner Berührung.

"Aber jetzt, kleine Füchsin, muss ich dich ficken",

flüstert er die Worte in meinen Nacken. "Es war ein beschissener Tag, und ich habe nur daran gedacht, dich in meine Arme zu nehmen und meinen Schwanz in dir zu versenken." Sein Arm gleitet über mich und umarmt mich. Er drückt eine meiner Brüste, während er sein Gesicht in mein Haar drückt und tief durchatmet. "Du riechst nach Sex, und ich bin ausgehungert. Du bist perfekt, wie geschaffen, um vor mir zu liegen."

Ich stöhne auf, als er seinen Schwanz zwischen meine Schenkel führt, und ich schiebe meine Beine auseinander, um ihn hineinzulassen.

"Babe, ich muss deine Worte hören, dass du das willst", knurrt er. "Sprich mit mir. Bist du in Ordnung?"

"Ja", stöhne ich. "Ich bin schläfrig, aber plötzlich extrem geil, weil ich spüre, wie meine Hitze wächst."

Er stöhnt auf und führt die Spitze seines Schwanzes an meinen Eingang.

"Heiß bist du." Er macht keine Anstalten, mich zu reizen, bevor er seinen riesigen Schwanz in meine Muschi schiebt. "Ich werde dein Feuer schüren", säuselt er in mein Ohr, und die Glut seines Körpers versengt sich mit der meinen. Er reißt uns die Decke weg, und ich erzittere vor der Wildheit seines Hungers. "Du bist so verdammt schön. Deine Muschi ist klatschnass und so eng für mich. Jeder Zenti-meter von dir ist für mich gemacht, mein wunderschönes Mädchen. Jetzt sei ein braves Mädchen und lass dich von mir ficken."

Sein Lob lässt mich nach mehr stöhnen. Mein Körper schaukelt mit seinen Bewegungen, als er tiefer in mich eindringt und sich in mich hineinzwängt. Ich spüre jeden Zentimeter von ihm, während er immer weiter in mich eindringt. Er kneift in meine Brustwarze, während seine Zähne die Haut an meinem Hals mit dem Versprechen von Schmerz streifen, nach dem ich mich sehne.

Ich schwebe in dem Gefühl, dass der Schwanz meines Alphas mich dehnt.

"Ich brauche das so sehr", knurrt er.

Ich schlage mit der Faust auf das Bettlaken, während er mich hart fickt. Es ist bequem, auf der Seite zu liegen, da kein Druck auf meinem riesigen Bauch lastet, was es ihm leichter macht, rein- und rauszupumpen.

"Deine Muschi drückt meinen Schwanz so fest zusammen. Fick mich, ich liebe dich. Wie du für mich so feucht wirst, wie hart deine Nippel werden, wie lecker du riechst. Und deine Brüste sind so groß. Ich liebe sie verdammt noch mal und will sie überall auf mir haben."

Das Gefühl, wie er in mich hinein und wieder herausgleitet, macht mich verrückt vor Verlangen. Ich schließe meine Augen, gebe mich ihm hin und lasse mich von ihm ficken, so wie er mich braucht. In diesem Moment geht es mehr um ihn. Ich sehne mich danach, ihm alles zu geben. Ich spüre ihn überall in mir, seinen dicken Schwanz tief in mir verkeilt.

Er kneift mir in die Brustwarzen, zerrt an ihnen und gibt mir den Schmerz, den ich brauche. Ich erschaudere, als ich ohne Pause von ihm genommen werde.

"Ragnar", stöhne ich. "Ich bin so nah dran."

Er knurrt, als er meint, er müsse schneller in mich pumpen. Unsere Atemzüge rasen, während das Bett unter uns wackelt.

"Komm für mich, Baby."

Die Sehnsucht nach mehr schmerzt mich, und ich schreie auf, erschaudere in seiner Umarmung. Er stößt seine Hüften wieder und wieder und hält mich fest an sich gedrückt.

Mein Ausatmen ist nur ein Keuchen. "Ich bin so nah dran. Ragnar ..." Der Orgasmus schießt in mich hinein, raubt mir die Worte, und ich komme heftig.

"Schrei alles raus", grunzt er in mein Ohr.

Meine Zehen krümmen sich, und Sterne tanzen hinter meinen Augen. Ich brülle meine Freude heraus, als die Euphorie mich gnadenlos mitreißt. Ich zittere und heule, liebe das Gefühl des Schwebens, als ob ich meinen Körper oder meinen Verstand nicht mehr spüre, sondern nur noch den köstlichen Höhepunkt, der mich überrollt, den

Orgasmus, der sich aufbaut, als ob er nie enden würde. Gefangen in den Funken, die mich verschlingen, umarme ich, wie gut es sich anfühlt.

"Ich liebe dich so sehr, Narah", knurrt Ragnar leise. "Du wirst immer mir gehören."

Ich spüre, wie er mir entgleitet, und ich vermisse ihn schrecklich und fühle mich leer.

"Du kommst so schön, und ich werde alles auflecken."

Seine Worte tanzen in meinem Ohr.

Ich zittere noch stärker vor Lust, und sein Versprechen macht mich nur noch mehr an. Ich vibriere gegen ihn, die Intensität meines Höhepunkts ist länger und tiefer als alles, was ich bisher erlebt habe.

Als ich mich endlich beruhigt habe und kaum noch zu Atem komme, lasse ich mich gegen Ragnar fallen und drehe meinen Kopf zu ihm. Der Schweiß rinnt mir über das Gesicht, und er fängt ihn mit einem Finger auf.

"Du hast dich nicht verknotet", sage ich mit einem hastigen Ausatmen.

"Ich bin noch nicht fertig mit dir", flüstert er und haucht viele Küsse auf meinen Arm. "Ich muss dich schmecken. Zuerst werde ich dich mit meiner Zunge säubern, dann werde ich deine Brüste lecken. Ich habe von ihnen geträumt. Wenn ich dich danach ficke, machen wir vielleicht das Bett kaputt."

"Oh." Ich ergreife seinen Arm, der um meine Brust gelegt ist. "Ist das ein Versprechen?"

Er lacht und beugt sich hinunter, küsst mich, seine Zunge dringt in meinen Mund ein. Heute Abend ist er grob, er nimmt sich, was er will, und ich liebe ihn so.

"Ich werde dich noch mindestens zweimal kommen lassen, bevor ich einen Knoten in dich mache. Ich habe gehört, Orgasmen sind gut für schwangere Frauen."

Ich lache. "Hast du dir das gerade ausgedacht?"

"Vielleicht." Er lacht und legt seine Arme um mich, rutscht dann weiter auf dem Bett nach unten und bringt mich dazu, mich auf den Rücken zu rollen. Er spreizt meine Beine und kniet sich zwischen sie.

"Du bist so schön als Schwangere, Narah. Es macht mich immer wieder an, dich so zu sehen."

"Ich glaube, du redest zu viel", stichle ich, dann knabbere ich an einem Winkel meiner Unterlippe und bewundere die Art, wie er meinen Körper studiert. Das Lächeln, das seinen Mund umspielt, bringt mein Herz zum Schmelzen, und mit einem einzigen Blick, der mich vernichtet, beugt er sich zwischen meine Beine, küsst meine Innenschenkel und dringt tiefer vor.

Ich weiß, dass wir in der Burg der Schattenwölfe zu Gast sind und dass ich leiser sein sollte, aber da

Ragnars Atem bereits über mein durchnässtes Inneres weht, ist es mir egal. Ich verliere mich in dem, was er mir anbietet, atme die dicke, sexgefüllte Luft ein und jeder Zentimeter von mir reagiert auf jede Berührung.

"Ich brauche dich", murmle ich und werfe meinen Kopf zurück auf das Kissen, die Beine weit gespreizt, kurz davor, zurück in den Himmel zu schweben. Meine vier Männer haben mich für immer ruiniert, und ich würde es nicht anders haben wollen.

"Ich weiß, kleine Füchsin", antwortet er süffisant.

Dann fährt seine Zunge meine Muschi entlang, und ich verliere mich völlig im Mund dieses Mannes.

SECHZEHN

"Geht es dir gut?", fragt Narah von der anderen Seite des langen Tisches im Speisesaal der Schattenwölfe, der heute ruhig und leer ist. Sie starrt mich frech an, während ihre Gabel eine Kirschtomate durchbohrt. Ihre Augen verengen sich auf mich, während ein winziges Grinsen die Ränder ihres perfekten Mundes umspielt. Da ist aber jemand schelmisch heute Morgen.

Ihr dunkles, kastanienbraunes Haar ist zu einem hohen Pferdeschwanz gebunden, und ihre Augen sind so feurig wie das Feuer, das am anderen Ende des Raumes lodert. Ich habe ausgeschlafen und dann festgestellt, dass der Rest des Teams mit den Schattenwölfen auf die Jagd nach frischem Wild gegangen ist. Wie sich herausstellt, war ich nicht der Einzige, der zu spät zum Frühstück kam.

"Könnte nicht besser sein", antworte ich. "Ich habe letzte Nacht nach unserer Ankunft ausgiebig geschlafen, habe heute Morgen eine weitere heiße Dusche genossen, und jetzt darf ich mit meinem süßen Pfirsich allein frühstücken."

"Süßer Pfirsich, hm?" Sie grinst mich an und sieht noch bezaubernder aus als sonst. "Wo hast du letzte Nacht geschlafen, wenn ich so süß war? Nur Ragnar ist zu mir gekommen."

"Für mich hörte es sich so an, als wärst du mit Ragnar allein mehr als zufrieden. Die meiste Zeit der Nacht sogar", scherze ich und erinnere mich, dass ich von ihren Lustschreien geweckt wurde. "Aber willst du die Wahrheit wissen?", sage ich, beuge mich vor und senke meine Stimme.

"Klar." Sie steckt sich die Tomate in den Mund.

"Ich lag im Bett, hörte deine köstlichen Schreie und pumpte meinen Schwanz, bis ich so heftig kam, dass ich deinen Namen heulte."

Ein Hauch von Rosa färbt ihre herrlichen Wangen. Ich finde es toll, wie sie auf mich reagiert. Es ist ein faszinierendes Gefühl zu wissen, dass ich sie auf diese Weise beeinflusse.

"Nun, ich denke, wir hatten beide eine unglaubliche Nacht, obwohl es mir lieber gewesen wäre, wenn du dich uns angeschlossen hättest. Ich war zu Tode besorgt um dich und Ragnar."

"Du hast keine Ahnung, wie sehr ich dich vermisst habe." Ich strecke meine Beine unter dem Tisch aus und schlinge sie um ihre, sodass sie festsitzen. "Meine Hand war eine schlechte Imitation dessen, was ich mit dir machen wollte." Die Art und Weise, wie sie mich mit einem sündigen Lächeln anschaut, lässt meinen Schwanz direkt in Erregung geraten.

"Und, ist alles gut gelaufen bei eurem Besuch bei den Bane-Wölfen?" Ihre abrupte Wendung des Gesprächs wirft mich aus der Bahn, zumal mein Kopf in Erregung versinkt. An all die Leichen zu denken, die wir im Rudel gefunden haben, oder daran, wie viele Verstorbene wir verbrannt haben, ist nichts, woran ich in nächster Zeit denken möchte. Und unter keinen Umständen werde ich Narah etwas davon erzählen. Da sie schwanger ist, haben Ragnar und ich vereinbart, das, was Martell den Bane-Wölfen angetan hat, für uns zu behalten, damit wir ihr nicht noch mehr Stress und Sorgen bereiten.

Um dieses Arschloch werden wir uns kümmern, aber jetzt muss ich erst einmal den Kopf von den schrecklichen Bildern befreien, die sich in meinem Kopf eingebrannt haben.

"Es lief alles nach Plan", sage ich und lächle, um

meine Schönheit abzulenken und mich mit ihrem bezaubernden Gesicht abzulenken.

Sie befreit ihre Füße aus den meinen und steht plötzlich auf. Mit einem verschlagenen Grinsen entfernt sie sich vom Tisch und geht zur Tür. Sie trägt ein lockeres gelbes Kleid mit kurzen Ärmeln, und in dem Moment, in dem sie die Tür öffnet, scheint die Sonne durch den Stoff hindurch und lässt ihn durchscheinen, sodass ihre schöne Figur zum Vorschein kommt. Ich bin absolut besessen von ihren Kurven, die sie in der Schwangerschaft bekommen hat. Ich hätte nie gedacht, dass ich jemanden so sehr lieben könnte wie Narah. Dass sie ein Baby in sich trägt, hat meine Liebe zu ihr noch verstärkt. Ich weiß, dass ich für sie sterben würde.

Mit einem Blick über die Schulter sagt sie: "Also, kommst du?" Sie wirft mir einen Luftkuss zu, und mein Herz klopft noch fester gegen meinen Brustkorb.

"Das hoffe ich doch", murmele ich leise. Ich springe auf und meine Gabel fällt mit einem lauten Klappern aus meiner Hand auf meinen Teller. Ich kann nicht schnell genug bei ihr sein und eile ihr aus dem Speisesaal hinterher. Sie rennt vor mir einen Weg entlang, und ich bin fertig mit dem Flirten. Mein Schwanz ist steinhart in meiner Hose, und wenn ich sehe, wie sie schlendert, rast mein Puls.

Auf dem Hof, an dem wir vorbeikommen, gehen

mehrere Einheimische, Mitglieder des Schattenwolf-Rudels, die uns neugierig anstarren. Ich bin höflich und nicke, während ich versuche, meine Hüften von ihnen wegzudrehen. Sie kennen mich nicht, und ich bin hier in ihrem Haus mit dem größten Ständer der Welt. Außerdem bin ich mir sicher, dass sich der Besuch der Rudelmitglieder inzwischen herumgesprochen hat, daher die ganze Aufmerksamkeit.

Ich schnappe mir mein Wolfsmädchen und schließe zu ihr auf, als sie den Rand des von Hütten umgebenen Hofes erreicht.

"Narah, du bringst mich gerade um." Ich schaue mich kurz im Hof um und stelle fest, dass wir nicht ganz allein sind, sonst hätte ich sie in Sekundenschnelle auf Händen und Knien und ohne Höschen. So ausgehungert bin ich. Ich drücke meine Härte gegen ihren Hintern und bewundere, wie weich und warm sie sich anfühlt.

Atemlos dreht sie sich zu mir und drückt sich nach oben, um meinen Mund zu erreichen. Ich lasse eine Hand hinter ihren Rücken gleiten, um sie zu stützen und ihren Mund zu erobern. Sie fühlt sich so warm an, und die kleinen Laute, die sie von sich gibt, sind ein Aphrodisiakum. Ihre Brüste drücken sich an mich, ihre Brustwarzen sind hart, und ich verliere den Verstand, weil ich sie so sehr brauche.

Sie löst sich von mir, ihre Augen brennen vor Lust und ihr verdammt sexy Duft vernebelt mir die

Sinne. Wenn sie schwanger ist, wird sie vielleicht nicht ganz heiß, aber es reicht, um mich wild zu machen. Der Duft ihrer Erregung lässt mich nach ihr greifen und ihren Körper zu mir zurückziehen.

"Ich muss dich jetzt haben ... Ich kann nicht warten." Ihr Anblick und ihr Geruch ... etwas packt mein Herz so sehr, dass ich nicht atmen kann. Ich schlucke schwer, um mich zu beruhigen, aber es bringt nichts. Sie ist in meinem Kopf, in meinen Sinnen, und ich habe zu lange gewartet, um in ihre Muschi zu gleiten.

"Nicht hier", flüstert sie in einem hastigen Atemzug, ihre Augen wild. Verdammt, ich liebe es, wenn sie erregt ist, ihr Atem rast, und sie sich kaum noch zurückhalten kann. "Lass uns zurück in dein Zimmer gehen."

"Nein, ich werde es nicht schaffen. Ich muss meinen Schwanz tief in dir spüren." Mit ihrer Hand in meiner ziehe ich sie über einen Feldweg zwischen zwei Holzhütten in den offenen Wald dahinter. Ich liebe es, dass das Gelände innerhalb der Mauern ein eigenes Waldgebiet hat.

Schnell lassen wir den Hauptteil des Dorfes hinter uns und sind endlich allein. Das Land steigt leicht an, und die Bäume sind dichter, was mehr Schatten bedeutet. Als ich ein flaches Stück Land mit vielen Bäumen finde und sicher bin, dass wir allein sind, wende ich mich meinem schönen Mädchen zu und ziehe sie in meine Arme.

Unsere Münder prallen aufeinander, kommen wild zusammen, unser Hunger ist urwüchsig.

Ihre Augen sind geschlossen, und ich bewundere, wie sie sich völlig in den Moment fallen lässt. Die Luft ist erfüllt von ihrem Duft, der mein Verlangen nach ihr noch verstärkt. Ich fahre mit den Fingern durch ihr Haar und drücke sie fest an mich, weil ich weiß, dass ich nicht genug bekommen kann.

Die Vögel singen um uns herum, die Brise kühlt meinen Nacken, und das schönste Mädchen liegt auf meinen Lippen. Es ist mir völlig egal, wer uns sieht. Ich bin so berauscht, so weit weg, dass ich nur Narah sehe. Sie reißt sich von meinen Lippen los, atemlos, ihre Wangen rosa.

"Ich wusste nicht, dass man in der Schwangerschaft so erregt werden kann."

"So mag ich dich am liebsten, lüstern nach mir, dein sexy Duft durchflutet meine Nase." Ihr Puls flattert unter meiner Berührung. "Aber am meisten liebe ich es, dass du für mich kommst."

"Vielleicht solltest du einfach aufhören, zu reden." Sie fasst mein Hemd und zieht mich zurück zu ihrem Mund, und zwischen uns entfacht ein Inferno.

"Ich brauche dich jetzt", knurre ich und warte keinen Moment länger. Mein Schwanz pocht und verlangt nach ihr, als ich ihr Kleid in die Hand nehme und es ihr bis zur Taille hochschiebe. Ich schiebe meine Finger in den Bund ihres Höschens und ziehe es herunter. Unser Kuss wird unterbrochen, als ich auf die Knie falle, um es von ihren Beinen zu ziehen. Sie steigt aus ihrer Unterwäsche, und ich raffe sie zusammen und stecke sie in meine Gesäßtasche.

Genauso schnell ziehe ich mein Hemd aus und lege es auf den Rasen. In Sekundenschnelle bin ich auf den Beinen und hebe meine Prinzessin von den Füßen, was mir ein erregtes Lachen entlockt. Ich lege sie mit dem Rücken auf mein Hemd. Der Schmerz in meinem Körper hält an. Mein Wolf knurrt, um dem Hunger, der uns beansprucht, ein Ende zu setzen. Es ist ein guter Schmerz, ein verdammt köstlicher, aber es gibt nur eine bestimmte Menge, die ein Mann ertragen kann.

"Komm zu mir." Sie winkt mit einem gekrümmten Finger. Ihre Lippen verziehen sich zu einem Stöhnen, als ob der Gedanke, dass ich sie verschlinge, sie bereits an den Rand des Abgrunds bringt.

"Fang nicht ohne mich an", witzle ich, während ich vor ihr auf die Knie falle und ihr Kleid wieder hochschiebe, um den schönsten Anblick der Welt zu genießen. Sie ist klatschnass und glitzert vor Erregung, und mein Schwanz reckt sich bei diesem Anblick. Ein ungeduldiges Knurren entringt sich meiner Brust, als meine Finger sich in ihre Innenseiten der Oberschenkel graben und sie weiter öffnen, dann sehe ich zu meinem Mädchen auf. "Bist du sicher, dass es nicht wehtun wird?"

"Ich verspreche, es wird so unglaublich sein, dass ich alles andere vergessen werde."

Meine Kleine wippt mit den Hüften, und ich kann keinen weiteren Moment warten. Ich rutsche auf meinen Knien näher heran und lehne mich gerade so weit vor, dass ich keinen Druck auf ihren Bauch ausübe.

Sie wölbt ihren Rücken und zeigt mir alles, und als ihr Alpha bin ich kurz davor, alles zu nehmen.

Meine Finger umklammern ihre Hüften, als ich in ihre perfekte, enge Muschi eindringe. Sie zieht sich um mich zusammen, aber ich lasse mir Zeit, stoße rein und raus und beobachte, wie ihre gierige Muschi meinen Schwanz aufsaugt. Ich will, dass jede Sekunde meines Lebens so sein wird.

Sie ist meine Besessenheit.

Für mich gemacht.

Ihr Körper.

Ihre Schreie.

Ihre Hitze, die sich um meine Eier legt.

Ich finde meinen Rhythmus und arbeite mich schneller vor. Ich gehe nicht so tief, wie ich möchte, um sie nicht zu verletzen, aber es ist genug, um uns beide zu reizen.

Manchmal frage ich mich, ob ich eine so spektakuläre Frau, wie sie verdient habe. Ich kämpfe darum, irgendwo hinzugehören, seit mein Vater mich für den Frieden verkauft hat. Verdammt. Seitdem habe ich mit meiner Identität zu kämpfen. Aber bei Narah gibt es eine ... Zugehörigkeit.

Sie starrt mich mit sexy Augen an und ruft hungrig meinen Namen. Ihr Körper reagiert auf jede Berührung, auf jedes Wort. Ich knurre, als ich in sie stoße, und sie wölbt ihren Rücken.

"Du machst das so gut, meinen Schwanz zu nehmen", knurre ich und genieße es, wie klatschnass sie geworden ist.

Absolut fesselnd.

Ich ziehe am Ausschnitt ihres Kleides, weil ich unbedingt alles von ihr sehen will. Eine Brust kommt zum Vorschein, gekrönt von der schönsten staubrosa Brustwarze. Sie ist hart, während sie sich gegen mich windet. Ich befreie die andere Brust und nehme den Nippel zwischen meine Finger, um ihn zu bearbeiten. Ihr Stöhnen überschwemmt mich, während sie in sinnloser Lust schreit.

"Ich liebe dich so sehr." Bei jedem Eintauchen atme ich schwer. "Du bist meine Welt, Narah."

"Ich liebe dich, Nikos", stöhnt sie.

Die Geräusche, die sie macht, sind ein Lied für

meine Ohren. Sie fängt an, gegen mich zu vibrieren, dann erschaudert sie. Ihre Muschi krampft sich um mich, und ihre erregten Schreie setzen meine eigene Kette von Ereignissen in Gang, aber ich bin noch nicht bereit. Ich habe noch so viel mehr in mir, bevor ich einen Knoten mache und sie zu meiner Frau mache. Ich will das nicht überstürzen.

Grunzend halte ich mich an ihren Hüften fest, während sie mich fest an sich drückt.

"Du wirst immer mir gehören. Für immer."

Ihr Körper zittert, ich liebe ich es, ihr dabei zuzusehen, wie sie sich unter mir völlig entspannt. Sie beruhigt sich allmählich, während ich mich langsam in sie hinein- und herausbewege. Als sie einen leisen, wimmernden Laut von sich gibt, halte ich inne, eine leichte Panik überkommt mich. Ich ziehe mich weiter heraus und vergewissere mich, dass ich sie in keiner Weise verletzt habe.

"Ist alles in Ordnung?"

"Irgendetwas fühlt sich an, als wäre es in mir geplatzt." Während sie spricht, sprudelt eine Flüssigkeit aus ihrer Muschi. Ihre Augen sind groß vor Panik. "Irgendetwas passiert."

Ich springe auf, schließe meine Hose und weiß, was los ist.

"Deine Fruchtblase ist geplatzt. Du bekommst ein Baby." Meine Gedanken rasen, mein Herz klopft, und ich weiß nicht, wo ich anfangen soll, aber die

Angst in Narahs Gesicht trifft mich wie ein Bulldozer. Sie ist verängstigt. Ich muss meinen Scheiß auf die Reihe kriegen. Am liebsten würde ich durchdrehen und mich darüber aufregen, dass ich bald ein Baby bekomme, aber ich erinnere mich daran, dass mein süßes Mädchen die ganze Arbeit macht.

Ich eile zu ihr, schiebe ihr Kleid bis zu den Knien herunter, hebe sie dann in meine Arme und drücke sie an meine Brust.

"Ich habe dich."

"Ich bin noch nicht so weit, Nikos. Das kann doch noch nicht wahr sein."

Angst flammt in ihrem Gesicht auf, und obwohl ich spüre, wie sich meine Brust zusammenzieht, muss ich für sie stark sein.

"Ich werde die ganze Zeit bei dir sein. Das verspreche ich dir. Wir werden das gemeinsam durchstehen." Mein Puls rast in meinen Adern, während ich zurück zum Schloss eile und mir den Kopf darüber zerbreche, wohin ich sie am besten bringen soll. Als ich zu ihr hinunterschaue, lächelt sie, und in ihren Augen glitzern Sterne.

"Wir werden ein Baby bekommen", murmelt sie ungläubig.

"Ich bin so aufgeregt." Und ein bisschen ängstlich, dass nicht alles gut gehen wird. Als ich den Haupteingang des Schlosses erreiche, schlendert Meira nach draußen und hält einen Weidenkorb in der Hand, als wolle sie gleich auf die Wiese gehen und Blumen pflücken. In dem Moment, in dem ihr Blick mit dem meinen zusammenstößt, lässt sie den Korb fallen und rennt mit bleichem Gesicht zu uns.

"Was ist passiert?", fragt sie.

"Meine Fruchtblase ist geplatzt", antwortet Narah mit einem schiefen Lächeln, als ob sie Meira damit belasten würde.

"Oh, meine Göttin", schnappt Meira, und ich sehe auch auf ihrem Gesicht das leichte Zittern der Angst.

Ich vermute, dass sie zum ersten Mal jemandem hilft, ein Baby zu bekommen.

"Wohin sollen wir gehen?", frage ich.

"Ich habe eines unserer Gästezimmer in ein Entbindungszimmer umwandeln lassen, nur für den Fall, dass so etwas passiert." Sie ringt die Hände, während ihre Worte schnell kommen. Ich merke, dass sie nervös ist, aber sie ist so nett und hilfsbereit.

Narah hält meinen Arm, sie lächelt, aber sie weint auch. "Ich habe Angst, bin aber aufgeregt."

"Ich auch, meine Schöne."

Während wir die Treppe hinaufeilen, bellt Meira jeden an, den wir passieren, die Krankenschwester zu holen und bestellt Handtücher, heißes Wasser, Desinfektionsmittel und einen Haufen anderer Dinge, von denen ich nicht glaube, dass sie gebraucht werden. Ich vermute, sie ist genauso überfordert wie wir.

Das Zimmer, das wir betreten, ist groß, mit einem kleinen Bett, einem Nachttisch und einem großen Tisch an der Seite, auf dem sich Handtücher stapeln. Ich lege Narah mit dem Rücken aufs Bett und streiche ihr die wilden Haarsträhnen aus der Stirn.

"Alles wird gut werden. Du wirst sehen. Mach dir keine Sorgen", schreie ich, und sie lacht mich an und ergreift meine Hand.

"Atme tief durch, Nikos. Du bist keine Hilfe, wenn du hyperventilierst und mir ohnmächtig wirst." Ihr Blick wird weicher, und sie küsst meine Knöchel.

"Ich bin gleich wieder da", sagt Meira und verlässt den Raum.

Ich habe völlig vergessen, dass sie bei uns ist.

"Glaubst du, ich habe deine Fruchtblase zerstört?" Das Erste, was mir in den Sinn kommt, schießt mir durch den Mund.

"Das bezweifle ich. Wenn es an der Zeit ist, ist es an der Zeit."

Als sie ihr Gesicht verzieht und meine Hand drückt, erstarre ich auf der Stelle.

"Narah?"

"Es ist ..." Sie reibt sich den Bauch. "Nur ein

Spannungsgefühl um den Bauch herum, das mir den Atem raubt."

Es dauert nicht lange, bis Meira mit einer älteren Frau in einem grünen Kleid und einer Schürze wieder in den Raum stürmt. Hat Meira die Küchenchefin mitgebracht?

"Das ist Lily, unsere Ärztin, Krankenschwester, Hebamme und alles, was wir brauchen." Meiras Worte sind schwer von ihren raschen Atemzügen.

"Hallo, Narah", sagt Lily mit der sanftesten Stimme und dem freundlichsten Lächeln, das ich seit langem gesehen habe. "Ich werde kurz nachsehen, ob alles in Ordnung ist und wie weit du schon bist, okay?"

"Natürlich", sagt Narah.

"Jetzt stell deine Beine auf und öffne sie für mich. Im Moment ist es noch unangenehm, aber glaub mir, bald wird es dir egal sein." Sie lacht über ihren eigenen Witz, auch wenn wir anderen nicht lachen. Wir sehen alle gestresst aus, als hätten wir zehn Tassen Kaffee zu viel getrunken.

Ich halte mich an Narahs Arm fest, während Lily sie untersucht. Meira kommt herein, schließt die Tür und fummelt an dem neuen Bündel Handtücher, das sie ins Zimmer gebracht hat.

"Oh, du machst das ganz wunderbar. Das Baby will anscheinend wirklich raus", sagt sie und erregt unsere Aufmerksamkeit. "Du bist bereits fünf Zentimeter geweitet. Es sollte nicht mehr lange dauern, bis du die vollen Wehen bekommst."

"Es fühlt sich an, als wolle das Baby jetzt herauskommen", keucht Narah, während sie versucht, ihr Kleid herunterzuschieben, um sich zu bedecken. Ich helfe ihr, setze mich dann neben sie aufs Bett und halte sie fest.

"Noch nicht, aber bald", sagt Lily und wendet ihre Aufmerksamkeit Meira zu.

"Ich kann es kaum erwarten, unser Baby kennenzulernen", sage ich und versuche, Narah von den Schmerzen abzulenken, die sie empfinden muss. "Es ist mir egal, was wir kriegen, solange es gesund ist und deine Schönheit bekommt. Oh, wir haben uns noch nicht entschieden, wie das Baby heißen soll", sage ich und ertappe mich dabei, wie ich in Panik verfalle. Mein Adrenalinspiegel steigt vor Aufregung in die Höhe.

"Ich dachte, das können wir alle entscheiden, sobald wir wissen, was wir bekommen." Ihre Augenlider wirken schwer.

"Wie wäre es, wenn ich mich hinter dich setze und dich an mich drücke?" Ich werde alles tun, um sie zu beruhigen, wenn die Wehen einsetzen.

"Das würde mir gefallen", sagt sie. "Ich möchte dich die ganze Zeit neben mir haben. Ich hoffe, die anderen drei kommen bald zurück, damit sie nicht zu kurz kommen."

"Ich gehe nirgendwo hin." Ich helfe Narah, sich aufrecht hinzusetzen, wobei ich ihr Gewicht halte, und werfe hektisch die Kissen vom Bett. Meira legt einen Arm um Narahs Rücken, während ich hinter ihr auf das Bett steige und sie rittlings umschlinge, wobei sich meine Beine neben ihrer Hüfte anwinkeln
.

"Okay, ich habe sie." Als Narah sich verkrampft und vor Schmerzen stöhnt, nehme ich sie in die Arme, damit sie sich mit dem Rücken an meine Brust lehnen kann, und lasse sie meinen Arm ergreifen, um ihn ganz fest zu drücken. Ich werde es überleben, wenn man bedenkt, was sie gerade durchmacht.

Es fühlt sich an, als würde sie nur ein oder zwei Minuten atmen, bevor ein weiterer Atemzug kommt und sie ihre Nägel in meinen Arm gräbt. Ich beruhige sie, während Meira ihr mit einem kühlen Handtuch über die Stirn streicht.

"Wir werden tatsächlich ein Baby bekommen", flüstere ich. Es fühlt sich unwirklich an, weil es so schnell geht.

Ich weiß nicht, wie lange wir so bleiben, aber es kommt mir vor wie der ganze Tag. Der Rest der Mannschaft ist immer noch nicht da. Ich verkrampfe mich, und mein Arm ist taub, weil sie mich so fest umklammert. Als ihre Wehen schneller kommen, schnappt sie nach Luft.

"Ich glaube, ich muss pressen", murmelt sie.

"Es ist noch nicht so weit." Lily überprüft Narah noch einmal.

"Es fühlt sich an, als ob ein riesiger Berg auf mein Becken drückt, schlimmer als ..." Sie versteift sich gegen mich, umklammert ihren Bauch und schreit auf, während sie meinen Arm festhält. Heute könnte der Tag sein, an dem ich einen Arm verliere.

Meira hat die Handtücher und einen Eimer mit heißem Wasser dabei.

Ich weiß nicht mehr, wie viel Zeit vergangen ist, als Lily schließlich sagt: "Okay, Narah, fang an zu pressen."

"Hast du das gehört?", sage ich. "Es ist so weit, mein Schatz. Lass uns pressen." Mein Herz klopft, als ich Narahs schwitzende Stirn und ihren Hals abwische. Sie hat jetzt schon seit Stunden Schmerzen und vom Rest unseres Rudels gibt es immer noch kein Zeichen von der Jagd.

"Ich glaube, ich kann das nicht", schreit Narah. "Es tut zu sehr weh und es fühlt sich an, als würde ich in zwei Teile gerissen werden." Ihre großen wässrigen Augen flehen mich an.

Ich lehne mich näher heran, meine Brust zieht sich stark zusammen. "Schatz, du schaffst das. Tief einatmen, so wie wir es vorhin gemacht haben, okay? Ich werde mit dir atmen ... ein und aus."

"Ich kann nicht." Sie umklammert meine Hand zu Tode, und ich könnte schon bald mit ihr schreien.

"Es ist nur ein bisschen mehr. Du schaffst das." Sie keucht und versucht zu atmen, und ich spüre, wie sie sich an mich schmiegt. "So, deine Wehen lassen nach, richtig?"

Eine Sekunde später verzieht sich ihr ganzes Gesicht, und sie fängt wieder an zu keuchen.

"Jetzt ist es nicht mehr aufzuhalten", sagt Lily zwischen Narahs Beinen. "Das Baby ist schon auf dem Weg. Du musst nur für mich pressen." Sie zieht sich zurück, hält sich an Narahs gebeugtem Knie fest und macht mit uns die Atemtechniken, ebenso wie Meira.

"Nichts ist normal bei so viel Schmerz!" Narah weint und ihre Augen sind wild. Ihre Wut ist ein wenig beängstigend.

Lily scheint nicht beunruhigt zu sein. "Okay, tief einatmen, dann pressen wir."

Als ich Narahs Stirn abwische, starrt sie mich mit einem Todesblick an ... Ich habe ihr das angetan. Nun, ich hatte definitiv einen Anteil daran, unabhängig davon, wer der eigentliche Vater ist.

Nach einem langen Moment des Pressens und weiteren Schreiens bricht sie erschöpft und nach Luft ringend auf dem Bett zusammen.

Ich wende mich an Lily, während Meira leise mit Narah spricht.

"Sollte das passieren? Sie ist so müde."

"Jede Schwangerschaft ist anders", erklärt sie,

während sie sich auf Narah konzentriert. Sie runzelt die Stirn, und ihre Schultern sinken schwer nach vorne.

"Okay, wir versuchen es noch einmal", weist sie an.

Mein süßes, wunderschönes Mädchen gibt trotz ihrer Schmerzen nicht auf.

Nach einem langen Versuch bricht sie erneut zusammen, Tränen laufen ihr über die Wangen.

"Nikos, was ist, wenn etwas nicht stimmt? So wie ich schwanger geworden bin? Was ist, wenn ..."

"Narah, so darfst du nicht denken. Wir haben alle die Tritte des Babys gespürt, und es kommt jetzt raus."

Sie weint noch heftiger, und meine Brust bricht entzwei. Ich fühle mich verloren, gebrochen. Mein ganzes Leben lang bin ich Problemen mit einer pragmatischen Herangehensweise begegnet - reingehen und das Problem lösen -, aber das hier ist anders. Ich habe mit unseren Emotionen, dem Stress und dem schrecklichen Gedanken zu kämpfen, dass sie recht haben könnte, dass dies keine normale Geburt ist. In meinem Hinterkopf bleibt der Gedanke, dass das Baby nicht überleben wird. Ich schimpfe mit mir selbst, dass ich so einen Scheiß überhaupt denke, und doch schnürt sich mir bei dem Gedanken die Kehle zu.

"Es wird nichts Schlimmes passieren, aber du

musst noch ein bisschen mehr pressen, Schatz." Ich halte mich an Narah fest, streichle sie, küsse sie und sage ihr, dass alles gut werden wird. "Bitte tue es für mich."

Sie schnieft, und ich greife zu ihr, um ihr die Tränen von den Wangen zu wischen.

Bei einem weiteren Versuch stöhnt Narah auf, als sie kräftig presst, und ein plötzlicher, explosiver Stromstoß entspringt ihren Fingerspitzen, während blaue Magielinien aus ihren Händen aufflackern.

Meira und die Hebamme gehen zurück.

"Es ist okay", erkläre ich. "Ihr Körper steht unter Schock, also wird auch ihre Magie in Mitleidenschaft gezogen."

Als das Baby immer noch nicht zu sehen ist, beginnt die Hebamme, Narahs Bauch sanft zu stupsen.

"Ich fühle, dass sich das Baby gedreht hat, aber irgendetwas hindert es daran, herauszukommen."

Sie wirft mir einen Blick zu, deutet mit dem Kinn auf die Tür und geht dann hinaus.

Mein Bauchgefühl wird hart bei dem, was sie mir sagen wird.

"Narah, ich bin gleich wieder da, ich verspreche es."

Ihre Augen sind groß. "Nikos."

Meira ist an ihrer Seite, spricht mit ihr und lenkt sie ab.

Auf dem Flur schließe ich die Tür und drehe mich zu Lily um, mein Herz rast wie ein Marathon.

"Was ist hier los? Warum ist das Baby nicht da?", frage ich schnell.

"Manchmal bleibt das Baby stecken." Sie schüttelt den Kopf, was mich nicht gerade mit Zuversicht erfüllt. "Die Nabelschnur könnte sich um den Hals gewickelt haben oder etwas anderes. Wir müssen uns beeilen, denn in diesem Stadium der Wehen ist das Kind in Gefahr."

"Okay", sage ich mit zittrigem Atem. "Was sind unsere Optionen?"

"In solchen Fällen haben wir das Baby herausgeschnitten, aber es besteht eine große Chance, dass Narah nicht überlebt, selbst wenn sie sich mit ihrer schnellen Wolfsheilung durchsetzt."

"Das ist keine Option", sage ich sofort.

"Wenn ich auf ihren Bauch drücke, ist das ein größeres Risiko für ihr Leben und das des Babys." Sie hält inne. "Meine Großmutter hat immer gesagt, wenn man einer schwangeren Frau Blut gibt, versetzt man ihren Körper in einen Kampfzustand. Es könnte helfen, das Baby schneller herauszupressen, während ihr Wolf versucht, mit dem fremden Blut in ihrem Körper fertig zu werden. Deshalb nähren wir uns nach einem Angriff. Wir befinden uns in einem höheren Bewusstsein, da unser Körper auf das fremde Blut in unserem Körper reagiert."

Ich weiß nicht einmal, wie ich das verstehen soll, aber im Moment würde ich alles versuchen.

"Und das funktioniert?"

"Ich habe es nie selbst gemacht, aber meine Großmutter hat geschworen, dass sie auf diese Weise mehreren Frauen das Leben gerettet hat. Ansonsten wüsste ich nicht, was ich sonst tun sollte. Das ist alles, was ich über Geburten weiß."

"Nun, dann werden wir es versuchen. Wenn es nicht funktioniert, werden wir diese Brücke überqueren, wenn wir vor ihr stehen." Ein Schauer kriecht mir über den Rücken. Ich hasse diese verdammte Situation.

Sie nickt, ihre Lippen sind schmal, Lilys Gesicht hat viel Farbe verloren.

Mein Atem geht rasend schnell, und die Last einer solchen Entscheidung erdrückt mich. Narah kann nichts passieren, aber sie wird völlig gebrochen sein, wenn wir das Kind nicht retten. Angst macht sich in mir breit, aber ich werde Narah nicht im Stich lassen. Sie ist diejenige, die leidet, also schlucke ich es runter und gehe mit Lily zurück ins Haus.

Narahs große, wässrige Augen treffen auf meine. "Was ist hier los?" Sie stöhnt und hält sich den Bauch. Meira bleibt an ihrer Seite.

"Schönes Mädchen, wir glauben, das Baby steckt fest, aber wir haben eine Lösung."

"Was bedeutet das?" Weitere Tränen fließen

über ihr Gesicht, aber sie hört zu, eine verzweifelte Hoffnung flammt hinter ihren Augen auf.

"Du musst etwas Blut trinken. Es könnte deinen Körper austricksen, damit er denkt, er bekämpfe einen Eindringling in deinem Körper, das Blut, und er könnte das Baby leichter freilassen. Du kannst mein Blut haben."

Sie blinzelt mich an und sieht dann zu Lily. "Und das soll funktionieren?"

"Natürlich", sage ich und klinge selbstbewusster, als ich mich fühle. Ich bin der Meinung, dass uns manchmal unser eigener Verstand blockiert. Wenn Narah also denkt, dass die Schwangerschaft nur vorgetäuscht ist, könnte sie ihr eigenes größtes Problem sein.

"Na gut, dann machen wir es", murmelt sie.

Meira sieht mich verwirrt an, dann reicht sie mir eine Klinge vom Tisch mit den Handtüchern. Dann spricht sie mit Lily, während ich mir hastig mit dem Messer über das Handgelenk streiche. Der Biss des Metalls brennt, aber ich würde Narahs Schmerzen sofort in Kauf nehmen, wenn ich könnte.

"Trink, so viel du kannst, okay?", weise ich sie an und führe ihr meine blutende Wunde zum Mund. Blut ist für Wölfe nichts Ungewöhnliches. "Bei uns zu Hause haben wir für Feiern einen Blutwein gebraut. Es hieß, er stärke und erwecke den Krieger in jedem, der ihn trinkt."

"Was ist passiert, als du es getrunken hast?"

"Nun, mein Adrenalinspiegel war so hoch, dass ich gegen die Wände gerannt bin." Vielleicht hat die Hebamme also doch etwas mit dem Blut vor.

Sie packt meinen Arm mit beiden Händen und legt ihren Mund auf meine Wunde. Sie saugt das Blut in den Mund, leckt mit der Zunge über die Wunde, während ihre großen Augen mich anstarren.

"So ist es gut, meine Schöne." Ich schenke ihr ein Lächeln und schaue sie weiter an, weil ich möchte, dass sie weiß, dass sie bei mir sicher ist. "Nimm so viel, wie du brauchst. Wir kriegen das schon hin."

Sie starrt mich nur an und gibt schlürfende Geräusche von sich, während ihr etwas Blut aus den Mundwinkeln sickert. Plötzlich zuckt sie zusammen und schiebt meinen Arm von ihrem Mund weg. Ihre Augen werden groß, ihr Körper zuckt.

Panik macht sich in mir breit, und ich halte sie fest. "Was ist mit ihr los?", brülle ich die Hebamme an.

Sie und Meira stehen auf Narahs anderer Seite und halten sie an ihrem Arm und einem Bein fest.

"Ihr Körper bekämpft das Blut", sagt die Hebamme zittrig.

Narah schreit auf, und es ist die Hölle, als sie schreit.

Die Hebamme huscht zum Ende des Bettes und nimmt ihre Position zwischen Narahs Beinen ein.

Meira läuft panisch umher, und ich helfe Narah in eine leicht sitzende Position, indem ich ihr Kissen hinter den Rücken schiebe.

Es muss funktionieren, denn es gibt keine anderen Möglichkeiten. Narah oder das Baby zu verlieren, kommt für mich nicht infrage.

"Das Baby kommt", schreit die Hebamme, woraufhin Meira nach den Handtüchern greift.

Ich atme jeden Atemzug zusammen mit Narah, aber sie hat immer noch so große Schmerzen. Ich kann es in ihrem Gesicht sehen, und doch hält mein wunderschönes Mädchen nie inne. Sie kämpft so hart und liebt ihr Baby bereits bedingungslos.

Ich bewege mich mit purem Adrenalin und kann meinen Körper nicht mehr spüren. Die Angst zerrt an meinen Eingeweiden, und der Raum scheint sich durch meinen Blutverlust zu drehen. Als ich nach unten sehe, tropft Blut aus meiner Wunde auf meine Hose und den Boden. Das Blut färbt alles. Schnell greife ich nach einem Handtuch und wickle es grob um meinen Arm. Meira ist an meiner Seite und bindet das Handtuch mit einer Schleife aus ihrem Haar an meinen Unterarm.

Sie ist verängstigt und blass, wie ein Gespenst.

"Danke." Ich schaue wieder zu Narah. Ihre Augen haben einen goldenen Glanz. Es ist ihre Wölfin ... und noch etwas Größeres.

Ihre Macht.

Blaue Fäden der Magie laufen über ihre Finger, und ich mache mir Sorgen, was das für das Baby bedeutet.

"Ich sehe den Kopf", ruft Meira, die Schulter an Schulter mit der Hebamme steht, nach vorne gebeugt und bereit, ein neues Leben in unsere Welt aufzunehmen.

"Narah, du schaffst das", sage ich, während meine Brust brennt. Ich möchte schreien und weinen, dass es funktioniert, aber ich wage nicht, von ihrer Seite zu weichen.

Sie presst, und ich atme mit ihr. Je mehr sie sich anstrengt, desto mehr scheint ihre Magie durchzudrehen und Schleifen über uns zu ziehen. Die Lichter über uns flackern, und der Strom hinterlässt Brandspuren an der Decke.

Ein Gefühl der Dringlichkeit überkommt mich - ihre Fähigkeit nimmt zu. Ich bin nicht der Einzige, der die Magie beobachtet. Meira tut das auch.

Wir machen weiter, bis Lily ruft: "Das Baby ist da."

Sie wickelt das kleine Bündel in ein Handtuch und reicht es Meira, die es schnell nimmt und zu Narah bringt. Lily kümmert sich um Narah und sieht mich dann mit gerunzelter Stirn an.

"Narah blutet sehr stark."

Mein Herz tut weh, aber dann schießt ein Stromstoß direkt auf Meira, die Hebamme und mich zu.

Meira schreit, aber keiner von uns hat Zeit zu reagieren.

Magie trifft meine Brust, ein scharfer, brennend heißer Speer, der mich durchbohrt. Ich stöhne auf und umklammere meine Brust, als sich ein Schatten über meine Sicht legt. Das Letzte, was ich sehe, ist Narahs panisches Gesicht, als sie nach mir greift. Meine Beine brechen unter mir weg, und ich falle, während die Dunkelheit mich einatmet.

SIEBZEHN

"Scheiße, ich muss mehr raus", grunze ich und schiebe das tote Reh, das auf meiner Schulter liegt, höher. Es riecht nach Blut und Fleisch, und ich bin am Verhungern. Wenn man bedenkt, dass wir selten untote Tiere in den Wäldern gesehen haben, heißt das nicht, dass es sie nicht gibt. Um auf Nummer sicherzugehen, haben wir es enthauptet, was das Gewicht reduziert hat. Diese Bastarde wiegen verdammt viel.

"Wem sagst du das." Stone hat seinen eigenen Fang dabei. Wir helfen den Schattenwölfen und bezahlen für unseren Aufenthalt. "Ich hatte fast vergessen, wie es sich anfühlt, wenn man nicht, um zu überleben, sondern zum Essen jagt. Und nein, das ist nicht dasselbe."

Ich werfe ihm einen Blick zu, aber er ist zu sehr

damit beschäftigt, auf das Gelände zu starren, das sich vor uns erhebt, als wir aus dem Wald kommen. Er ist angespannt, wie wir alle. Aber diese Jagd war genau das, was ich brauchte. Ich war bereit, vor lauter aufgestauter Energie die Wände hochzuklettern, und der einzige Weg, das zu sättigen, ist eine gute Jagd oder Ficken.

Dušan und Ragnar übernehmen die Führung und verstehen sich blendend. Diese Jagd war gut für unsere Beziehungen zu den Schattenwölfen. Ragnar ist hervorragend darin, Verbindungen herzustellen. Ich will jagen und mit der Faust auf alles einschlagen, und wenn ich das nicht tue, will ich unbedingt ficken. Narah und das letzte Mal, als ich ihre enge, hübsche Muschi beanspruchte, kommen mir in den Sinn. Erregung schießt in mich und ich weiß, was ich tun werde, wenn ich im Gelände zurück bin - mein wunderschönes Mädchen aufspüren, sie ausziehen und sie dann nehmen, bis sie schreit und meinen Schwanz drückt.

Mit diesem Gedanken nehme ich meine Schritte wieder auf und hole die anderen schnell ein. Stone ist mir auf den Fersen, als ich am Haupttor ankomme, wo wir von mehreren Rudelmitgliedern mit einem Wagen begrüßt werden. Ich lege meinen Fang hinein. Wir haben sieben Stück gefangen, die ein großes Rudel mindestens ein paar Tage lang ernähren können.

Die Nachmittagssonne brennt auf meine Schultern und ich grinse, inspirierter denn je, ein solches Zuhause für Narah zu schaffen. Während alle den unbefestigten Weg in Richtung Stadtzentrum und Schloss hinaufgehen, kann ich nicht anders, als schneller zu gehen, begierig darauf, mich zu waschen und Narah in meine Arme zu schließen. Hinter mir knirschen Schritte, und Stone ist plötzlich an meiner Seite und bewegt sich genauso schnell.

"Du hast es eilig", kommentiert er und hebt den Augenwinkel. "Willst du etwas Bestimmtes?"

"Verpiss dich, Stone. Ich gehe erst zu Narah."

"So nicht, dass kannst du nicht. Du bist mit Blut verschmiert."

Ich will ihm ins Gesicht schlagen, aber wenn ich nach unten schaue, hat er recht. Eine schnelle Wäsche ist alles, was ich brauche.

"Du hast gut reden", sage ich.

Stone hat getrocknetes Blut an der Seite seines Gesichts, das von einem Kampf mit einem Wildschwein stammt, das er fangen wollte, aber es hat ihm den Hintern versohlt.

Er fährt sich mit der Hand über das Gesicht und sprintet dann in Richtung Schloss.

"Arschloch." Ich stürme hinter ihm her und schließe schnell den Abstand. Als er die Tür erreicht, stoße ich ihn an der Schulter, schiebe ihn aus dem Weg und sprinte hinein, wobei ich wahnsinnig lache. Ich renne zu Narahs Zimmer und hoffe, dass sie dort ist, egal, wie ich aussehe. Nur um sie als Erste zu sehen und mir einen Kuss zu stehlen. Ich stürme in ihr Zimmer und finde es leer vor. Mein Puls beschleunigt sich, als mich Enttäuschung überkommt. Als ich mich wieder umdrehe, rutscht Stone ins Zimmer und prallt gegen den Türrahmen.

"Wo ist sie?", keucht er, während sein Blick durch den Raum schweift.

"Vielleicht mit ihren Schwestern unterwegs?" Wenn das der Fall ist, muss ich mich auf jeden Fall erst einmal waschen, damit ich die Mädchen nicht erschrecke, weil ich mit Blut bespritzt bin. Außerdem stinke ich.

"Ich habe gerade erfahren, dass sie mit einer Gruppe aus dem Rudel in den Wald gegangen sind, um Früchte zu pflücken", erklärt Stone.

Ich seufze.

Wie aufs Stichwort verlässt Stone den Raum und stürmt in Richtung Bad. Ich tue noch einen drauf und stürme in unser gemeinsames Zimmer, schnappe mir frische Klamotten und sprinte ihm ins angrenzende Badezimmer hinterher.

Ich stürme wie ein Verrückter hinein, der Raum ist voll, und alle starren mich fassungslos an. In der Wanne sitzen drei Frauen, völlig nackt, und ich kämpfe gegen den Drang an, meinen Blick zu senken, um ihre Titten zu sehen. Ich bin ein Fick, der keine Kontrolle hat, und es ist ein Instinkt, Frauen anzustarren, aber sie kommen nicht an Narah heran. Ich schiebe mich an dem großen Spa vorbei und nicke den drei Alphas zu, an denen ich vorbeigehe, wohl wissend, was in diesem Bad passieren wird. Verdammte Glückspilze.

Das werde ich auch bald sein. Ich erreiche die Tür, die mich zu den Duschkabinen führt. Ich finde Stone, indem ich der Blutspur folge, die sich um den Abfluss in seiner Dusche gebildet hat. Es gibt keine Türen, aber wir sind allein. Ich lege meine Kleidung auf eine trockene Bank, gehe in die erste Kabine und schalte das Wasser ein. Ich stöhne auf, weil es ein unglaubliches Gefühl ist, fließend heißes Wasser zu haben, und weil meine Arme und mein Rücken von den Wunden, die ich mir bei der Jagd zugezogen habe, brennen. Ich nehme die schnellste Dusche der Welt. Stone und ich stellen das Wasser gleichzeitig ab und ziehen uns an.

"Sie wird es in ihrem Zustand nur mit einem von uns aufnehmen können, also lehne dich zurück und schaue zu", sagt Stone.

Lachend renne ich über den gefliesten Boden und ziehe meine Kleidung an. Die Hose klebt an meinen Beinen, die noch nicht ganz trocken sind. Auf einem Bein hüpfend, beobachte ich, wie Stone seine Jeans zuknöpft, und das Adrenalin pumpt in meiner Brust. Er wird auf keinen Fall gewinnen. Ich schnappe mir mein T-Shirt und renne mit ihm an meiner Seite hinaus. Die Hektik wird noch verstärkt, als wir in der Tür stecken bleiben, Schulter an Schulter eingeklemmt.

"Stone", knurre ich, und die anderen im Spa lachen. Ich stoße ihn mit dem Ellbogen an, um mich vorwärtszuschieben und zu sprinten. Da ich nicht weiß, wo Narah ist, eile ich zum Zimmer ihrer Schwestern, nur für den Fall, dass sie früher zurückgekommen sind, und finde es leer vor. Stone ist in Sekundenschnelle da, rennt in mich hinein und schleudert mich seitwärts gegen die Wand.

"Scheiße, Mann", brülle ich.

"Du willst spielen? Ich werde dir zeigen, wer gewinnt." Seine Lippen werden schmal, und er zieht die Schultern ein. Der Typ macht keine Witze.

Gut. Ich liebe Herausforderungen. Ich schaue ihn streng an.

"Ok, dann nehme ich dieses ganze verdammte Schloss auseinander, um Narah zu finden, und wenn ich gewinne, lässt du uns in Ruhe."

"Abgemacht. Und wenn ich zuerst bei ihr bin, gehört sie mir."

Mit zusammengebissenen Zähnen stoßen wir die Fäuste aneinander, etwas, das er in letzter Zeit immer wieder macht, nachdem er gesehen hat, dass ein anderes Rudel es zur Begrüßung benutzt. Ich finde das doof, aber es ist mir scheißegal, also mache ich mit.

Dann ist er weg, und meine nackten Füße stampfen über den Steinboden, während ich jeden Raum nach Narah absuche, jeden Gang und dann die Stufen zum Balkon hinauf, weil ich glaube, dass ich sie draußen sehen könnte. Die Sonne geht schon unter, aber das bedeutet nicht, dass sie drinnen ist. Oben sprinte ich den kargen Flur entlang und beobachte den Balkon in der Ferne, als ein vertrauter Geruch meine Aufmerksamkeit erregt.

Ich bleibe stehen und atme tief die Luft ein.

Blut tanzt in der Luft, und mit ihm Narahs süßer Nektarduft. Meine Brust hebt und senkt sich schnell. Ist Narah in Schwierigkeiten? Göttin, das Baby!

Ich folge dem schwachen Geruch und flitze den Gang entlang, biege in einen Korridor ein, dann in einen anderen. Ich bleibe vor der Tür stehen, wo mich die seltsamsten Gerüche erdrücken. Ich halte nicht inne, um zu klopfen, stoße die Tür auf und erstarre.

Mein Blick kollidiert mit Narahs wässrigen Augen.

Sie liegt im Bett, das Bettlaken, ihr Mund und ihr Kleid sind blutverschmiert, und sie hält sich etwas Kleines an die Brust. Es ist in ein Handtuch gewickelt und gibt gurgelnde Laute von sich. Ein Schock durchfährt mich. Sie hat das Kind bekommen! Ich kann mich nicht bewegen, weil ich nicht weiß, wohin ich schauen soll - auf mein wunderschönes Mädchen mit unserem Baby oder auf die drei Körper, die regungslos auf dem Boden liegen.

Nikos, Meira, und eine ältere Frau, die ich nicht kenne.

Mein Herz krampft sich zusammen, und der Schrecken zerreißt mich angesichts der Verwüstung. Hat sie die drei wegen des Babys ausgesaugt?

"Crius", ruft Narah verzweifelt nach mir und reißt mich aus meinen Gedanken. Bevor ich antworten kann, weht mir ein Windstoß in den Rücken, als die anderen zu uns stoßen.

"Was zum Teufel!" Ragnars Stimme schallt durch den Raum.

Narah

"Ich wollte ihnen nicht wehtun", flüstere ich, während mir die Tränen über die Wangen laufen.

Ragnar knurrt, während Stone und Crius zu den Leichen auf dem Boden um das Bett herum eilen. Dušan stürmt in den Raum, zusammen mit zwei anderen Alphas, und alle drei eilen an Meiras Seite.

Ich habe mich nicht bewegt, kann mich nicht bewegen. Mein Jelly Bean liegt in einem Handtuch in meinen Armen, und ihre Augen sind weit geöffnet, blau wie die hellsten Saphire. Ich habe ein Mädchen, und ich bin froh, dass sie überlebt hat, aber ich bin völlig am Boden zerstört und zittere unkontrolliert wegen der hohen Verluste.

"Es tut mir leid", murmle ich und drücke sie fester an mich, als würde meine Welt gleich zusammenbrechen. "Ragnar, das wollte ich nicht. Es ist einfach passiert. Meine Magie hat sie getroffen, und ich glaube, sie hat sie ausgelaugt, damit ich gebären konnte, weil das Baby feststeckte." Meine Worte überschlagen sich, während mein Herz laut in meinen Ohren dröhnt. Mein Blick fällt auf Nikos - der Mann, den ich über alles liebe, könnte tot sein. "Was habe ich getan?"

Dušan stößt Ragnar eine Faust in die Brust, die ihn unvorbereitet trifft, und schleudert ihn gegen die Wand.

Ich zucke zusammen, als das Knurren der beiden riesigen Alphas den Raum erfüllt.

"Wir hatten eine verdammte Abmachung, und du hast sie gebrochen", brummt Dušan mit explosiver Stimme. "Meira wacht nicht mehr auf." Er wendet seine Aufmerksamkeit in meine Richtung, seine Augen verändern sich wie ein wütender Sturm, Herzschmerz verzerrt sein Gesicht. "Was hast du ihr angetan?", seine Stimme bricht vor Emotionen.

Ich atme kurz durch und versuche, meine

Stimme zu finden. "Ich wollte niemanden verletzen", antworte ich schließlich.

Crius und Stone springen mit geballten Fäusten an Ragnars Seite, und ihre Wut verdichtet die Luft. Die anderen Alphas sind da, und es wird gleich ein Krieg auszubrechen.

"Sie sind noch am Leben", bellt Stone. "Sie sind nicht tot, also müssen sich alle zurückhalten."

Ich stoße einen Schrei aus und schluchze. Ich hätte nachsehen sollen, aber nachdem sie ohnmächtig wurden, gerade als ich meinen Engel zur Welt brachte, habe ich hyperventiliert, war schwach und erschöpft. Als sie nicht aufgewacht sind, habe ich das Schlimmste angenommen.

"Darum geht es nicht, verdammt", schnauzt Dušan. "Du hast versprochen, Ragnar, wenn jemandem aus meinem Rudel etwas zustößt, wird das Konsequenzen haben."

Ich schlucke schwer und schaue auf meine Finger hinunter. Es gibt keine schwarzen Flecken, aber ich weiß, was ich aus Versehen getan habe, und es macht mir immer noch Angst, dass ich meine Magie an ihnen angewandt habe.

"Ich würde nie jemandem wehtun", sage ich und versuche verzweifelt, die Spannung abzubauen, die zu explodieren droht. Als ich versuche, mich zu bewegen, zucke ich zusammen. Alles tut weh, und das Bett ist sowohl von Nikos als auch von mir mit Blut besudelt. "Meira hat versucht, mir zu helfen."

"Und sieh nur, was ihr das gebracht hat", bellt er und schwingt sich wieder zu Ragnar. Sie stehen sich Auge in Auge gegenüber. "Wenn meine Meira bis Mitternacht nicht aufwacht, wird es dir leidtun, dass du jemals einen Fuß auf mein Land gesetzt hast." Dušan hebt Meira vom Boden auf, einer der anderen Männer sammelt Lily ein, und sie verlassen den Raum.

In dem Moment, in dem Crius die Tür hinter ihnen schließt, wende ich meine Aufmerksamkeit meinen Männern zu, während Stone und Ragnar Nikos vom Boden aufheben und ihn der Länge nach auf das Bett legen, seine Füße neben mir. Er atmet kaum noch, aber ich kann das seichte Heben und Senken seines Brustkorbs sehen. Erleichterung macht sich breit, dass ich den Mann, den ich liebe, nicht getötet habe.

Ragnar ist an meiner Seite, wischt mir über die Wangen und schaut dann nach unten. "Wen haben wir denn da?", trällert er, während er mit dem Zeige-finger sanft über ihre Wange streicht.

Auch Crius und Stone drängen sich um mich, jeder von ihnen ist begierig, sie zu sehen, und küsst mich von oben bis unten.

"Schatz, du hast unser Baby bekommen", gurrt Crius.

"Du hast keine Ahnung, wie viel mir das bedeutet." Stone hält die Tränen zurück, als er mich von der Seite her umarmt. "Du hast keine Ahnung, wie viel mir das bedeutet. Ich bin ein Vater. Das sind wir alle vier. Ich wollte so sehr hier sein. Es tut mir leid, dass wir nicht da waren."

"Im Nachhinein ist es besser, dass du nicht hier warst." Ich lache fast hysterisch. "Der arme Nikos hat eine Menge durchgemacht und nie aufgehört, mich zu unterstützen. Er war perfekt, und dann habe ich ihn kaltgestellt." Seufzend sehe ich unser Baby an. Der Anblick dieses wunderschönen, unschuldigen Gesichts vertreibt den ganzen Schmerz aus der Welt.

"Wie hast du sie genannt?", fragt Stone.

Ich hebe meinen Blick, um seinen zu treffen, und die drei Männer beobachten mich. Ich freue mich, dass sie überlebt hat, aber ein Name ist mir noch nicht eingefallen.

"Ich bin mir noch nicht sicher." Ich senke meinen Blick noch einmal auf sie. "Jedes Mal, wenn ich sie ansehe, beruhigt sie mich. Ein Gefühl der Harmonie legt sich über meinen Geist, und ich ertappe mich dabei, wie ich ihr etwas vorsumme. Ich wäre verloren, wenn ich sie nicht hätte, nach allem, was passiert ist", murmle ich

"Harmony", murmelt Ragnar. "Das ist ein schöner Name für sie."

"Es passt so perfekt zu ihr." Crius nickt, und Stone sieht aus, als würde er gleich in Tränen ausbrechen. "Sie hat deine süße kleine Nase und deine Lippen."

Wie aufs Stichwort stößt sie etwas aus, von dem ich schwöre, dass es ein zustimmender Laut ist. Vielleicht überbewerte ich es, aber das ist mir egal. "Ich glaube, sie hat gerade zugestimmt, und ich liebe diesen Namen. Jetzt muss Nikos aufwachen, damit ich mich nicht mehr wie der schlechteste Mensch der Welt fühle, und wir können unser Baby feiern."

"Er wird schon wieder", sagt Crius und sieht den ohnmächtig auf dem Bett liegenden Nikos an.

"Ich habe es vermasselt." Ich lasse meinen Blick zu jedem meiner Männer schweifen. "Was, wenn sie nicht mehr aufwachen? Was ist, wenn ich zu viel Macht genommen habe? Ich meine, ich habe keine Kontrolle über die Magie, das macht mich gefährlich."

"Du hast nichts falsch gemacht", sagt Ragnar und streicht mir zärtlich mit der Hand über die Wange.

"Aber Dušan war so wütend. Was, wenn er uns rausschmeißt? Und von welchem Deal hat er gesprochen?"

Ragnar zieht die Brauen zusammen, seine Lippen werden schmal. "Es war nur etwas, zu dem er mich überredet hat, damit er die Sicherheit seines eigenen Rudels und seiner Familie gewährleisten kann."

Ich blinzle ihn abwartend an, aber als er nicht weiter darauf eingeht, frage ich: "Worum ging es denn?"

"Du hast im Moment genug Sorgen."

"Ragnar." Frustriert erhebe ich meine Stimme. "Ich habe ein Recht darauf, es zu erfahren." Vor allem, weil ich vielleicht gerade unsere Chance auf das einzige Rudel verspielt habe, mit dem ich mich verwandt fühle, abgesehen von meiner Beziehung zu Ragnar und den anderen.

Schweigen herrscht zwischen uns, dann seufzt er und wirft mir den Blick zu, den er hat, wenn er in die Enge getrieben wird. "Wenn jemandem aus seinem Rudel durch unsere Hand etwas zustößt, hat er das Recht, ihn entsprechend zu bestrafen."

Ich keuche. "Er wird mir wehtun?"

"Und ob er das wird", platzt Stone heraus.

"Das wird nicht passieren." Crius steht aufrecht, unnachgiebig und ist sich sicher, dass er den Alpha der Schattenwölfe aufhalten wird.

"Narah, das ist meine Last, die ich zu tragen habe, und wenn es eine Strafe gibt, werde ich derjenige sein, die sie trägt. Aber Dušan ist ein gerechter Mann, und wenn Meira aufwacht, bin ich sicher, dass er zur Vernunft kommen wird."

"Ich hoffe wirklich, dass sie aufwachen. Ich

möchte nicht dafür verantwortlich sein, dass so viele Leben zerstört werden, einschließlich meines eigenen, wenn Nikos etwas zustößt."

"Es wird alles gut werden." Er lehnt sich näher heran und legt einen Arm um meinen Rücken, seine Lippen auf meiner Stirn. "Du wirst sehen."

Ich wünschte, ich hätte sein Vertrauen. Zitternd schaue ich immer wieder zu Nikos und hoffe, dass er aufwacht. Ich berühre seine Beine, drücke sie leicht, um ihn zu wecken.

Unerwartet zieht Ragnar sein blutverschmiertes Hemd hoch und über den Kopf, sodass er mit nacktem Oberkörper dasteht und absolut hypnotisierend wirkt. Überall Muskeln, er ist exquisit. Ich bin völlig abgelenkt von diesem Adonis, der mich in Ohnmacht fallen lässt, auch wenn ich gerade erst entbunden habe.

"Darf ich sie halten?"

"Ja, natürlich. Stütze ihren Kopf."

Zärtlich zieht er Harmony in seine riesigen Arme, schmiegt sie in die Kurve seines angewinkelten Arms und drückt sie an seine Brust. Sie starrt zu ihm auf, als wüsste sie, wer er ist.

"Man sagt, man kann die Seele eines Menschen in seinen Augen sehen. Harmony hat eine alte Seele. Deshalb ist sie auch so ruhig. Sie ist bereit, unserer Welt beizutreten, begierig darauf. Ich werde ihr alles zeigen. Sie wird eine Kriegerin werden ... alles, was sie will." Ragnar lächelt Harmony an und macht Babylaute.

Ich hatte es geschafft, ihre Nabelschnur zu durchtrennen, und sie dann fest in ein Handtuch gewickelt. Sie ist immer noch mit dem Blut von der Geburt bedeckt, aber Ragnar und die beiden anderen, die sich zu beiden Seiten an ihn drücken, scheinen das nicht zu bemerken.

"Ich bin überzeugt, dass sie meinen Mund hat", sagt Crius. "Aber solange sie hauptsächlich wie du aussieht, wird sie schön sein. Und jeder Kerl, der auch nur daran denkt, sie anzusehen, muss sich erst mit uns vieren auseinandersetzen."

"Keiner wird gut genug sein", sagt Stone.

Ich lächle vor mich hin, wenn ich höre und sehe, welche Zuneigung sie für unser Baby empfinden. Sie wird das am meisten beschützte Mädchen der Welt sein.

Ich liege auf einem Berg von Kissen, mein Körper tut immer noch weh, aber es lässt nach, und ich danke für meine schnelle Heilung. Ich bin zwar noch nicht bereit, mich zu bewegen, aber zwischen meinen Beinen herrscht Chaos, und ich brauche Hilfe beim Aufräumen, aber mir wäre es lieber, wenn es nicht meine Männer wären. Ich möchte in ihren Augen immer noch schön sein.

Sie werden anderer Meinung sein, und ich grinse bei dem Gedanken, aber ich würde mich extrem verlegen fühlen. Stattdessen konzentriere ich mich auf Nikos, dessen Nasenlöcher bei jedem tiefen Atemzug aufblähen. Langsam öffnen sich seine Augenlider, und mein Puls beschleunigt sich.

"Nikos", rufe ich, und die anderen wenden sich ihm zu.

Er stöhnt wie ein Bär, verzieht das Gesicht und klopft sich dann auf die Brust. "Es fühlt sich an, als wäre ich von einer Elefantenherde überrannt worden."

Crius ist an seiner Seite und zerrt ihn am Arm, um ihn in eine sitzende Position zu bringen. "Du hast allen einen Schrecken eingejagt, als du wie eine Jungfrau in Nöten ohnmächtig wurdest." Crius grinst und erntet ein gegrunztes Lachen von Nikos.

"Genau. Und halt verdammt noch mal die Klappe." Er dreht sich träge zu mir um, stöhnt und reißt dann die Augen auf, während sein Verstand aufholen will. "Narah." Er wirft sich auf mich, seine Arme schlingen sich um mich, und ich zucke unter seinem Gewicht zusammen.

"Hör auf, sie zu Tode zu quetschen, du großer Klotz", bellt Stone.

"Das Baby", quietscht Nikos fast und schaut sich hektisch um, bis er Ragnar sieht, der mit ihr zu uns kommt.

"Sag Hallo zu unserem kleinen Mädchen Harmony", sage ich.

Mit einem erstickten Laut nimmt Nikos sie in seine Arme, und ich bemerke das Glitzern in seinen Augen.

"Kleine Harmony, wenn du wüsstest, was wir für dich durchgemacht haben, würdest du dich dein ganzes Leben lang nicht mehr danebenbenehmen."

Crius stößt ein Lachen aus. "Ich bin mir ziemlich sicher, dass Narah das meiste davon mitgemacht hat."

Nikos wirft Crius einen Todesblick zu, der selbst Tote verscheuchen könnte. "Du hast keine Ahnung, was wir beide durchgemacht haben."

Stones Augen öffnen sich übertrieben, aber Ragnar hat seine Aufmerksamkeit nicht von Harmony abgewandt.

"Mach dir keine Sorgen, Nikos", sage ich. "Ich weiß, wie schwer das für uns beide war."

Er schaut auf Harmony herab und summt ihr eine Melodie vor, und mein Herz schwillt an beim Anblick dieser mächtigen Wikinger, die einem winzigen Baby völlig ausgeliefert sind.

Plötzlich fliegt die Tür auf, und eine rotgesichtige Jae und eine keuchende Kaira stehen in der Tür.

"Oh. Meine. Göttin. Du hast das Baby bekommen", quietscht Jae und eilt zu Nikos hinüber, während Kaira sich an meine Seite begibt und mich umarmt.

"Geht es dir gut, Schwesterherz? Wir sind gerade

aus dem Wald zurückgekommen, und als die Wachen uns sagten, dass du das Baby bekommen hast, sind wir losgerannt. Niemand kam, um es uns zu sagen."

"Jetzt ist es okay, aber es war eine Tortur. Ich möchte das eine Zeit lang nicht mehr erleben, aber du hast jetzt eine kleine Nichte. Ihr Name ist Harmony."

Kairas Lächeln reicht bis zu ihren Augen, während sie um das Bett herum zu den anderen geht. Während sie alle um Nikos und Harmony herumstehen, spüre ich, wie mich die Schwere der Erschöpfung überkommt. Als mir die Augenlider zufallen, betritt jemand anderes den Raum.

Ich reiße sie auf und sehe Meira, die sich umschaut. Sie weint, als sie das Baby sieht, und kommt dann näher, um Harmony zu sehen. Das Nächste, was ich weiß, ist, dass sie zu mir kommt, gerade als ihre drei Alphas den Raum betreten und leicht verlegen aussehen.

"Oh, Narah, du warst so tapfer, und du hast ein kleines Mädchen bekommen." Meira umarmt mich sanft.

"Es tut mir leid, dass ich dich mit meiner Magie erwischt habe. Ich habe nicht einmal ...", murmle ich.

"Nein, wage es nicht, dich zu entschuldigen. Ich weiß nicht, was passiert ist, aber ich bin mit einem guten Gefühl aufgewacht. Müde, aber ich bin gesund, und was noch wichtiger ist, du und das Baby haben überlebt. Im Ernst, eine Zeit lang hatte ich Angst, dass wir euch beide verlieren. Dann hätte ich Ragnar irgendwie sagen müssen, dass ich euch beide habe sterben lassen, und das hat mir Angst gemacht. Tu mir das nie wieder an."

Die Sorge in ihrer Stimme berührt mich zutiefst.

Dušan bittet Ragnar, mit ihm auf dem Flur unter vier Augen zu sprechen. Sobald sie weg sind, wende ich mich an Meira.

"Vielleicht sollte ich mit Dušan sprechen und ihm erklären, dass ich dich niemals verletzen wollte. Es tut mir so leid."

"Schweig. Als Dušan mir von dem Deal erzählte, den er mit Ragnar gemacht hat, und dass er euch alle bedroht hat, nachdem, was ihr durchgemacht habt, da war ich wirklich sauer auf ihn." Sie wirft einen Blick über ihre Schulter auf die geschlossene Tür. "Aber ich kann es ihm nicht verübeln. Er ist mein Leben, und er schätzt mich, aber er war nicht hier, um zu sehen, was passiert ist. Er ist also da draußen und sagt Ragnar, dass der Deal geplatzt ist und du so lange in unserem Haus willkommen bist, wie du willst."

Tränen steigen mir in die Augen. "Ich muss wieder weinen."

"Wir Omegas müssen aufeinander aufpassen." Sie umarmt mich wieder.

"Das bedeutet mir so viel. Bis ich meine Alphas traf, gab es nur mich und meine beiden Schwestern in einer von Männern beherrschten Welt. Ich brauche mehr Omegas in meinem Leben."

"Alles klar."

Der plötzliche Schmerz, den ich spüre, lässt mich zusammenzucken, und sie zieht sich zurück.

"Oh, Narah, wie herzlos von mir. Wir müssen dich sauber machen. Als ich dich das letzte Mal sah, war da eine Menge Blut."

"Ich glaube, es geht mir gut, aber ich bin ein Wrack und könnte etwas Hilfe gebrauchen. Ich erkläre dir alles, aber im Grunde heilt mich meine Magie."

"Na gut, wie du es möchtest." Sie steht auf und verlässt den Raum und lässt mich verwirrt zurück. Kommt sie zurück?

Jae und Kaira kommen an meine Seite und umarmen mich beide.

"Harmony sieht aus wie du." Kaira springt auf und setzt sich neben mich auf das Bett.

"Sie hat definitiv meine Nase", sagt Jae, gerade als Nikos mit einer murrenden Harmony zurückkommt.

Ich nehme sie in die Arme, und alle um das Bett herum schauen mir zu.

"Nur damit es alle wissen, ich verehre jede einzelne Person in diesem Raum. Unsere Familie ist gerade größer geworden."

Wo sich die Luft kurz zuvor noch angespannt anfühlte, ist sie jetzt ruhig und lässt mich schwindlig werden. Ich habe mir immer eine große Familie gewünscht, die zusammenhält, und ich schätze, das ist jetzt passiert.

Harmony zu halten, ist das reinste Glück. Sie starrt mich immer wieder mit diesen tiefgründigen Augen an. Wir haben alle so viel durchgemacht. Ich sehne mich nach Frieden und möchte mich einfach in meiner Familie verlieren.

Meira kommt mit zwei anderen Frauen zurück in den Raum geeilt, darunter auch Lily, die ein wenig aufgewühlt aussieht. Ich kann es ihr nicht verdenken, und egal, was Meira sagt, die Schuldgefühle für das, was meine Magie angerichtet hat, schlagen mir auf den Magen. Ich möchte nicht so sein wie meine Mutter, die die Energie von anderen an sich zieht und sie ohnmächtig werden lässt oder noch schlimmeres.

"In Ordnung, alle außer Narah und Harmony müssen den Raum verlassen. Die junge Mutter braucht Hilfe beim Waschen und anderen Dingen." Meira winkt allen zu, zu gehen, obwohl Jae laut stöhnt.

Meine Männer küssen mich.

"Ich warte draußen, um mich zu vergewissern, dass alles in Ordnung ist", versichert Nikos. Die Liebe und Aufrichtigkeit in seiner Stimme erdrücken mich mit so viel Liebe, dass meine Brust bebt. Ich habe noch nie eine solche Fülle von Liebe erlebt.

"Ich liebe dich", sage ich und grinse. "Ohne dich hätte ich das nicht durchgestanden."

Er eilt zurück an meine Seite, stiehlt sich einen weiteren Kuss und flüstert: "Du und Harmony seid meine Welt." Als Meira ihn ebenfalls hinausschickt, wirft er mir einen Kuss zu und schlendert aus dem Zimmer.

Zum ersten Mal habe ich das Gefühl, dass mich nichts mehr verletzen kann.

ACHTZEHN

Ein Heulen hallt durch den Wald. Ich stehe auf dem Balkon und blicke über das Land, das Sonnenlicht scheint hell, während unten die Schattenwölfe ihrem täglichen Geschäft nachgehen.

Es ist jetzt zwei Monate her, dass Narah Harmony zur Welt gebracht hat, und wir sind alle bei Dušans Rudel und in seinem Haus zu Gast gewesen. Er und ich haben uns zusammengetan und mehrere Strategien ausgearbeitet, um sicherzustellen, dass wir gemeinsam die vollständige Kontrolle über das gesamte Land Rumänien haben. Was wir brauchen, sind mehr Alphas wie Dušan in dieser Welt. Ihn in meiner Ecke zu haben, ist ein großer Vorteil und wiegt all die verdammten Kakerlaken des Alpharudels im Norden auf.

Wie alles Gute ist auch unsere Zeit auf dem Gelände zu Ende gegangen. Zumindest für meine Männer und mich. Es ist an der Zeit, unser Land im Norden einzufordern. Ich habe immer noch einige Männer in einer Handvoll Rudel im Norden, ohne dass diese Rudel es wissen. Sie werden das Rudel von innen heraus zu unseren Gunsten lenken. Ich habe sie bei meinen Besuchen mit Mihai in diesen Rudeln getroffen, und sie erwarten, dass ich etwas unternehme.

Diese Zeit ist nun gekommen. Seit Wochen ärgert es mich, so lange warten zu müssen, aber ich hätte die Zeit, die wir mit Narah und Harmony verbracht haben, nicht missen wollen.

Oh, mein süßer kleiner Engel hat mein Herz, und für sie werde ich bis ans Ende der Welt kämpfen, um sie aufwachsen zu sehen. Sie wird ein paar Geschwister brauchen, mindestens drei oder vier, aber ich werde Narah überzeugen müssen. Sie ist immer noch etwas traumatisiert von der Geburt, aber die Zeit lässt schmerzhafte Erinnerungen verblassen, und beim nächsten Mal wird sie uns alle an ihrer Seite haben, jede Sekunde des Tages.

Für sie, für meine Kinder, für unsere Zukunft habe ich also keine andere Wahl, als unser Land zu beanspruchen, damit wir ein neues Leben beginnen können.

"Ich habe mich schon gefragt, wo du abgeblieben bist", sagt Narah von hinten.

Als ich mich zu meiner bezaubernden Omega umdrehe, trägt sie ein fließendes weißes Kleid, das im Sonnenlicht zu leuchten scheint. Es flattert locker um ihre Beine und wird in der Taille von einem roten Band zusammengehalten. Ihre Sandalen klopfen auf den steinernen Balkonboden, während sie sich mit einem wunderschönen Lächeln nähert und ihr kastanienbraunes Haar über ihre Schultern fällt. Sie ist ein wahrer Augenschmaus, eine Jungfrau, die vielleicht gerade aus Walhalla herabgestiegen ist und strahlt.

"Guten Morgen, kleine Füchsin." Ich ziehe sie in meine Arme, und unsere Lippen streifen sich, mehr wollte ich nicht, aber sie schmeckt zu süß, um sie nicht zu beanspruchen. Unsere sanften Küsse verwandeln sich in Leidenschaft, unsere Zungen verschlingen sich. Meine Hände auf ihrem unteren Rücken drücken sie an mich, zerquetschen ihre Brüste zwischen uns, und mein Schwanz wird hart.

"Ich vermisse dich", flüstere ich gegen ihre Lippen. "Wie lange dauert es noch, bis ich zwischen deine Schenkel gleiten kann?"

Sie ist atemlos, und ihre Lippen sind bereits dunkler und voller, weil ich sie so intensiv geküsst habe. "Die Hebamme sagte, zwei oder drei Monate wären gut, aber ich habe keine Schmerzen und ich denke, ich bin bereit. Ich bin so geil und vermisse deinen Schwanz."

Mein Schwanz stößt hart zu bei ihren süßen Worten, bei dem kleinen Stöhnen, wenn sie Schwanz sagt.

"Lass uns zurück in unser Zimmer gehen", flüstert sie und hebt sich auf die Zehenspitzen. Ihr Körper, so weich, so köstlich an mir, ist eine Sucht, zu der ich nicht nein sagen kann.

Kein Mann kann ihr widerstehen, und ich bin ganz sicher nicht stark genug, um ein solches Angebot abzulehnen.

Ich lasse meine Hand in ihre gleiten und drehe sie um, um in unser Zimmer zu eilen, bevor ich sie in dieser Sekunde ausziehe, aber einer der Stallburschen der Schattenwölfe stellt sich mir in den Weg. Er ist jung, schiebt sich nervös die Haare hinter die Ohren und sieht mir nicht in die Augen. Ein Lufthauch verrät mir, dass es sich um einen Beta handelt - sie sind in der Regel nervöser und zögern, einem Alpha gegenüberzutreten.

"Gibt es ein Problem, Junge?," frage ich.

"Ich wurde geschickt, um dir zu sagen, dass eure Pferde vorbereitet sind und im Morgengrauen am Haupttor bereitstehen werden." Mit einer kurzen Verbeugung zieht er sich zurück und verschwindet in den Schatten der Festung.

"Wovon redet er?", fragt Narah. "Wollt ihr irgendwo hin?"

Ich schlucke schwer. Ich hatte gehofft, dieses Gespräch etwas später zu führen, damit sie nicht den ganzen Tag auf mich sauer ist. Jetzt ist die Katze wohl aus dem Sack. Scheiß Beta. Mit einem langen Ausatmen ziehe ich Narah zu mir heran.

"Morgen kehren wir in den wilden Sektor zurück und beenden den Scheiß mit Martell. Ich habe bereits einige meiner Männer im Norden in Stellung gebracht. Ich muss dieses Arschloch nur noch finden. Sobald ich ihn getötet habe, übernehme ich die Verantwortung für alles."

Sie blinzelt mich an, die Lippen zusammenge-kniffen, und ich kann sehen, wie sich die Räder hinter ihren herrlichen bernsteinfarbenen Augen drehen.

"Bei dir klingt es so einfach, aber ich bin bereit, alles zu tun, was nötig ist. Es ist nicht so, dass wir hier für immer leben können."

Sie ist nervös, also wird das, was ich ihr als Nächstes sage, vielleicht einfacher sein, als ich erwarte.

"Meine Narah." Ich lasse eine Hand über ihre warme Wange gleiten, und sie lehnt sich an meine Berührung. "Du kommst nicht mit uns. Du musst hier in Sicherheit bleiben. Harmony verlässt sich auf dich, und ich kann dein Leben nicht riskieren."

Sie versteift sich, und ihre sanften Augen entzünden sich zu einem Inferno. Okay, vielleicht lag ich falsch damit, dass sie das mit Fassung trägt.

"Was meinst du?", sagt sie und schiebt meine Hand weg. "Natürlich komme ich mit. Vergiss nicht, dass ich Magie in mir trage, die dir helfen kann, und wenn ich in dieser Welt etwas gelernt habe, dann, dass nichts nach Plan läuft. Du wirst mich also brauchen."

"Ich habe Stone und seine Magie, und wir haben Vorkehrungen für zusätzliche Verstärkung getroffen. Das wird wild werden und könnte in einem Nahkampf enden. Ich kann mich nicht ablenken lassen, indem ich mir Sorgen um dich mache."

Ihre Schultern ziehen sich zurück.

Scheiße, ich habe das Falsche gesagt.

"Narah, so wollte ich es nicht sagen. Scheiße, ich habe das Falsche gesagt. Du bedeutest mir die Welt." Ich greife nach ihr, aber sie weicht zurück, Wut und Schmerz in ihrem Blick. Meine Brust zieht sich zusammen, weil ich weiß, dass sie sauer auf mich sein wird, bis ich zurückkomme und es wiedergutmache. So wollte ich meinen letzten Tag mit ihr nicht verbringen.

"Doch, das ist genau das, was du gemeint hast. Ich bin eine Schwäche für dich, eine Unannehmlichkeit."

"Nein, das ist nicht richtig", knurre ich und

packe sie am Arm, dieses Mal mit Entschlossenheit. "Du bist die mächtigste Person in meinem Leben, die sich jeder Gefahr stellen und sie überwinden kann, deren Macht sogar mich ein wenig ängstlich macht. Aber verdammt, Narah, ich liebe dich zu sehr, um zu riskieren, dass dir etwas zustößt, weil du dich um Harmony kümmern musst ... sollte uns etwas zustoßen."

Die ganze Farbe verschwindet aus ihrem Gesicht. "Noch ein Grund mehr, warum ich mich dir anschließen sollte, damit wir uns gegenseitig beschützen können."

"Und wie gut kannst du deine Magie kontrollieren?", sage ich ein wenig zu barsch. Dieses Gespräch läuft aus dem Ruder, und das Letzte, was ich will, ist, zu streiten. Ich wünschte nur, sie würde verstehen, dass ich das nicht tue, um sie auszugrenzen.

"Ich habe geübt", schnauzt sie. "Du kannst mich nicht davon abhalten, mitzukommen." Ihr unnachgiebiger Ton lässt mich mit dem Kiefer knirschen.

"Du würdest Harmony verlassen?"

Sie hält inne, und ich sehe die Tränen in ihren Augen. Mein Herz bricht, aber als ich nach ihr greife, dreht sie sich um und rennt zurück ins Haus. Mein Inneres zerspringt wie Glas, und ich fühle mich wie ein Stück Scheiße. Narah ist verdammt stur, aber bei dieser Entscheidung werde ich mich nicht beugen.

Ich werde nicht nachgeben, wenn so viel auf dem Spiel steht.

Egal, wie sehr ich versuche, mich selbst davon zu überzeugen, der Schmerz in meiner Brust wird immer stärker.

Ich werde ihr Zeit lassen, aber sie muss zur Vernunft kommen, auch wenn es mich umbringt, in diesem Zustand zu leben.

Ich werde den Rest meines Lebens Zeit haben, es wiedergutzumachen.

Narah

Wut steigt in mir auf, und mein Atem wird flach. Während ich durch die Gänge der Festung marschiere, erwidere ich abwesend ein paar Lächeln an die Rudelmitglieder, an denen ich vorbeikomme. Meine Schwestern passen auf Harmony auf, während sie schläft.

Ragnar hat kein Recht, mich aufzuhalten, kein verdammtes Recht. Es gibt so viel Rache, die ich an Martell üben will, aber das ist nicht der Grund, warum ich das tun muss. Es ist, weil ich mich in vier Wikinger-Alphas verliebt habe und es nicht ertragen kann, sie zu verlieren.

Nicht, nachdem ich schon so viel verloren habe.

Der Tod scheint mich zu verfolgen, und ich habe eine Höllenangst, dass einer von ihnen getötet wird und ich mit der Schuld leben muss, dass ich nichts getan habe. Als ich dachte, ich hätte Nikos zu Tode erschöpft, spürte ich ein wenig von diesem Herzschmerz, und es hätte mich fast völlig zerstört. Dieser kleine Vorgeschmack reichte aus, um mir lebenslang Angst zu machen.

An der Tür bleibe ich stehen und versuche, mich zusammenzureißen. Ich atme ein paar Mal tief ein und verziehe meine Lippen zu einem halben Lächeln, mehr schaffe ich im Moment nicht.

Drinnen sitzen sich Jae und Kaira im Schneidersitz auf dem Bett gegenüber und spielen Karten. Sie sind nicht leise, aber das ist in Ordnung, denn ich möchte Harmony beibringen, auch mit Geräuschen in ihrer Nähe ruhig zu schlafen.

"Wie ist es gelaufen?", fragt Jae, mit dem Rücken zu mir, dann dreht sie sich zu mir um und erstarrt. "Was ist los?"

"Alles ist großartig." Ich versuche, es mit einem breiten Grinsen und einem Kopfschütteln abzutun. "Wie geht es Harmony?" Ich gehe zu ihr und starre sie in ihrem Bettchen an. Sie liegt auf dem Rücken, eingewickelt in ihre Decke, und sieht aus wie die süßeste Raupe der Welt, die sich eines Tages verpuppen und der schönste Schmetterling der Welt werden wird.

"Narah", sagt Kaira mit der strengen Stimme, mit der sie uns in letzter Zeit zurechtweist.

Als ich mich umdrehe, ist Jae an ihrer Seite, und sie starren mich mit ernsten Blicken an.

"Du machst dieses seltsame Gesicht, bei dem du vorgibst zu lächeln, aber eher aussiehst, als ob du Verstopfung hättest", sagt Jae.

Ich rolle mit den Augen. "Wann habe ich so verstopft ausgesehen, dass du dieses Gesicht erkannt hast? Antworte nicht darauf."

Sie stehen einfach nur da und sind bereit, die Informationen mit allen Mitteln aus mir herauszupressen, und ich würde ihnen alles zutrauen. Außerdem kann es nicht schaden, meine Wut mit jemandem zu teilen. Ich werde noch wahnsinnig, wenn ich sie für mich behalte.

"Okay, gut. Ich hatte einen Streit mit Ragnar."

Sie packen mich an den Armen und ziehen mich quer durch den Raum zum Bett. Ich setze mich an das eine Ende, und sie sitzen mir gegenüber und lehnen sich an die Kissen, Schulter an Schulter, als ob das etwas Heftiges werden würde.

"Also, was ist passiert?", fragt Kaira.

Mit einem tiefen Einatmen lasse ich es raus. "Morgen gehen alle vier meiner Männer zurück in den wilden Sektor, und sie lassen mich nicht mit ihnen gehen."

Sie blinzeln und warten auf die Pointe.

"Wo ist dann das Problem? Sie wollen, dass du bei Harmony und uns bleibst", beharrt Jae. "Das macht Sinn." Meine Schwestern wenden sich mir mit fragenden Blicken zu.

"Das ist der schwierige Teil. Ich kann es nicht ertragen, von ihrer Seite zu weichen, und käme mir wie die schrecklichste Mutter der Welt vor, wenn ich Harmony verlasse. Aber ich werde jeden Tag vor Sorge weinen, wenn die vier fort sind. Sie werden Martell jagen, und ich mache mir Sorgen, dass sie verletzt werden, obwohl ich ihnen hätte helfen können, wenn ich bei ihnen gewesen wäre." Als ich merke, dass ich schimpfe, seufze ich und halte inne.

Sie krabbeln über das Bett und umarmen mich.

"Wie auch immer du dich entscheidest, wir werden dich unterstützen", murmelt Kaira und kuschelt sich an meine Seite.

"Ich habe eine Idee." Jae hält sich an meinem Arm fest. "Kaira und ich können auf Harmony aufpassen, zusammen mit Deborah, da sie Harmony stillt."

Ich sehe sie stirnrunzelnd an. Ich habe es so sehr versucht, aber ich kann nicht genug Milch produzieren, um Harmony zu füttern. Zum Glück hat sich eine andere Frau, die gerade ein Kind bekommen hat, bereit erklärt, mein kleines Mädchen zu stillen.

Meine Schwestern sind noch jung, und ich habe mir selbst versprochen, ihnen die Chance zu geben, das Leben zu genießen und nicht zu schnell erwachsen zu werden.

"Was?", sagt Jae. "Ich habe mir das alles schon überlegt. Deborah hat ein Baby, und wenn sie nicht stillt, braucht sie jemanden, der sich tagsüber um ihr Kleines kümmert. Wir werden bei ihr einziehen ... oh, und ich habe einen Namen für unser Geschäft."

Kaira lacht. "Na los, erzähl schon."

"Der Cub Club." Sie nickt mit einem breiten Lächeln. "Das ist toll, oder?"

"Das ist wirklich sehr clever", antworte ich. "Ich liebe es, aber ich weiß nicht, was ich tun soll."

"Werden wir für den Cub Club auch bezahlt?", fragt Kaira.

Jae runzelt die Stirn. "Nun, wenn Deborah uns mit Harmony hilft, können wir ihr nichts in Rechnung stellen."

"Ja, aber dieses Rudel ist riesig, und ich habe schon andere Babys und kleine Kinder gesehen. Ich bin sicher, die Eltern würden sich über ein oder zwei Stunden Ruhe freuen."

"Hmm." Jae tippt mit dem Zeigefinger auf ihr Kinn.

Ich finde es toll, wie gut sie zusammenarbeiten.

"Ich bin mir sicher, dass ihr das schon hinkriegen werdet, aber es klingt nach einer guten Idee. Vielleicht solltest du es zuerst mit Meira besprechen?"

Jaes Augen leuchten auf, und in Sekundenschnelle klettern sie vom Bett, ziehen ihre Schuhe an und stürmen aus dem Zimmer.

"Wir sind bald wieder da", ruft Kaira, als sich die Tür hinter ihnen schließt.

Die Tür schließt sich mit einem dumpfen Schlag und weckt Harmony auf. Sie weint und kreischt, als ich zu ihr hinübereile und sie in meine Arme nehme.

"Hallo, meine Hübsche. Wie hast du geschlafen?" Ich küsse ihr Gesicht und genieße den Duft, den sie verströmt. Als ich sie an mich drücke, beruhigt sie sich. Ich setze mich auf das Bett und streiche ihr sanft mit dem Finger über das Gesicht, was sie liebt. Sie starrt zu mir hoch und es rührt mich zu Tränen, dass sie mir gehört.

Wenn ich an meinen Streit mit Ragnar denke, dreht sich mein Inneres, und mein Magen tut weh, weil ich nicht weiß, was ich tun soll.

"Ich liebe dich." Ich küsse Harmony erneut. "Wenn du sprechen könntest, weiß ich, was du mir sagen würdest." Mit einem schweren Atemzug schiebe ich die Gedanken beiseite und hasse den drückenden Schmerz in meiner Brust, wenn ich daran denke, was als Nächstes kommt.

NEUNZEHN

Wir brechen in aller Herrgottsfrühe auf, als alle noch schlafen. Mit Crius und Nikos gingen Ragnar und ich noch kurz zu Narah, um uns von ihr und Harmony mit einem Kuss zu verabschieden, auch wenn sie beide schliefen. Ich werde sie unglaublich vermissen, aber wir tun das für sie, für die Zukunft unseres Babys.

Seit wir losgeritten sind, schweigt Ragnar. Er ist stinksauer. Jae hat mir gestern Abend erzählt, dass er sich mit Narah gestritten hat, weil sie darauf bestand, mitzukommen, und er sie abwies.

Ich verstehe beide Seiten, aber manchmal muss eine harte Entscheidung zum Wohle der Unschuldigen getroffen werden - Harmony. Es wäre unglaublich, eine Zauberin auf unserer Seite zu haben. Ich mache mir keine Illusionen, dass wir nicht in der Unterzahl sind, aber da ein halbes Dutzend von Ragnars Männern im Norden stationiert und in andere Rudel eingeschleust ist, habe ich ein besseres Gefühl, dass wir Augen im Inneren haben.

Wir gehen nicht dorthin, um einen Weltkrieg zu erklären, sondern um den Bastard Martell auszuschalten, bevor er die Oberhand gewinnt. Kriegsführung ist so viel mehr als das Aufeinandertreffen zweier mächtiger Armeen. Meistens finden die größten Schlachten im Schatten und hinter den Kulissen statt.

"Wir nähern uns der Taverne", verkündet Nikos, der seine Aufmerksamkeit auf Ragnar richtet. Crius flankiert den hinteren Teil unseres Zuges.

Mein Arsch ist verdammt wund, und ich bin am Verhungern. Wir sind den größten Teil des Tages geritten, mit kurzen Pausen für die Pferde. Ich brauche eine Pause, und die Nacht naht.

Wir sind nur einer Gruppe von Untoten und ein paar abtrünnigen Wölfen begegnet. Ich hatte mehr erwartet, wenn man bedenkt, was wir auf unserem Weg zum Schattenland-Sektor erlebt haben.

"Wir werden anhalten, aber vor Sonnenaufgang aufbrechen", antwortet Ragnar.

Seine Stimme ist angespannt, aber ich kann nicht sagen, ob es an seinem Streit mit Narah liegt oder daran, dass er in den letzten zwei Monaten nicht im wilden Sektor war. In so kurzer Zeit kann sich viel ändern, und soweit wir wissen, könnten wir unsere Chance, ihn zu übernehmen, komplett verpasst haben und müssten von vorne anfangen.

Als Ragnar abrupt zum Stehen kommt, bleiben wir alle stehen. Mein Puls schießt in die Höhe, und ich schaue mich um.

"Jemand folgt uns", murmelt er leise und deutet auf den Wald zu seiner Rechten.

Im Bruchteil einer Sekunde steige ich von meinem Pferd und stürze mich mit flüsterleisen Schritten in den Wald. Nikos schlüpft weiter vorne in den Wald. Der Wind ist nicht zu unseren Gunsten, wer auch immer hier ist, wird uns erschnüffeln, bevor wir ihn riechen.

Das bedeutet nur, dass wir schneller sein müssen, und es nicht versauen dürfen.

Ich schiebe mich vorwärts, bleibe in den Schatten und achte auf jedes Geräusch, jede Bewegung. Nikos ist verdammt leise - der Kerl könnte genauso gut ein Geist sein, während er sich heimlich durch den Wald bewegt.

Überraschenderweise stoße ich auf einen schmutzigen Weg. Er ist schmal und wurde wahrscheinlich von Tieren benutzt, aber ich sehe Abdrücke im Boden - Pferdehufe. Die Spuren sind scharf und an den Rändern gut ausgeprägt, und als ich sie berühre, ist der Boden weich und bröckelt ab.

Wären sie schon ein paar Stunden oder länger hier gewesen, wären sie wahrscheinlich hart. Sie sind frisch, und wer auch immer in der Nähe ist, reitet auf einem Pferd. Das schließt die Untoten und wahrscheinlich die Schurken aus, obwohl ich gesehen habe, wie die wilden Bastarde Pferde gestohlen haben, um über weite Strecken des Landes zu reiten.

Ich erhebe mich und eile den Weg zurück, den ich gekommen bin, um Ragnar und Crius meine Entdeckung mitzuteilen. Nikos kommt Sekunden später mit einer ähnlichen Information zurück.

"Es könnte ein Reisender sein, der vorbeikommt", schlage ich vor.

"Ich bin nicht bereit, das Risiko einzugehen. Wir wissen nicht, was Martell verändert hat, welche Wachen er um den wilden Sektor herum aufgestellt hat."

"Gut, dann nehmen wir denselben Weg", stellt Crius fest. Er steigt von seinem Pferd.

Schnell führen wir unsere Pferde durch das Gebüsch auf den zweiten Weg. Ich übernehme die Führung, springe auf mein Pferd und wir rasen los, den Weg entlang. Kalte Luft strömt durch mein Haar und über mein Gesicht. Ich weiß nicht, wie lange wir schon unterwegs sind, aber die Nacht hat das Land eingenommen, und noch immer gibt es kein Zeichen, wer uns verfolgt hat oder wen wir verfolgen.

Als sich der Weg zu einem Feld öffnet, auf dem sich die Taverne befindet, verlangsame ich den Trab und steige schließlich vom Pferd. Es handelt sich um ein überdimensionales, dreistöckiges Gebäude aus Stein mit einer Holzveranda davor. Alle Stockwerke sind mit Fenstern versehen, von denen die meisten beleuchtet sind. Die beiden Schornsteine auf dem spitzen Dach machen Überstunden und pumpen Rauch in die Luft, und mit ihm dringt der köstliche Duft von Braten zu mir wie ein Vorschlaghammer, der mir das Wasser im Munde zusammenlaufen lässt.

"Wer immer sie sind, ich vermute, sie bleiben über Nacht hier."

"Geh mit Nikos und bring die Pferde in die Ställe, damit sie sich ausruhen und fressen können", knurrt Ragnar, während er absteigt und Crius die Zügel übergibt. "Dann sieh dich hier nach allem Ungewöhnlichen um, nach jemandem, der für Martell arbeiten könnte, nach Wachen."

"Mache ich", brummt Crius, als Nikos mein Pferd nimmt. Die beiden verschwinden hinter der Taverne, wo die Reisenden ihre Pferde zum Ausruhen über Nacht lassen.

Zusammen mit Ragnar marschieren wir zur Eingangstür. "Geht es dir gut, die Sache mit Narah betreffend?"

"Ich fühle mich beschissen", stöhnt Ragnar. "Ich

wollte ihre Unterstützung und nicht, dass ich mich wie ein Scheißkerl fühle. Ich würde sie gerne bei uns haben, aber ich weiß nicht, was auf uns zukommt, und ich hasse es, blind in etwas hineinzugehen." Mit einem Knurren steigt er die drei vorderen Stufen zur hölzernen Veranda des Hauses empor.

Es sollte mich nicht überraschen, wie sehr ihm Narah unter die Haut gegangen ist, aber es ist untypisch für ihn, sich von seinen Gefühlen leiten zu lassen. Er ist der kalte, kalkulierende Typ in unserem Team, der nie etwas an sich heranlässt. Er ist der König des Verdrängens, so tief, dass er eines Tages verrückt wird, weil er alles unterdrückt. Es ist also eine erfrischende Abwechslung.

Nicht, dass ich besser wäre. Seit Harmony in unser Leben getreten ist, bin ich ein verdammtes emotionales Wrack geworden und mache mir ständig Sorgen, wenn sie weint. Ich schwöre, sie hört sich an, als hätte sie Schmerzen, aber Narah besteht darauf, dass das normal ist und dass ihre Schreie bedeuten, dass sie andere Dinge will.

Das hat mich nicht davon abgehalten, mitten in der Nacht von ihren Schreien aufzuwachen und sie bis in die frühen Morgenstunden in meinen Armen zu halten. Ich hätte nie gedacht, dass es zu mir passen würde, Vater zu sein. Ich hatte nicht die beste Vaterfigur, als ich aufwuchs, aber das ist etwas, das ich Harmony nie erleben lassen werde.

Im Inneren der Taverne sind fröhliche Stimmen zu hören, Musik von einem Mann mit einer Flöte, und Bier fließt. Mein Magen knurrt, als wir an einem Tisch vorbeigehen, an dem ein rundlicher Mann ein ganzes gebratenes Huhn verschlingt.

Ich bin schon ganz aus dem Häuschen, aber da alle Tische besetzt sind, können wir froh sein, wenn wir noch ein Zimmer für die Nacht bekommen. In diesem Stadium bin ich dankbar für Essen und schlafe gerne im Stall, wenn es sein muss.

Wir durchqueren den großen Raum und bleiben am Tresen stehen. Der weißhaarige Mann dahinter hebt sein Kinn in unsere Richtung.

"Was darf es sein?"

"Ein Zimmer für die Nacht", antwortet Ragnar.

"Du hast Pech, mein Freund. Ich habe gerade mein letztes Zimmer an einen jungen Kerl vergeben. Er wartet darauf, dass seine vier Begleiter zu ihm stoßen, wenn sie also nicht auftauchen, gibt es vielleicht eine Möglichkeit, den Raum zu teilen. Es gibt zwei große Betten in dem Zimmer, und bei so vielen, die heute Abend hier sind, ist es üblich, sich ein Zimmer zu teilen."

Ragnar starrt den Mann an, als wolle er über den Tresen greifen und ihn erschlagen.

"Dieser Kerl, hat er die Namen seiner Begleiter genannt?"

"Er hat schnell etwas gesagt, aber es war schwierig, etwas zu verstehen. Rooster oder so."

Ich blinzle den Mann an, der von jemandem an der Bar abgelenkt wird, der ihm zuwinkt.

"Meinst du Ragnar?", rufe ich, um über die lärmende Menge hinter uns gehört zu werden, aber er hört mich nicht, also drehe ich meinen Kopf in Richtung Ragnar. "Eine Falle von Martell?"

"Wer immer es ist, wir werden es herausfinden und dann die Scheiße aus ihm herausprügeln, wenn das der Fall ist."

Ich wende mich wieder dem Schankwirt zu, der einem Mann zwei Humpen Bier ausschenkt. "Wo ist das Zimmer?", rufe ich ihm zu. "Welches Zimmer hat der Kerl?"

Er blickt hinüber. "Zweiundzwanzig. Oberste Etage." Dann bedient er weiter seine Kunden.

"Danke", murmle ich.

Wir lassen die Taverne hinter uns und marschieren die Treppe hinauf, bereit, uns mit dem zu befassen, was auch immer jetzt verdammt noch mal los ist.

Ragnar

Ich habe beschissene Laune. Die ganze Reise über habe ich an Narah gedacht - jedes Wort, das ich gewechselt habe, jedes Bedauern darüber, wie ich die Situation besser hätte meistern können, wie ihre Sturheit mich verrückt gemacht hat.

Die eisige Kälte der dunklen Gänge umgibt mich, als ich mit Stone im Rücken in den zweiten Stock hinaufsteige, bis wir die Tür mit der weißen Zahl Zweiundzwanzig auf dem Holz erreichen.

Ich schlage mit den Fingerknöcheln gegen die Tür, und eine raue Stimme antwortet.

"Es ist offen."

Ich verenge meinen Blick, jeder Zentimeter in mir spannt sich an, bereit für weiß der Teufel was. Ich zögere nicht, die Tür aufzustoßen, bleibe aber in der Tür stehen. Als ich sehe, womit ich es zu tun habe, dreht sich mir der Magen um, und ich finde keine Worte mehr.

"Was zum Teufel!"

"Ich freue mich auch, dich zu sehen", sagt Narah mit hocherhobenem Kinn. Sie trägt einen schwarzen Kapuzenmantel und streicht sich einen falschen Bart vom Kinn.

Ich muss den Raum nicht betreten, um den Gestank von Schlamm zu riechen. Ich sehe ihn an ihrem Mantel und ihren Stiefeln, wohl wissend, dass sie das absichtlich getan hat, um ihren Omega-Geruch zu überdecken.

"Warum bin ich nicht überrascht?" Ich betrete den Raum, Stone im Rücken.

"Aber es ist eine angenehme Überraschung", sagt Stone

"Siehst du, wenigstens einer freut sich, mich zu sehen."

Ich werfe Stone einen Blick zu, der mir ein Achselzucken einbringt. Natürlich wird er sich auf ihre Seite schlagen.

"Was ist mit Harmony?"

"Meine Schwestern kümmern sich um sie." Narah schüttelt ihren Mantel ab und zieht ihre Stiefel aus. "Sie haben einen Junggesellinnenclub gegründet."

"Warte! Was für ein Club? Was hat das mit Harmony zu tun?"

"Jae und Kaira ziehen zu einer der neuen Mütter im Rudel, die ihnen bei der Betreuung von Harmony helfen wird. Meira will einmal am Tag ein Muttertreffen einrichten, bei dem sie sich treffen und gegenseitig helfen können, wobei meine Schwestern eine aktive Rolle bei der Betreuung der Kleinen übernehmen." Sie streicht sich die Haare aus dem Gesicht. "Ich werde Harmony vermissen, und es war eine schwere Entscheidung, aber ich habe die richtige getroffen. Harmony hat ein Team von liebevollen Menschen, die sich um sie kümmern, während Martells Armee euch überlegen ist. Wenn mein kleines Mädchen aufwächst, wird sie ihre vier Väter brauchen. Also leiste ich meinen Beitrag." Schließlich holt sie tief Luft.

"Was passiert, wenn es schlecht für uns läuft? Wäre es für Harmony nicht besser, einen Elternteil zu haben als gar keinen?"

"Beruhige dich, Ragnar." Stirnrunzelnd biegt sie die Schultern nach vorne. "Hör auf, Angst zu benutzen, um deinen Standpunkt zu vertreten. Ich habe es verstanden, aber ich bin nicht einverstanden. Außerdem bin ich von der langen Reise erschöpft und kann deinen launischen Arsch jetzt nicht gebrauchen."

Sie zieht sich vor uns aus, indem sie ihr Oberteil nach oben und über den Kopf zieht, gefolgt von der Unterwäsche, wodurch ihre schönen Brüste zum Vorschein kommen. Sie sind etwas kleiner geworden, was vermutlich damit zusammenhängt, dass ihr Körper keine Milch mehr produzieren kann, aber sie hat sich einige ihrer Kurven bewahrt, was ich sehr bewundere.

Was spielt sie hier? Als sie ihre Hose und Unterwäsche fallen lässt und nackt vor uns steht, grinst sie. Ist das ihr Versuch, mich so zu erregen, dass mein Gehirn vergisst, was ich gesagt habe?

"Ich gehe duschen." Sie geht durch die Tür, die

ins Bad führt, und mein Blick bleibt an ihrem wunderschönen Hintern hängen, der sich bei jeder ihrer Bewegungen bewegt. Stone ist genauso fasziniert von ihr wie ich.

An der Tür wirft sie einen Blick über ihre Schulter.

"Ich habe Essen für uns bestellt, aber iss nicht alles auf, wenn es früher geliefert wird." Sie knallt die Tür zu.

"Glaubst du, sie lädt uns ein, zu ihr zu kommen?", fragt Stone.

Ich lache, froh, endlich etwas Lustiges zu hören.

"Ich weiß es ehrlich gesagt nicht. Aber ich glaube, wir haben sie jetzt am Hals. Sie will nicht gehen, und ich muss die Dinge mit ihr klären. Wie wäre es, wenn du nach unten gehst und uns Bier aufs Zimmer bestellst?"

"Sicher ..." Er wölbt eine Braue. "Du lässt Crius und Nikos auf die Pferde aufpassen, und jetzt schmeißt du mich raus, damit du mit einer nackten Narah ins Bad gehen kannst. Ich sehe, was du vorhast, mein Freund. Clever." Er zwinkert, dann klopft er mir auf den Rücken. "Geh und kümmere dich um sie."

Sobald er den Raum verlässt, ziehe ich mich aus, ohne zu wissen, was ich tun will, aber vielleicht war ich zu schnell, um nicht zu verstehen, wie sehr sie das getroffen hat. Sie hat ihre Eltern verloren, und wo sie endlich eine Familie gefunden hat, besteht die Gefahr, dass sie diese auch wieder verliert.

Verdammt! Ich verstehe es, und obwohl einem Teil von mir immer noch lieber wäre, sie wäre nicht auf dieser Mission, muss ich verdammt noch mal darüber hinwegkommen.

Ich lege meine Kleidung auf die Stuhllehne und betrete das Badezimmer. Narah steht in der Duschkabine, Dampf strömt aus, was heißes Wasser bedeutet. Ich schließe die Tür hinter mir mit einem lauten, hallenden Klirren, und sie dreht sich zu mir um und grinst, ihr Körper ist mit Seifenschaum bedeckt.

"Ich habe mich gefragt, wie lange du brauchen wirst, um zu mir zu kommen. Kommst du, um dich zu entschuldigen? Nur so kommst du zu mir hier rein."

Kichernd trete ich vor.

"Wie wäre es mit einem Waffenstillstand? Ich bin zwar nicht ganz einverstanden damit, dass du hier bist, aber ich verstehe, warum du hier sein musst, und ich bezweifle, dass ich dich umstimmen kann. Außerdem ist es besser, wenn wir zusammenarbeiten, damit unser kleines Mädchen nicht als Waise aufwächst."

Sie schleudert das Seifenstück nach mir und trifft mich mitten auf die Brust.

"Das ist die beschissenste Entschuldigung, die ich je gehört habe."

"Ich brauche vielleicht etwas Übung." Ich hebe die Seife vom Boden auf und steige zu ihr unter die Dusche. Das heiße Wasser fühlt sich an, als würde es mir die Haut abziehen. "Verdammt, warum ist das Wasser so heiß?"

"Es ist nicht heiß. Vielleicht bist du einfach zu empfindlich."

Laut lachend ziehe ich sie an meine Seite, während ich mit der anderen Hand die Seife auf den Sims lege und das Todeswasser abdrehe. Bevor sie protestieren kann, beuge ich mich vor und küsse sie. Sie erwidert den Kuss heftig, während sich ihre Hände um meinen Nacken schlingen. Unsere Münder prallen aufeinander, und unsere Zungen verheddern sich.

Mein Schwanz wird so hart, dass es schmerzt, als sie ihre Titten über meine Brust reibt und ihre Hand an meinem Schaft zerrt.

"Fick mich", schnurrt sie gegen meinen Mund.

Mein Herz hämmert, ich brenne vor Verlangen, in dieser herrlichen Muschi zu versinken.

"Bist du sicher, dass du bereit bist, Sex zu haben?"

"Ja, das bin ich wirklich. Es war eine Qual, zwei Monate lang keinen Sex zu haben."

"Nun, in diesem Fall sollten wir besser etwas

unternehmen." Ich drehe sie um, und sie beugt sich für mich nach vorne und wackelt mit ihrem wunderschönen kleinen Hintern. Als ich meine Hand zwischen ihre Beine schiebe, ist sie zu meiner Überraschung klatschnass. Damit meine ich nicht das Duschwasser, sondern den seidigen Glanz, der mir verrät, wie sehr sie sich nach mir gesehnt hat.

"Ist es das, was du willst?"

"Oh, ja, großer Alpha. Gib es mir." Sie grinst mich über ihre Schulter an.

Jemand ist in einer klugscheißerischen Stimmung. Ich hebe meine Hand, sie fällt auf ihre Backe und sie ruft nach mehr.

"Hey."

"Hat dir das gefallen?" Ich führe meinen Schwanz zu ihrer triefenden Muschi und schiebe den Kopf in sie hinein.

"Oh ja, aber das gefällt mir besser."

Sie fühlt sich so heiß an, so perfekt, je mehr ich in sie eindringe. Als ich es nicht mehr aushalte, stoße ich tiefer in sie hinein, bis zum Anschlag.

Narah schnurrt nach mir und stützt sich mit den Händen an der Duschwand ab. Ihre Hüften wippen bei jeder meiner Bewegungen nach hinten. Ich umklammere ihre Hüften, während ich sie ficke, ich will ihre Schreie hören, wenn sie mir völlig ausgeliefert ist. Das ist die perfekte Befreiung, nach der ich mich gesehnt habe.

Vielleicht ist es doch gar nicht so schlecht, dass Narah sich uns anschließt.

Morgen wird ein schwieriger Tag sein, aber bis dahin werde ich alles tun, um mich daran zu erinnern, warum ich für den wilden Sektor kämpfe. Ich habe vielleicht mit dem Ziel begonnen, der mächtigste Alpha Rumäniens zu werden, um meinem Vater zu zeigen, dass ich nicht der Verlierer bin, für den er mich hält, aber meine Prioritäten haben sich geändert.

Jetzt werde ich um die Vorherrschaft im wilden Sektor kämpfen, um meiner Familie und meinem Rudel ein Zuhause und eine sichere Zukunft zu bieten.

ZWANZIG

Tod.

In dem Moment, in dem wir den Rand des wilden Sektors erreichen, ist es offensichtlich, dass sich in diesem Teil Rumäniens etwas verändert hat.

Niemand sagt ein Wort, als wir die Strecke entlangreiten und an Leichen vorbeikommen. Einige sind Wandler, die abgeschlachtet und entsorgt wurden, andere sind Untote mit abgehackten Köpfen. Der Weg durch den lichten Wald führt uns an einem Untoten vorbei, der im hohen Gras liegt und seinen Arm nach uns ausstreckt. Schnell wird klar, dass er nicht in der Lage ist, uns zu verfolgen, da er nur einen halben Körper hat. Ich schaue nicht lange hin, denn mein Magen kribbelt bereits, und die Gerüche sind ekelhaft.

Als wir an einem anderen Untoten vorbeikommen, knurrt er leise, während seine glasigen Augen uns folgen und Blut aus seinem Kopf sickert. Nikos erweist ihm die Ehre und erlöst ihn von seinem Elend, wobei es eher darum geht, sicherzustellen, dass er nicht die Kraft findet, uns zu verfolgen.

"Ich bin mir sicher, dass wir gerade in einem dieser Horrorbücher gelandet sind, die du früher gelesen hast, Nikos", sagt Crius und schwingt die Axt in seiner Hand.

Mir ist klar geworden, dass er auf diese Weise mit Stress umgeht. Während andere Perlen auf einer Schnur zählen oder ihr Haar zwirbeln, benutzt er seine Axt als Ablenkung. Als ich ihn zum ersten Mal traf, nahm ich an, dass diese Eigenart seine Angeberei sei, um zu zeigen, wie stark er ist, aber da hatte ich mich getäuscht.

In Wahrheit habe ich sie alle komplett falsch gelesen.

"Ja, nun, ich mag es nicht, der Held in dieser Horrorgeschichte zu sein. Ich vermute, dass der wilde Sektor während unserer Abwesenheit einen größeren Zustrom an wandernden Zombies erlebt hat, als wir dachten."

"Verdammt großartig. Als wäre es nicht schlimm genug, sich mit einem Bastard herumzuschlagen ... jetzt müssen wir uns vor zwei Feinden in Acht nehmen", fügt Stone hinzu.

Ragnar reitet ruhig neben mir her, und ab und zu ertappe ich ihn dabei, wie er mich anschaut.

"Wie geht es dir?", fragt er schließlich.

"Mir geht es wirklich gut. Ich bin ein bisschen erschrocken über all die toten Körperteile, aber ich wusste, dass es schrecklich sein würde. Nach einem langen Schlaf und einem großen Frühstück kann ich es mit der Welt aufnehmen." Ich grinse in seine Richtung, weil ich diesen Mann absolut bewundere. Alle vier sind meine Welt, und mein Herz klopft, wenn ich an sie denke.

Harmony geht mir schon den ganzen Tag durch den Kopf. Die Trennung von ihr ist mir schwerer gefallen, als ich erwartet hatte. Ich kann sie immer noch an mir riechen, höre in meinen Gedanken immer noch ihre süßen Schreie, und es tut körperlich weh, wie sehr ich sie halten und an meinem Körper spüren möchte.

"Natürlich fühlst du dich fantastisch", antwortet Crius sarkastisch. "Du wurdest unter der Dusche hart gefickt, hast den größten Teil unseres Abendessens gegessen, bist dann zusammengebrochen und hast dich auf dem Bett breitgemacht."

Ich breche in Gelächter aus. "Schuldig im Sinne der Anklage. Ich wusste nicht, dass die Portionen so klein sein würden."

"Keine Sorge, als du im Bett gelegen und dich

noch immer an einem Hühnerflügel festgehalten hast, haben wir noch mehr Essen bestellt."

"Du warst so süß." Nikos gluckst. "Ragnar hat sich minutenlang abgemüht, dir den Hühnerknochen aus der Hand zu nehmen, ohne dich zu wecken."

"Du warst bezaubernd", schmunzelt Ragnar.

Eine Röte gleitet über meine Wangen - ich war so tief und mit Essen in der Hand eingeschlafen. "Ich war erschöpft." Ich zucke mit den Schultern, unfähig, mich zu verteidigen, da ich mich nicht an den Vorfall erinnern kann.

Sobald wir den Wald verlassen haben, reiten wir schneller und reden so wenig wie möglich, um keine Aufmerksamkeit zu erregen. Ich halte die Augen nach den Untoten offen und sehe sie in der Ferne, aber wir sind zu schnell, als dass sie es bis zu uns schaffen könnten.

"Fällt dir auf, dass es nicht viele Reisende gibt?", frage ich Stone, der neben mir reitet. Ragnar übernimmt die Führung und Crius ist das Schlusslicht.

"Ich bin sicher, sie haben Angst vor den Zombies. Du hast das Lager im Schattenland-Sektor gesehen. Sie verlassen es nur für die Jagd und zur Nahrungssuche, aber hier oben war niemand auf die Welle der Untoten vorbereitet."

"Vielleicht ist es ja zu unserem Vorteil", meint Crius. Ich werfe einen Blick über die Schulter zu ihm, der mit geraden Schultern auf seinem Pferd reitet und die Landschaft absucht, während er spricht. "Die Gefahr, dass Martell zu allen Rudeln reist und sie terrorisiert, ist geringer."

"Wäre das nicht schön?", murmle ich und weiß, dass ihn nichts aufhalten wird. Mein ehemaliger Schicksalsgefährte hat den Verstand verloren. Er hat es genossen, mich zu verletzen, und ich habe gesehen, wie er vor Arroganz geplatzt ist, nachdem er die Sturmwölfe für sich beansprucht hat. Deshalb glaube ich nicht eine Sekunde lang, dass er etwas anderes ist als ein Psychopath, der sich von den Untoten nicht davon abhalten lässt, sich zu nehmen, was er will.

Als wir das Gelände des Bane-Wolfsrudels erreichen, überkommt mich die Angst. Bei meinem letzten Besuch hat meine besessene Schwester die Tochter des Rudelalphas getötet, dann bin ich weggelaufen.

"Ich nehme an, wir sind hier willkommen, Ragnar?" Seit ihrem letzten Besuch in diesem Rudel hat mir keiner der Männer erzählt, wie es gelaufen ist. Um ehrlich zu sein, war ich so beschäftigt, dass ich es vergessen hatte.

"Es wird schon gut gehen", antwortet Ragnar schließlich. "Wir haben es dir nicht gesagt, aber du wirst es bald herausfinden. Vor unserem letzten Besuch hatte Martell Mihai und einige seiner

Männer getötet, also habe ich dieses Rudel übernommen."

Mir fehlen die Worte, und Schuldgefühl macht sich in meinem Magen breit. "Oh, meine Göttin. Es ist meinetwegen", platze ich heraus, und mir kommen alle Emotionen hoch, sodass ich mich anhöre, als würde ich gleich in Tränen ausbrechen. Der Gedanke, dass die, die er getötet hat, ohne mich noch am Leben wären, macht mich krank.

Ragnar hält inne, und wir tun es ihm gleich. Er dreht sich im Sattel um, die Augen halb geschlossen, und ich sehe das schnelle Heben und Senken seiner Brust.

"Kleine Füchsin, das ist nicht deine Schuld. Martell beschloss, die Sturmwölfe allein zu regieren, da er den wilden Sektor für sich beanspruchen wollte. Das ist nicht deine Schuld. Er hätte die Rudel zur Unterwerfung gezwungen, und bei Übernahmen gibt es immer Opfer ... zu viele." Er hält inne, und der Schmerz über das, was hier geschehen ist, ist auf seinem harten Gesicht abzulesen.

"Und was machen wir dann hier?", frage ich und versuche, mir die Neuigkeiten nicht anmerken zu lassen.

"Wir sehen nach dem Rudel, ruhen uns aus und bereiten uns auf unsere nächsten Schritte vor", sagt er stoisch, und ich weiß, dass ihn die Tragödie mehr schmerzt, als er zugeben will.

"Okay, aber ich fühle mich immer noch beschissen", jammere ich und kann mich des Eindrucks nicht erwehren, dass all diese Menschen noch am Leben wären, wenn ich nicht alle meine Probleme hierhergebracht hätte.

Ohne ein weiteres Wort reiten wir weiter. Die Tore stehen offen, was kein gutes Zeichen ist, aber es ist niemand in Panik. Als wir den Hof erreichen, steigen wir von unseren Pferden ab.

"Sieht nicht so aus, als wäre jemand zu Hause." Crius schaut sich auf dem leeren Hof um. In der Vergangenheit wurden wir bei unserer Ankunft immer begrüßt und unsere Pferde zu den Ställen geführt. Jetzt: nichts.

"Bleibt bei den Pferden, nur für den Fall", befiehlt Ragnar und mustert Crius, der nicht protestiert.

Die Luft fühlt sich schwer an, es riecht nach etwas Abgestandenem. Crius ergreift meine Zügel und wirft mir einen Kuss zu. Sein Lächeln ist ein helles Licht, wenn es sich anfühlt, als würden wir gleich in die Höhle des Teufels gehen.

Wir gehen zu viert die Treppe hinauf, und das Haus scheint verlassen zu sein. Das lodernde Feuer in der Mitte des Hofes ist verschwunden. Als wir das Gelände, die Hütten und die Kantine in der Ferne absuchen, ist keine Menschenseele in Sicht.

"Bist du sicher, dass hier jemand wohnt?",

murmle ich, und ein Schauer läuft mir über den Rücken. Was, wenn Martell zurückgekehrt ist?

Ragnar bleibt an meiner Seite, während Nikos und Stone ausschwärmen und vor uns hergehen.

"Als ich ging, hatten sie vor, wieder in ihre Häuser zu ziehen, aber sie könnten sich immer noch in den Höhlen in den Bergen verstecken."

"Diese armen Familien und Kinder." Mir dreht sich der Magen um, während ich über das Gelände eile. Ich bin froh, wenn wir hier weg sind. Dieser Ort ist mir unheimlich, und ich schaue ständig über meine Schulter, als ob uns jemand beobachtet.

"Ich glaube, hier sind doch Menschen." Stone deutet auf eine Hütte, in der der Vorhang fällt, als ob uns jemand beobachtet hätte.

Ragnar hält inne und streckt einen Arm über meinen Bauch aus, um mich aufzuhalten. "Lass sie erst nachsehen."

Nikos geht zu Stone und klopft an die Tür, dann ruft er: "Hallo ... wir sind nicht hier, um dir weh zu tun. Ragnar, dein neuer Alpha ist zurück." Als niemand die Tür öffnet, stößt Stone sie auf.

Und Chaos regnet auf uns herab.

Stone und Nikos schrecken zurück, als ein Untoter nach dem anderen herausströmt. Sie stürzen auf uns zu, gierige Kiefer schnappen zu, Arme greifen nach uns. Zerrissene Kleidung hängt kaum noch an ihren dünnen Gestellen, und ihre

Gesichter sind hager, die Wangen eingefallen. Ein Mann hat nur noch einen Arm, aber für diese Dinger ist das Einzige, was zählt, Fleisch zu essen.

Ich erschaudere und ziehe mich zurück, als mir die Angst in die Kehle steigt und ich mir vorstelle, dass wir in der Falle sitzen und uns niemand helfen kann. Mein Herz krampft sich zusammen.

Die Kreaturen rennen wie wild auf Stone und Nikos zu, die ihre Klingen zücken und sich in den Kampf stürzen.

"Geh zu Crius", befiehlt Ragnar, während er sich in den Kampf stürzt.

Ich ziehe mich zurück, wohl wissend, dass es dort, wo es einen - oder in diesem Fall fünf - Zombies gibt, noch mehr gibt. Als ich mich umdrehe, um zu Crius zu laufen und ihn zu warnen, stehe ich fast Auge in Auge mit einem Untoten - einem Mann ohne Haare und Lippen, ich sehe nur seine Zähne und sein käsiges Zahnfleisch - der direkt auf mich zukommt. Und er ist nicht allein. Ein halbes Dutzend anderer stolpert schnell hinter ihnen her.

Ein Schrei entringt sich meiner Kehle, und ich weiche zurück, aber meine Instinkte haben andere Vorstellungen. In der einen Sekunde versuche ich, einen Weg zu finden, um zu entkommen, und in der nächsten strecken sich meine Hände vor mir aus, und Magie funkelt auf meinen Fingerspitzen.

Alles, was ich höre, ist das Hämmern in meinem

Kopf, als der Stromstoß nach außen schnellt und mit dem Zombie zusammenstößt. Er zuckt und fällt auf den dreckigen Boden, sein Körper scheint in sich zusammenzufallen und sich vor meinen Augen zu zersetzen, bis nur noch Staub übrig ist.

Als ich meinen Blick auf die anderen Kreaturen richte, die schnell auf mich zukommen, höre ich hinter mir das Grunzen eines Kampfes.

"Ragnar", rufe ich und richte meine Aufmerksamkeit auf sie, wo zwei Zombies am Boden liegen und die Jungs mit anderen kämpfen, Crius unter einem. Panik macht sich in mir breit. Ohne zu warten, schleudere ich meine Magie auf den Untoten und die beiden anderen. Die Männer grunzen, als sie sich schockiert zu mir umdrehen, aber ich habe keine Zeit, ihnen zu erklären, dass ich alle Untoten in den Hintern treten werde. Mein Körper pulsiert bei jedem Angriff, und wie meine Mutter konzentriere ich mich darauf, ihnen die Energie zu entziehen.

Ich habe es mit den Zombies am Fluss getan, als wir in die Berge zu meiner Mutter eilten, und ich werde es auch jetzt tun.

"Narah!" Ragnar klingt panisch.

"Gib mir eine Sekunde", schreie ich, während ich meine Hände ausstrecke und die ganze Energie aus diesen Mistkerlen sauge. Mehr von ihnen kommen aus einem nahe gelegenen Haus, Zähne knirschend, schnelle Füße tragen sie auf mich zu. Anstatt mich zurückzuziehen, stürze ich mich auf sie, während Kraftlinien durch die Luft tanzen.

Ist es schlimm, dass ich mich amüsiere?

Mein Körper kribbelt, als ich noch mehr von ihnen in buchstäblichen Staub verwandle. Als ich nach vorne trete, wackeln meine Beine unter mir, und ich spüre, wie die Hitze meiner Magie meine Arme hinaufläuft.

"Narah, halt!" Ragnar schreit so laut hinter mir, dass ich zusammenzucke.

Der letzte Zombie zerfällt zu einem Haufen Staub, und ich rufe meine Kraft zurück und bin überrascht, wie viel mehr Kontrolle ich jetzt habe. Als ich mir sicher bin, dass keine Untoten mehr hinter uns her sind, wende ich mich etwas zu aufgeregt an meine Männer und habe Mühe, stehenzubleiben. Ich stolpere, fange mich und hebe dann den Blick.

"Keine Sorge, es gibt genug ..." Meine Worte bleiben mir im Hals stecken, als ich merke, dass die drei mich anstarren, als hätten sie einen Geist gesehen. Stone steht der Mund offen, und Nikos ist in einer seltsamen Pose erstarrt, die Hände auf dem Bauch und das Gesicht wie eine Statue im Dauerschock.

"Warum starrst du mich so an? Du machst mir irgendwie Angst." Ich schaue weiter über meine Schulter, um nach weiteren Untoten Ausschau zu halten.

"Narah ... deine Haut." Ragnars Stimme zittert, was mich noch mehr erschreckt.

Als ich auf meine Arme hinunterschaue, schreie ich auf. Ich sehe blasse, weiße Haut mit blauen, hervorstehenden Adern und reibe meine Arme.

Göttin, was ist mit mir passiert?

"Mach, dass es weggeht. Was ist hier los?", schreie ich, während mir die Tränen in den Augen stehen. Ich bin verängstigt und so verwirrt, dass eine Welle schwerer Erschöpfung durch jeden Zentimeter von mir gleitet. Ein plötzlicher, stechender Schmerz durchfährt mich, und ich schreie auf, als meine Knie unter mir nachgeben. Ragnar fängt mich auf, bevor ich auf dem Boden aufschlage. In kürzester Zeit liege ich in seinen Armen und weine, während sich der Schrecken in mir festbeißt.

"Was ist mit mir los?" Alles, woran ich denken kann, ist Harmony. Ich muss sie wiedersehen. Das muss ich!

Stone und Nikos stehen an meiner Seite und berühren meine Stirn und meine Arme.

"Du fühlst dich eiskalt an", murmelt Stone mit brüchiger Stimme. "Warum hast du all diese tote Energie in dich hereingezogen?"

"Was meinst du?" Ich blinzle zu ihm hoch. "Ich habe es vor ein paar Monaten mit ein paar Zombies gemacht, und es ging mir gut." Die Erschöpfung holt mich wieder ein, und die Welt dreht sich.

"Oh, Schätzchen", sagt Stone und legt seine Hand auf meine Wange.

"Ich sehe aus wie ein Alien. Werde ich sterben?" Zitternd starre ich wieder auf meine Arme.

Alle sehen Stone an, um eine Antwort zu erhalten.

"Nun, wenn du Energie in deinen Körper aufnimmst, wirkt sie sich auf dich aus, und wenn du etwas Totes anziehst, wird dein Körper beeinflusst. Es könnte dich sogar töten, wenn du es übertreibst."

"Verdammt, du machst mir wirklich Angst. Bitte sag mir, dass es mir gut geht und ich meine Magie nie wieder bei einem Zombie anwenden werde."

Gerade als Stone zu erklären beginnt, kippt die Welt. Ich halte mich an Ragnar fest.

"Alles dreht sich weiter."

Blitzschnell verdunkelt sich meine Welt ... und zieht mich mit sich in den Abgrund.

EINUNDZWANZIG

Narah ist winzig, liegt zusammengerollt im Bett und atmet tief. Ihre Haut hat sich erwärmt, die Farbe kehrt in ihr Gesicht zurück, und ihre Adern sind nicht mehr so offensichtlich. Seit einer Stunde beobachte ich sie beim Schlafen und erinnere mich daran, wie sie in meinen Armen zitterte, ihre Atemzüge rasselten und mein Herz zersplitterte.

Wenn ihr etwas zustößt, würde ich sterben, und das kann ich Harmony nicht antun, weshalb ich darauf bestanden habe, dass sie im Schattenland-Sektor bleibt.

Seufzend beobachte ich, wie sich ihre Brust hebt und senkt. Wie schön sie ist.

Narah ist mein Ein und Alles. Mit ihr leuchtet die Welt heller, und ich lache mehr. Ich habe jetzt ein

Ziel und einen Grund, mich auf meine Zukunft zu freuen. Etwas, das ich erst über mich selbst entdeckt habe, als sie in mein Leben trat.

Als sie zusammenbrach, brachten wir sie verzweifelt zum nächstgelegenen Rudel, dem wir die Treue halten, und beteten, dass Martell es nicht zerstört oder übernommen hatte. Die Göttin muss auf uns herab gestrahlt haben - wir wurden mit offenen Armen empfangen.

Der Arzt war erschrocken, sie in diesem Zustand zu sehen, und meinte, sie sei dem Tode nahe. Er verordnete ihr viel Ruhe und Nahrung, da sie an Unterernährung leidet. Sie war völlig entkräftet, und obwohl ich ihm teilweise zustimme, dass sie wieder zu Kräften kommen muss, hat es einen ganz anderen Grund als er vermutet. Wir ließen ihn im Glauben, wir hätten sie im Wald gefunden - eine verirrte Omega, um die Aufmerksamkeit des Alphas nicht auf uns zu ziehen.

Die Lage ist schon angespannt genug, ohne dass ein Omega mit magischen Fähigkeiten, der einst Martells Schicksalsgenosse war, in ihr Haus kommt.

"Wie geht es ihr?", fragt Nikos, als er das Zimmer betritt.

"Sie sieht besser aus", murmle ich und wende mich um zum Verlassen des Zimmers. Er folgt mir und schließt sanft die Tür hinter sich. "Sie heilt schnell, aber das war ein Schock, mit dem keiner von uns gerechnet hat."

"Scheiße, ich hatte fast einen Schlaganfall, als sie so blass wie ein Geist und so lethargisch war." Er schluckt laut. "Das ist ein Bild, das ich so schnell nicht mehr aus dem Kopf bekomme."

"Geht mir auch so." Als wir die Küche des Hauses betreten, das uns der Alpha zur Verfügung gestellt hat, stürzen sich Crius und Stone auf den Wildschweineintopf, den uns einer der Einheimischen vorbeigebracht hat, nachdem sie gesehen haben, wie krank Narah war.

Die Hälfte ist bereits aufgegessen, als Nikos auf einen Stuhl plumpst, eine Gabel nimmt und den ganzen Teller zu sich herüberzieht.

"Ich wusste nicht, dass die Anwendung ihrer Magie auf die Zombies sie so stark beeinträchtigen würde", sagt Stone und wischt sich mit einer Serviette die Krümel vom Mund.

"Oder dass sie es mit all den verdammten Zombies aufnehmen würde", sagt Crius schmatzend. "Obwohl ich so verdammt stolz auf sie bin, dass sie den Mut hatte, das zu tun."

"Ich frage mich, wer verdammt noch mal die Untoten in diese Häuser gesteckt hat", platzt Nikos heraus, immer der Scharfsinnige unter uns. "Es kann nicht sein, dass sie gehorsam in diese Häuser gegangen sind und sich dort eingeschlossen haben.

Sicher, vielleicht in einem Haus, aber nicht in so vielen. Es war eine Falle."

"Ich wette, es war Martell, der uns ein Abschiedsgeschenk hinterlassen hat. Das würde erklären, warum bei unserem Besuch keine Rudelmitglieder anwesend waren ... weder lebend noch tot", erklärt Nikos.

"Martell scheint mir nicht der Typ zu sein, der die Toten aufräumt, die er hinterlässt", fügt Crius hinzu.

"Wahrscheinlich sind sie bei dem Alpha, den ich gebeten habe, sich um sie zu kümmern." Ich neige meinen Kopf zur Tür, überzeugt, dass ich ein Geräusch gehört habe.

"Was ist unser nächster Schritt?", fragt Nikos, der immer gleich zur Sache kommt, was einer der Gründe ist, warum ich ihn in meinem Team habe. Wir sind uns in dieser Hinsicht sehr ähnlich. "Lassen wir Narah sich weiter ausruhen und machen uns auf die Suche nach Martell?"

"Sie wird stinksauer sein", spricht Stone aus, was wir alle denken.

"Wir werden damit leben müssen." Ich weiß, es wird mir in den Hintern beißen, aber der Schreck, den ich bekommen habe, als ich sie dem Tod nahe gesehen habe, war zu groß, um ihn zu ignorieren. "Das war zu knapp. Ich bringe sie nicht in eine Situation, in der sie andere über ihr eigenes Leben stellen würde."

Ein lautes Klopfen an der Haustür lässt mich zusammenzucken. Crius springt auf und marschiert nach draußen. Wenige Augenblicke später kommt er mit Lortell zurück, einem meiner Männer, der dieses Rudel infiltriert hatte. Er ist schlank, größer als ich und mir treu ergeben, seit er seine Eltern verloren hat, als mein Vater sowohl Männer als auch Frauen in die Schlacht geschickt hat. Er hat seine Familie in einem qualvollen Angriff verloren, und als er entdeckt hat, dass ich die Absicht habe, mich meinem Vater entgegenzustellen, hat er sich meinem Rudel angeschlossen.

Ich stehe auf und umarme ihn fest, klopfe ihm mit einer Hand auf den Rücken, dann treten wir zurück.

"Ich habe gehört, dass du in der Stadt bist, Ragnar. Es ist verdammt lange her. Ich war mir nicht sicher, wann du auftauchen würdest, und hatte Angst, dass ich dieses Pack meine neue Familie nennen muss." Er bricht in ein gezwungenes Lachen aus. "Versteh mich nicht falsch. An ihnen ist nichts auszusetzen, und sie haben drei unverpaarte Omegas, die meine Aufmerksamkeit erregt haben, aber diese Alphas sind keine Wikingerkrieger."

Ich erinnere mich jetzt daran, wie gerne Lortell redet. Manchmal ist es unerträglich schmerzhaft

"Verdammt ja, das sind sie nicht." Crius johlt.

Lortell sucht sich einen Platz, und ich setzte mich zu ihm an den runden Familientisch.

"Es kam eine dringende Angelegenheit dazwischen, die nicht warten konnte, aber wir sind wieder dabei, Martell zu eliminieren, also erzähl mir alles. Was hat sich in den letzten zwei Monaten in diesem Sektor abgespielt? Ich brauche Antworten, bevor Martell auch in diesem Rudel auftaucht."

Er nickt, dann lehnt er sich in seinem Sitz zurück und macht es sich bequem. "Wir haben die Geschichten über Martell gehört, der zu allen Rudeln geht und ihnen ein Ultimatum stellt: Sich seinen Truppen anschließen, oder er vernichtet sie. Und glaubt mir, wenn er an eure Tür kommt, dann mit einer verdammten Armee. Also, jeder gibt verdammt noch mal nach. Was sollen sie denn sonst tun?"

Stone lehnt sich vor und starrt Lortell über den Tisch hinweg an. "Sie werden sich bei der ersten Gelegenheit gegen ihn wenden."

"Sicher, aber bis dahin wird er so viel Macht und Unterstützung von denen bekommen haben, die ihm treu ergeben sind, dass er unantastbar sein wird."

"Wir schalten ihn aus, bevor das passiert." Meine Muskeln spannen sich an, während mein Wolf in meiner Kehle knurrt. In den letzten zwei Monaten hat sich die Situation verschlimmert. Ich mache mir keine Illusionen darüber, dass er versuchen wird, den Sektor für sich zu beanspruchen, aber zu hören, dass er so schnell so groß geworden ist, macht mich verdammt angespannt.

"Er hat Todessehnsucht, weil er so viele gegen sich aufbringt", knurrt Lortell. "Also bereitet sich dieses Rudel vor, denn wir wissen, dass es nur eine Frage der Zeit ist, bis er hier anklopft. Ich habe auch mit den anderen Mitgliedern unseres Teams aus verschiedenen Rudeln gesprochen. Martell hat ihnen befohlen, dich auf der Stelle zu töten. Er hat es auf dich abgesehen und auf jeden, der dich unterstützt. Der Bastard meint es nicht gut mit dir. Es gibt Gerüchte, dass du ihm seine Schicksalsgefährtin gestohlen hast, und deshalb hat er es auf dich abgesehen."

Stone bricht in Gelächter aus. "Verdammter Idiot. Als ob sein Angriff nichts damit zu tun hätte, dass Ragnar sich mit mindestens einem Dutzend Rudeln in diesem Sektor verbündet hat."

Lortell zuckt mit den Schultern. "Ich erzähle dir nur, was hier los ist."

Je mehr ich höre, desto schwerer fällt es mir, meine Aggressionen zurückzuhalten. Irritation pulsiert in meinen Adern. "Wo wohnt der Bastard?"

"Vor zwei Tagen war er noch mit den Sichel-wölfen im Tal."

"Also etwa eine Stunde Fußmarsch", murmelt Nikos und wendet sich mir zu. "Das sollte einfach sein. Wir brechen nachts auf, schleichen uns ins Lager, finden ihn in seinem Bett und schneiden ihm die Kehle durch."

"So leicht wird es nicht sein", korrigiert ihn Lortell, der die Stirn zu einem Runzeln verzieht. "Ich habe gehört, dass der Typ verdammt paranoid ist und mit zwanzig Wachen um sich herum schläft."

"Mehr Wichser zum Vernichten", knurrt Crius. "Ich bin noch nie vor einer Herausforderung zurück-geschreckt."

"Dann bin ich dabei." Lortell grinst und knackt mit den Fingerknöcheln. "Ich langweile mich zu Tode in diesem Rudel."

"Was sagst du, Ragnar?", fragt Stone. "Ich bin bereit, diesen Bastard von seinem Sockel zu stoßen."

Wir sind wegen Martell hier, und je länger wir es hinauszögern, desto mehr Zeit geben wir ihm, uns zuerst zu finden.

"Lasst es uns tun", knurre ich. "Wir brechen nach dem Abendessen auf, sammeln unterwegs unsere Männer aus den anderen Rudeln ein und schalten dann den Scheißkerl aus. Ich schlage mit der Faust auf den Tisch und eine Welle der Erregung schießt durch meine Adern. Die anderen schließen sich mir an, die Schläge unserer Fäuste sind laut.

"Es gibt keinen Raum für Versagen. Heute Nacht wird er sterben", brülle ich, und Adrenalin durch-strömt mein Blut. Kriege werden nicht immer durch schiere Größe gewonnen. Viele werden hinter den Kulissen ausgetragen. Wenn man das Alphatier ausschaltet, fällt der Rest meistens auch.

Ein Schrei durchdringt die Luft.

Meine Gedanken rasen zu Narah und ich springe auf, wobei mein Stuhl hinter mir auf den Boden knallt, als ich zu ihrem Schlafzimmer eile. Ich stürme hinein und finde Narah immer noch schlafend im Bett, ohne sich zu rühren. Ich hätte schwören können, dass das Geräusch aus dem Inneren des Hauses kam.

Crius, Stone und Nikos drängen in den Raum und stoßen erleichterte Seufzer aus.

"Scheiße, was war das denn für ein Geräusch?", murmelt Crius.

"Ragnar, wir haben ein Problem", schreit Lortell, und mir dreht sich der Magen um.

Ich schiebe mich an den Jungs vorbei und finde ihn am Ende des Flurs, wo die Tür teilweise geöffnet ist. Bevor ich einen Schritt nach vorne machen kann, höre ich Martells Stimme. Meine Schultern sind angespannt, und meine Knöchel sind weiß, weil ich meine Hände zu Fäusten geballt habe. Ich atme scharf ein und blicke zu meinen Männern, die genau wissen, dass der Dämon uns gefunden hat.

Ich laufe auf Lortell zu, der einen Schritt zurücktritt, damit ich einen Blick nach draußen werfen kann. In der äußersten linken Ecke des Geländes spricht Martell mit dem Alpha des Rudels. Hinter Martell stehen mindestens ein Dutzend Alphas, große Scheißer. Nichts, womit wir nicht fertig werden können, aber was hinter den offenen Toren liegt, macht mir Sorgen. Eine Welle seiner Gefolgsleute, vielleicht fünfzig, hält sich dort auf, einschüchternde Muskeln, die jedes Rudel in die Unterwerfung treiben.

Niemand schaut in unsere Richtung ... noch nicht. Ich schließe leise die Tür und wende mich an meine Männer. Mein Magen ist verdammt angespannt, während ich mein Bestes gebe, um nicht zu zeigen, wie sehr ich mich davor fürchte, dass wir in die Enge getrieben sind. Ich zerbreche mir den Kopf über einen Fluchtplan.

"Wir müssen Martell von Narah ablenken." Das hat für mich Priorität. "Stone, du wirst sie wegbringen, sie begleiten und mit deiner Magie beschützen. Was auch immer nötig ist. Sobald wir nach draußen gehen und der Kampf beginnt, schleichst du dich mit ihr hinten raus und entfernst dich so weit wie möglich von hier."

Er nickt, doch die Anspannung in seiner Haltung zeigt mir, dass er sich nicht traut, den Rest von uns zu verlassen.

Ich wende mich an die anderen drei. "Ich werde eine Lup-Challenge beantragen, die er nicht ablehnen kann."

"Bist du sicher?", fragt Nikos und rümpft die Nase. "Wir haben es hier mit Martell zu tun."

Ich schaudere vor der Angst, die über meine Haut tanzt. So hatte ich mir das nicht vorgestellt, aber wir müssen uns damit abfinden.

"Er wird es akzeptieren, glaub mir", schnauze ich, während der Druck unserer Situation in mir wächst.

Meine Männer starren mich an, das Entsetzen steht ihnen ins Gesicht geschrieben.

"Ich weiß, dass wir das nicht so machen wollten, aber wann haben wir uns jemals von einer unmöglichen Situation abgewendet?"

"Wir gehen niemals hier weg!", knurrt Nikos und schlägt sich mit der Faust auf die Brust, die Schultern hochgezogen, die Augen zusammengekniffen, durch die sein Wolf schimmert.

Die anderen folgen diesem Beispiel.

"Gut. Wir haben einen Plan. Holt eure Waffen und lasst uns in den Krieg ziehen."

Sie drängeln sich, um genau das zu tun, während Lortell mir zeigt, dass er unter seiner Kleidung bis an die Zähne bewaffnet ist.

Mein Blick huscht zur Haustür hinüber, mein Wolf in der Brust knurrt, bereit zum Kampf.

Wir werden uns dem größeren Feind entgegenstellen, auch wenn wir zahlenmäßig unterlegen sind, um die zu schützen, die wir lieben.

Heute ist nicht der Tag, an dem wir sterben.

Ich gehe zum Bett und werfe einen letzten Blick auf Narah. Sie stöhnt im Schlaf und rollt sich auf den Rücken und ich streiche ihr die Haare aus der Stirn. Ich betrachte sie für einen kurzen Moment und präge mir dieses Bild ein, um mich daran zu erinnern, warum ich alles für sie riskieren würde.

Ich beuge mich vor und flüstere: "Ich werde dich immer lieben, meine kleine Füchsin, und ich werde immer bei dir sein." Ich küsse sie sanft auf die Stirn und gehe hinaus, während Crius und Nikos zu ihr gehen. Mein Herz drückt so sehr, dass mir die Tränen in die Augen schießen. Es wird nicht das letzte Mal sein, dass ich sie oder meine kleine Harmony sehe. Für sie muss ich es schaffen, dass es funktioniert.

Sobald meine Männer zurückkehren, gibt es kein Zögern, keine Angst. Sie stehen aufrecht, das Feuer lodert in ihren Augen, und wir sind bereit. Stone steht an Narahs Tür, und mit einem letzten Blick in seine Richtung sage ich: "Pass gut auf unsere Mädchen auf."

Wir marschieren zur Haustür und schlüpfen in den Hof. Die Nachmittagssonne brennt auf uns herab, als wir einen Kiesweg entlanggehen, vorbei an den Häusern und der Mauer, die das Gelände umgibt.

Eine der Wachen schreit uns an, als wir uns

nähern, und dann verschwimmen die Bewegungen, als Martells Männer um uns herum auftauchen und sich uns nähern.

Ich bin angespannt, die Wut sitzt tief in mir und ich habe den Drang, ihnen die verdammten Köpfe abzureißen. Das wird noch früh genug kommen.

Martell kommt in mein Blickfeld und starrt mich direkt an. Unsere Blicke treffen aufeinander, und Wut durchströmt mich.

Er ist groß, hat kurzes, dunkles, seitlich gescheiteltes Haar, den Kopf hocherhoben und ist gebaut wie ein Fass. Ein wilder Bart bedeckt seine Kieferpartie, und seine dünnen Lippen sind über einer Reihe von weißen Zähnen nach hinten geschoben. Er beobachtet uns mit purem Hass.

Seine Männer stürzen sich auf uns, reißen uns an den Haaren und Armen, mit Klingen an der Kehle, und zwingen uns, auf Martell zuzugehen. Es geht gegen alles, aber ich wehre mich nicht.

"Wir kommen zu euch als freie Alphas", erkläre ich. "Nicht mit Aggression, sondern um zu reden."

"Fick dich", bellt Martell wie der Hund, der er ist, mit einem Todesblick in seinen dunklen Augen. "Du hast mir meine Schicksalsgefährtin gestohlen und versucht, mir den wilden Sektor zu stehlen. Vielleicht lasst ihr in Dänemark solche Betrügereien zu und schaut weg wie Feiglinge, aber im wilden Sektor sind wir Wölfe, die euch die verdammten Köpfe abreißen werden."

Nikos stöhnt unter seinem Atem neben mir.

"Es ist mir scheißegal, was du zu sagen hast", fährt Martell fort. "Sag mir, wo du meine Narah versteckt hast, und vielleicht habe ich dann Mitleid mit dir."

Crius bellt ein kräftiges Lachen hinter mir. "Das ist doch Blödsinn."

Knurrend reißt Martell eine Klinge von seiner Seite und stürmt auf uns zu.

Ich verkrampfe, als der Wächter mir die scharfe Schneide einer Klinge an die Kehle drückt.

"Ich rufe die Lup-Herausforderung, Martell."

Martell bleibt einen Meter von mir entfernt stehen und brüllt dann vor Lachen.

"Ich glaube nicht."

"Wenn sie beschworen wird, muss sie akzeptiert werden", knurre ich. "Du und drei deiner besten Kämpfer gegen uns bis zum Tod."

Martell stochert mit der Spitze seiner Klinge in den Zähnen, dann senkt er den Blick auf mich.

"Ich lehne ab. Also, wo zum Teufel ist Narah? Versteckt ihr sie in einer dieser Hütten?" Er wendet sich an die Männer hinter ihm, und mit einer Handbewegung stürmen ein halbes Dutzend von ihnen auf die Häuser zu.

Ich knirsche mit den Zähnen und bete, dass Stone Narah weggebracht hat.

"Nun, Ragnar", spuckt er, "wie wäre es, wenn wir ein anderes Spiel spielen? Je länger meine Männer brauchen, um Narah zu finden, desto mehr von deinen Männern werde ich töten." Er prustet ein Lachen.

Wut heult in mir auf, mein Wolf bäumt sich auf, damit ich ihn rauslasse, um dieses Arschloch zu zerfleischen.

Bald, so verdammt bald.

"Du hast Angst." Ich provoziere ihn mit einem Grinsen, schaue mich zu allen Anwesenden um und erhebe meine Stimme. "Der allmächtige Martell ernennt sich selbst zum neuen Alpha vom wilden Sektor, aber er hat zu viel Angst, sich der Lup-Herausforderung zu stellen. Was für ein Alpha hat Angst, für sein Rudel und sein Land zu kämpfen?"

"Der Mann, dem du folgst, ist feige und kann nicht kämpfen. Wollt ihr so jemanden als euren Anführer?", bellt Nikos.

"Ich werde euch alle wie Schweine ausnehmen", brüllt Martell.

"Lup Challenge, Lup Challenge", brüllt Lortell, und zu meiner Überraschung wird die örtliche Meute lauter und lauter.

Ich kann meinen Blick nicht von Martell lassen.

Sein Gesicht ist rot vor Wut, und er ist bereit, zu explodieren.

"Nimmst du an?", knurre ich.

Alle Augen sind auf ihn gerichtet. Ein Alpha ist nur so stark wie sein letzter erfolgreicher Kampf. Sobald der Anführer verliert, sehen die Menschen um ihn herum ihn als leichte Beute an, und jeglicher Respekt ist dahin.

Sein Kiefer ist so fest zusammengepresst, dass er zittert.

Schließlich bellt er: "Ich nehme die Herausforderung auf Leben und Tod an, wie es die Moorwölfe in diesem Rudel getan haben. Du wirst heute sterben, Ragnar." Er hebt seinen Blick zu seinen Wachen. "Nehmt ihnen die Waffen ab ... Nahkampf."

Martell reißt sich das Hemd vom Leib und gibt den Blick frei auf seinen riesigen Körper und die Muskeln, die sich in seinen riesigen Armen zusammenziehen.

Grinsend lasse ich meine Waffen fallen und beobachte, wie der Bastard sich an seine Männer wendet und auswählt, wer an seiner Seite kämpfen wird. Er wählt nur kräftige, hünenhafte Männer aus. Das passt mir gut. Es ist mir scheißegal, wie groß sie sind. Meine Männer und ich haben schon gegen Schlimmere gekämpft.

Meine Männer treten neben mich, angespannt, die Hände zu Fäusten geballt.

"Seid ihr bereit dafür?", frage ich. "Ihr kennt unser Ziel. Schaltet ihn aus, und zwar schnell."

Crius wippt auf den Zehenspitzen, in seinen wilden Augen steht ein Urhunger. Er musste seine Axt abgeben, aber der Kerl ist im Herzen ein Berserker.

Die Wachen weichen vor uns zurück, und ich stelle mich mit meinen Kämpfern in eine Reihe. Stone hätte uns zu einem stärkeren Team gemacht, aber seine Mission ist viel wichtiger und gefährlicher als unsere: Er muss Narah retten.

Der Anführer der Moorwölfe betritt das Schlachtfeld, das von Rudelmitgliedern und Martells Wölfen umgeben ist. Der Mann steht aufrecht, aber die Angst in seinem Gesicht ist spürbar. Er weiß, dass dies auf seinem Spielplatz die Hölle werden könnte, und er hat nichts zu sagen. Er leitet ein kleines Rudel und ist nicht dafür bekannt, starke Krieger zu haben.

Hier kommen wir ins Spiel.

"Heute wurde die Lup Challenge ausgerufen und angenommen. Das letzte Team, das noch steht, gewinnt."

"Bis in den Tod!"

ZWEIUNDZWANZIG

NARAH

"Narah, Süße, du musst jetzt aufstehen", flüstert mir jemand leise ins Ohr. Jemand schüttelt mich und verpasst mir ein Schleudertrauma.

Meine Augen flattern auf, als Stone mich in seine Arme hebt.

"Was ist denn los?" Es dauert nur Sekunden, bis ich in Panik gerate. Ich sehe mich im Raum um und schnappe nach Luft. "Sind wir in Gefahr?"

"Wie geht es dir? Du siehst schon viel besser aus und nicht mehr wie ein verrückter Untoter." Er grinst mich neckisch an.

Als er mich auf die Beine stellt, schaue ich an meinen Armen und meinem Körper herunter und stelle fest, dass ich nur ein Tank-Top und Unterwäsche trage. Meine Haut ist normal, eher rosa-weiß, statt verdammt weiß mit blauen Adern.

"Ich werde dir alles erklären, aber du musst dich fertig machen. Martell ist hier."

"Scheiße, er ist hier?" Plötzlich bin ich hellwach. Das Adrenalin pulsiert in meinen Adern und hämmert in meinen Ohren. "Weiß er, wo wir sind? Ich bin so verwirrt. Ich weiß nicht einmal, wo wir sind." Ich rattere die Fragen herunter, die mir in den Sinn kommen, während ich schnell nach den Klamotten am Ende des Bettes greife. Ich hasse diesen surrealen, verwirrten Zustand. "Wo sind die anderen?"

"Mach dich einfach fertig, ich erkläre es dir gleich." Er bringt mir meine Stiefel und stellt sie neben meine Füße, während ich meine Jeans anziehe und auf und ab hüpfe, um sie an meinen Beinen hochzuziehen, weil sie natürlich hauteng sind.

"Nachdem du die Zombies im Haus der Bane-Wölfe ausgeschaltet hattest, wurdest du ohnmächtig. Wir haben dich zum nächstgelegenen Rudel, mit dem wir eine Partnerschaft haben, gebracht, und seitdem schläfst du. In der Zwischenzeit ist Martell gekommen, um dieses Rudel einzufordern, oder er hat uns aufgespürt. Wir müssen uns hinten rausschleichen und aus diesem Rudel verschwinden."

Ich habe mich noch nie in meinem Leben so schnell bewegt, nur durch Adrenalin und Angst.

Als ich bereit bin, ergreift Stone meinen Arm, und wir fliegen aus dem Zimmer in Richtung Hintertür. Ich schaue immer wieder über die Schulter und kann die anderen nicht ausmachen.

"Sind sie schon draußen?"

"Das kann man wohl sagen", flüstert Stone, während er langsam die Tür öffnet und den Kopf herausstreckt.

Mein Magen zittert. Die Dringlichkeit, die ich von Stone wahrnehme, beunruhigt mich. Plötzlich schwingt er sich wieder hinein, schließt die Tür und verriegelt sie. Wir stehen still, während mein Herz mit einer Million Meilen pro Stunde schlägt.

"Bitte sag mir, was los ist", flüstere ich. Ich bemühe mich, ruhig zu bleiben und nicht in dem verzweifelten Schrecken zu ertrinken, der mich durchdringt.

"Die einzige Möglichkeit für uns zu entkommen, war, dass die anderen Martell zu einer Lup Challenge herausforderten, einem fairen Kampf zwischen einer Handvoll Männer aus jedem Rudel. Ragnar gewinnt, wenn Martell stirbt."

Ich blinzle ihn an und mein Kopf dreht sich.

"Und wenn Martell gewinnt?" Ich schnaufe.

"Narah ... nichts, was du jetzt tust, wird die Ereignisse aufhalten, die bereits begonnen haben. Sie sind bereits draußen bei Martell." Er hebt sein

Kinn in Richtung der Tür am anderen Ende des Ganges.

Das Herz schlägt mir bis zum Hals, ich drehe mich um und renne den Flur hinunter, wobei ich meine Tränen kaum zurückhalten kann. Stones Füße stampfen auf die Dielen, und ich bin so schnell in seinen Armen, dass mir der Atem stockt. "Lass mich runter, bitte." Die Tränen fließen bereits, und meine Kehle wird so dick, dass es weh tut.

"Bitte, Narah. Sie riskieren alles. Nimm ihnen das nicht weg, indem du nicht mit mir gehst." Der Schmerz in seiner Stimme macht, dass ich mich noch schuldiger fühle.

"Ich möchte sehen, was hier los ist ... bitte." Als er mich absetzt, gehe ich zum Fenster neben der Tür und schiebe den Vorhang ein wenig zur Seite, um nach draußen zu schauen.

In der Ferne sind überall Menschen zu sehen. In Wahrheit sehe ich kaum etwas, weil die Bäume im Weg stehen, aber es ist definitiv etwas los. Ich höre Menschen jubeln und johlen. Mir wird flau im Magen, und die Tränen kommen schneller, brennen und verschwimmen, als ich mir vorstelle, wie meine drei Männer zu Tode geprügelt werden, während diese Arschlöcher nach mehr schreien.

Ich hasse alle - die Welt, die Alphas, die dummen Spiele, die die Menschen beherrschen. Vor allem hasse ich es, dass ich so schwach war, dass ich ohnmächtig wurde, als ich eine Handvoll Zombies erledigte.

"Es tut mir leid, Narah, aber wir müssen jetzt gehen."

Ich schnappe nach Luft und versuche mit aller Kraft, nicht hinauszulaufen und ihnen zu helfen, aber ich weiß, dass ich gegen so viele versagen würde.

Die Finger legen sich sanft um mein Handgelenk, und Stone zieht mich den Flur entlang zur Hintertür zurück.

"Sie müssen doch nur gewinnen, oder?", frage ich und klammere mich an ihn.

"Es sind vier gegen vier."

"Vier?"

"Einer von Ragnars Männern hat bei diesem Rudel gelebt. Er nimmt meinen Platz ein, damit Martell nicht fragt, wo Ragnars fehlender Krieger ist."

Mein Kopf gerät außer Kontrolle. Offensichtlich habe ich eine Menge verpasst, während ich ohnmächtig war.

"Ich verspreche, wenn wir in Sicherheit sind, werde ich dir alles von Anfang an erklären. Ok? Jetzt musst du mir vertrauen. Wir müssen hier raus, solange sie die Herausforderung annehmen und alle beschäftigt sind."

Der Herzschmerz bahnt sich seinen Weg bis zu meiner Seele, aber ich nicke widerwillig.

Als ich aus der Hütte trete, sehe ich hinter dem kleinen Hof Bäume und weitere Häuser. So wie es aussieht, sind dort Menschen, aber es ist schwer zu sagen, weil es so bewaldet ist, was hoffentlich auch bedeutet, dass sie uns nicht gut sehen können.

Von der Vorderseite des Hauses kommen Rufe und Schreie, und es bringt mich um, vor meinen Männern wegzulaufen, obwohl sie alles tun, um mich zu schützen.

Schwer atmend, mit meiner Hand in Stones Hand, sprinten wir an der Rückseite der Hütten entlang. Mein Herz klopft in meinen Ohren, aber mein Verstand ist zu verschwommen, um einen alternativen Plan zu finden, wie ich meine Männer zurückholen kann. Das Gefühl, dass ich diesen Tag bereuen werde, nagt an meinem Verstand.

Eine steife Brise pfeift an uns vorbei. Als wir das letzte Haus in der Reihe erreichen, halten wir inne, um Atem zu schöpfen. Stone späht um die Ecke, dann weicht er genauso schnell zurück.

"Scheiße", murmelt er leise vor sich hin. "Scheiße. Fuck."

"Was ist hier los?"

"Martells Männer haben sich vom Gelände geschlichen und klettern über die Ecke, über die wir fliehen wollten, wieder hinein, aber das ist nicht das

Schlimmste." Schatten peitschen unter seinem Blick. "So war der Plan, aber es war nicht so, dass wir viele Möglichkeiten hatten. Vielleicht hat Ragnar das Risiko erkannt."

"Wovon redest du?"

Er wendet sich mir zu und sein Gesicht wird hart.

"Diese Krieger werden sich hinter Ragnar stellen und ihn umzingeln. Ich wusste, dass dieser verdammte Scheißkerl Martell niemals fair spielen würde."

Ich kann seine Erklärung nicht nachvollziehen, da er schnell und mit gedämpfter Stimme spricht.

"Seine Männer werden meine Männer angreifen, wenn es so aussieht, als würden sie gewinnen? Natürlich würde er das tun." Es durchströmt mich ein kalter Schauer, dass Ragnar das die ganze Zeit wusste. Er würde niemals einen solchen Fehler machen, und Ragnar gewinnen lassen.

"Ich vermute, er hofft, dass das örtliche Rudel ihm helfen wird, aber ich weiß nicht, ob sie es tun werden." Stone schluckt schwer, er ist ebenso niedergeschlagen wie ich.

"Wir können sie nicht zurücklassen! Du weißt tief in deinem Herzen, dass wir sie dem Tod überlassen, wenn sie umzingelt sind."

Seine Schultern straffen sich.

"Ich bin nicht mehr das verängstigte Mädchen. Ich laufe nicht weg! Scheiß auf Martell. Wir sind ein Team, und unsere Familie braucht uns."

Stone leckt sich die Zähne, und ich weiß, dass er dasselbe denkt. Plötzlich fällt sein Blick wieder auf mich.

"Ragnar wird sauer auf uns sein, aber ich bin auf deiner Seite. Wegzugehen ist ein großer Fehler."

"Das ist mir egal, solange wir ihnen den Arsch retten." Ich grinse, und Stone stiehlt mir einen kurzen Kuss.

"Lass uns ihre Unterstützung sein."

Mehr Worte sind nicht nötig.

Wir bewegen uns wie ein Lauffeuer in die Richtung, aus der wir gekommen sind, und die Dringlichkeit, für meine Männer da zu sein, verdrängt die Angst. Wir huschen zwischen zwei Häusern hindurch und stoßen auf den Tumult. Die Lücken zwischen den herumstehenden Menschen sind groß genug, dass wir sehen können, was da los ist.

Es ist schwer, zu erfassen, was ich sehe, da sich die Alphas mit unvorstellbarer Geschwindigkeit bewegen.

Nikos wird plötzlich über den Boden geschleudert, und die Luft wird ihm aus der Lunge gerissen. Er ist verletzt und blutet, seine Kleidung und sein Gesicht sind blutrot verschmiert. Er ist geschlagen, und als ich sehe, wie der Barbar auf ihn zu stapft, sich über den Mann erhebt, den ich liebe, und grinst, sinkt mir das Herz in die Hose.

Er hebt eine Faust, als Crius zu ihm rennt und ihm gegen den Kopf schlägt. Crius schlingt einen Arm um den Hals des Barbaren und bricht ihm das Genick. Das Geräusch hallt in der Luft, und der Mann fällt auf die Knie. Crius springt zurück, als sein Gegner mit dem Gesicht voran auf den Boden fällt.

Nikos kommt gerade auf die Beine, als Martell auf ihn zustürmt und ihn mit Wucht zu Boden bringt. Crius wirft sich auf Martell, und ehe ich mich versehe, kämpft ein Berg von Männern gegeneinander.

Mein Kopf pulsiert vor Schmerz, und mit ihm kommt der Strom der Kraft, der mich durchzuckt.

"Noch nicht", flüstert Stone barsch und legt seine Hand auf meine Schulter.

"Warum zum Teufel nicht?" Ich reiße den Kopf hoch und schaue ihn an.

"Wenn wir die Herausforderung unterbrechen, gewinnt Martell automatisch."

"Wen kümmert das? Er wird tot sein."

"Es bedeutet, dass Ragnar niemals Martells Rudel oder Land, das er kontrolliert, an sich nehmen kann. Es würde automatisch an seinen Stellvertreter gehen. Es gibt zu viele Zeugen, also warten wir ab.

Der letzte Schlag muss von Ragnar ausgeführt werden."

"Ich kann es kaum erwarten, dass sie sterben", knurre ich leise vor mich hin und verabscheue die dummen Regeln, die die Alphas befolgen, während wir in einer Welt leben, in der alles erlaubt ist. Blinde Wut durchzuckt mich, aber ich halte mich zurück und balle meine Hände zu Fäusten.

Ich bleibe im Schatten und beobachte den Kampf, bis mir übel wird. Je länger ich zuschaue, desto mehr brenne ich, weil ein kleines Kribbeln der Magie in meinen Fingern zu spüren ist. Genau wie meine Wölfin, die in meiner Brust knurrt, bricht die Macht als Reaktion auf meine Wut aus.

Ragnar wird unsanft auf den Rücken geschleudert, rollt sich aber gerade noch weg, als Martell ihm gegen den Kopf treten will. Ein anderer Mann, den ich nicht erkenne, wirft sich auf Martell, und sie schlagen hart auf dem Boden auf. Ich kann mir nur vorstellen, dass er einer von Ragnars Männern ist.

Martell bewegt sich schnell, packt den Hals des Mannes und reißt ihm die Kehle heraus. Das Blut spritzt überall hin, und viele in der Menge brechen in bösartigen Jubel aus.

Ich zucke zurück und wimmere.

Stone nimmt mich in seine Arme. "Sieh nicht hin."

Es ist zu spät, ich habe alles gesehen.

Je länger ich den Kampf beobachte, desto mehr schmerzt mein Inneres.

"Ich kann nicht einfach danebenstehen und nichts tun. Einer von ihnen könnte sterben. Diese dummen Regeln sind mir egal. Ich werde Martell ausschalten. Ich muss es tun." Mir kommt die Galle hoch, wenn ich an all meine Begegnungen mit ihm denke - den Hass, die Grausamkeit, die Tode.

Crius stolpert rückwärts, frisches Blut sickert aus einem Ohr, ein Hosenbein ist purpurrot getränkt, und ich sehe, dass er humpelt.

Ich trete näher, aber Stones Arm liegt um meinen Bauch.

"Zwing mich nicht, meine Magie gegen dich einzusetzen, denn das werde ich", knurre ich. "Ich habe genug davon, diese brutale Grausamkeit zu sehen."

Ein Anflug von Panik überkommt ihn, aber schließlich knurrt er. "Gut, aber wir machen es auf meine Art."

"Ja, und wie ist das?"

"Ich habe keine Ahnung, ob das funktionieren wird, aber ich weiß nicht, wie ich dich sonst aufhalten soll. Du wirst mir die Kraft entziehen und sie dann in Ragnar einspeisen."

Ich wende meinen Blick von dem Kampf zu Stone. "Wird das funktionieren?"

"Theoretisch sollte das so sein. Du ziehst Energie

aus den Menschen, warum kannst du sie nicht wieder zurückleiten? Das ist es, was deine Mutter mit deinem Vater gemacht hat. Sie hat ihn mit ihrem Blut gefüttert und die Energie, die sie den anderen entzogen hat, in deinen Vater geleitet."

Natürlich hat er recht, aber ich will nicht aus Versehen meinen Geliebten umbringen. Eigentlich will ich nur so viele Arschlöcher wie möglich ausbluten lassen, bis ich höchstwahrscheinlich wieder ohnmächtig werde, aber je länger ich über Stones Idee nachdenke, desto besser gefällt sie mir.

"Na gut, dann machen wir es. Wie?"

Stone kniet vor einem Baum und legt eine Hand auf die Erde. Fast sofort leuchten die Runen auf seiner Brust in einem kräftigen, hypnotischen Blau. Sie könnten unsere rettende Gnade sein. Sein ganzer Körper bebt, und auf dem Arm, den er mir reicht, stellen sich die Härchen auf.

Als ich seine Hand nehme, durchfährt mich ein Schauer scharfer Magie, und ein Stöhnen entringt sich meiner Kehle durch den scharfen Schmerz.

"Kämpfe nicht dagegen an. Du bist nur ein Kanal für die Magie."

Ich wende meinen Blick zurück zur Arena, wo Ragnar zwischen zwei monströsen Männern auf den Knien liegt. Sie sehen aus, als wollten sie sich in ihre Wölfe verwandeln, tun es aber nicht. Zweifellos eine weitere dumme Regel. Der Anblick von Ragnar, der ihnen ausgeliefert ist, durchdringt mich, und ich knurre. Ich habe genug von dieser Quälerei.

Während ich mich auf ihn konzentriere, strecke ich meinen Arm aus, und ein weißer Lichtfunke saust mit einer solchen Geschwindigkeit über den Boden, dass man ihn verpasst, wenn man blinzelt. Die Magie trifft Ragnar so schnell und hart in die Rippen, dass er aus dem Griff der beiden Männer gerissen wird.

Ich lasse meine Hand sinken, als sie zurückschrecken und sich umschauen, um zu sehen, was passiert ist.

Ragnar steht auf, schüttelt den Kopf und reibt sich die Seite, wo der Zauber ein Loch in sein Hemd gebrannt hat. Sein Kopf ruckt hoch und unsere Blicke treffen aufeinander.

Ich lächle und versuche, meine Hände zu bewegen, um ihm zu sagen, dass ich ihm Macht gegeben habe, aber ich bin mir sicher, dass es aussieht, als würde ich wie verrückt fuchteln. Stone gestikuliert zu seinen Runen, dann zu mir, und unser Alpha nickt.

Den Blick auf die Arena gerichtet, gehe ich näher heran. Solange ich meinen Kopf gesenkt halte, wird mich hoffentlich niemand erkennen. Stone wird an meinen Rücken gepresst, während wir uns durch die Menge quetschen.

Ragnar stürzt sich auf Martell, der mit dem

Rücken zu ihm steht. Martells kräftigen Arme haben Nikos in den Schwitzkasten genommen.

Ein Schrei kratzt an meiner Kehle, ich habe Angst, dass er Nikos das Genick brechen wird. Crius liegt am Boden und knurrt, während die wilde Menge den Tod von Nikos fordert.

Mit unvorstellbarer Geschwindigkeit reißt Ragnar Martell von Nikos weg, und sie fallen in einer bösartigen Rolle über den Boden. Sie bewegen sich so schnell, dass es schwer zu sehen ist, aber ich bin mir sicher, dass ich winzige Funken von Magie an Ragnars Händen sehe.

Niemand sonst scheint das zu bemerken, sonst würden sie es rufen.

Sie kommen abrupt zum Stehen, und Ragnar steht auf und packt Martell. Sein Körper bewegt sich mit einer Geschwindigkeit, die nur von Magie herrühren kann. Mit einem donnernden Gebrüll schleudert er meinen ehemaligen Gefährten gegen einen nahen Baum. In dem Moment, in dem das Arschloch den Baum trifft, geht er in Flammen auf, und der ganze Baum verbrennt in einer Feuerexplosion.

Ich schreie schockiert auf, wie alle anderen auch.

Ihre Panik schallt durch die Luft, gefolgt von Geschrei und Menschen, die in alle Richtungen rennen. Während alles drunter und drüber geht, bemerke ich die Gruppe von Martells Männern, die wir auf der rechten Seite erspäht hatten und die auf uns zustürmen.

Scheiße!

Ragnar hat gerade ihren Alpha in Brand gesetzt. Natürlich sind sie stinksauer.

Wo kurz zuvor noch mit Fäusten und Zähnen gekämpft wurde, werden wir ihnen jetzt zeigen, warum wir die wahren Anführer vom wilden Sektor sind.

Stone und ich drängen nach vorne.

Ragnar zögert nicht, die Kraft, die er noch hat, gegen den Strom von Wandlern einzusetzen, der aus beiden Richtungen auf uns zukommt.

Feurige Magie strömt aus meinen Händen und trifft die Wand der Neuankömmlinge. Mein Körper zittert vor der schieren Welle der Kraft, die ich in mich hineinziehe. Es ist, als würde warmes Wasser über meinen Körper rieseln. Meine Brust schwillt an, während meine Kraft mich schwirren und auf den Zehen hüpfen lässt. Plötzlich geraten die Energielinien in Zickzackform außer Kontrolle.

Ich weiß nicht mehr, wen ich ausbluten lasse.

Panik und Angst kollidieren in mir, und ich befürchte, dass ich jeden umbringen werde, den ich sehe.

Ich schreie auf, als jemand hinter mir auftaucht und seine Hände um meine Taille legt.

"Du hast die Kontrolle über deine Macht", flüstert Stone. "Und du kannst jetzt mit einem einzigen Gedanken aufhören."

"Halt!", schreie ich.

Der Strom erlischt augenblicklich, und ich stolpere ungläubig in Stones Arme.

Der Baum mit Martell brennt immer noch, und darüber hinaus ist das Gelände mit Leichen übersät, fast dreißig unbewegliche Männer. Es erschreckt mich, zu wissen, wie leicht ich sie ausgeschaltet habe. Ich möchte glauben, dass sie nicht tot sind, sondern nur betäubt, aber ich bewege mich nicht, um nachzusehen.

Als jemand meinen Namen ruft, wende ich mich den drei Männern zu, die auf mich zukommen. Sie sind blutig, zerschrammt und humpeln. Hinter ihnen ist das Gelände mit Blut getränkt und mit weiteren Leichen übersät. Alle anderen scheinen verschwunden zu sein.

"Hört mir in dieser Familie überhaupt jemand zu?", stichelt Ragnar. "Ihr beide sollt doch längst verschwunden sein."

"Halt die Klappe und umarme mich", sage ich. "Du kannst Stone und mir später dafür danken, dass wir euch den Arsch gerettet haben."

Lachend umklammert Crius seine Seite, dann zuckt er zusammen. "Ich will wissen, warum du nicht eingesprungen bist, bevor diese verdammte

Bestie mich so hart geschlagen hat. Ich bin sicher, er hat mir die Rippen gebrochen."

Ich nehme seine Hand und ziehe ihn näher zu mir. Nikos stolpert zu uns herüber, sein Gesicht ist blutüberströmt von einer großen Wunde unter seinem Auge.

"Was immer du Martell angetan hast, Ragnar, du wirst noch jahrelang in aller Munde sein. Verdammt, er hat einen spektakulären Tod verdient, und den hast du ihm wirklich geliefert."

Ragnar grinst, und seine Augen glühen vor Liebe, als er auf mich herabsieht. "Nur dank geliehener Macht." Er nimmt mich in seine Arme, umfasst mein Gesicht und küsst mich dann. Ich drücke mich gegen ihn, umklammere sein zerrissenes Hemd und erlaube mir, endlich zu glauben, dass wir eine Zukunft haben könnten, in der mein Ex-Freund nicht versucht, uns zu töten.

Als wir uns trennen, drängen sich alle meine Männer um mich, und wir umarmen uns und halten uns gegenseitig fest.

"Der heutige Tag wird für die Gefallenen in Erinnerung bleiben und dafür, dass wir eine neue Zukunft beginnen. Da Martell und so viele seiner Anhänger verschwunden sind, wird es nur wenige geben, die sich meiner Machtübernahme widersetzen können. Aber zuerst müssen du und Stone mir den Trick beibringen, wie ihr mir eure Macht gegeben habt."

Ich lache und bin überrascht, dass ich mich so unglaublich fühle, nachdem ich meine Kräfte eingesetzt habe. Meine Mutter hat mir gesagt, dass wir unvorstellbar mächtig sind, aber es verblüfft mich immer noch.

"Ich weiß nicht, wie es euch geht, aber ich würde sagen, wir helfen dem Rudel, ihren Hof aufzuräumen und Lortells Beerdigung vorzubereiten, und dann will ich heute Abend trinken und ficken", murmelt Ragnar,

Stone und Nikos sagen eifrig "Ja", was mich kichern lässt.

"Das ist nicht fair. Lasst mich wenigstens zuerst heilen", schmollt Crius.

"Mach dir keine Sorgen, mein Freund." Nikos klopft ihm auf die Schulter, woraufhin Crius vor Schmerz noch lauter stöhnt. "Ich werde einen Platz vorbereiten, von dem aus du zusehen kannst."

Ich lache über ihr Gezänk.

Ragnars Hand gleitet in meine, und unsere Finger verschränken sich. Wir starren auf den flammenden Baum, dann aufeinander.

Alles, was wir durchgemacht haben, fühlt sich immer noch surreal an. Aber ich weiß, dass es nicht lange dauern wird, bis ich mich damit abgefunden habe, dass der wilde Sektor meine neue Heimat sein wird und meine Alphas über alle Rudel im Norden herrschen werden. Mit meinen zukünftigen Ehemännern zusammen zu sein - wenn ich ihnen endlich einen Heiratsantrag mache - und unsere Zukunft zu planen, ist mehr, als sich ein Mädchen wie ich je hätte vorstellen können. Ich habe einen langen Weg hinter mir und denke, dass ich ein glückliches Leben mehr als verdient habe.

Wir stehen inmitten eines Schlachtfelds voller Leichen, und doch platze ich vor Glück, denn all die schweren Lasten gehen mir nicht mehr durch den Kopf.

"Woran denkst du?", frage ich Ragnar neugierig.

"Wir überlegen, welche Art von Villa wir für unser Familienhaus bauen sollen. Etwas, das hoch genug ist, um eine perfekte Aussicht zu haben, mit hohen Wänden, um die Untoten fernzuhalten, und einem Badezimmer mit Whirlpool, in den wir alle auf einmal passen."

Ich drücke mich an ihn. "Wie ich sehe, sind deine Gedanken wieder einmal versaut."

Er dreht sich zu mir um. "Dann sage mir, was du auf dem Herzen hast?"

"Etwas sehr Wichtiges".

"Ja?"

"Ja. Wie genau soll ich mit meinen vier Alphas gleichzeitig in einem Whirlpool sein?"

Er wirft den Kopf zurück und fängt an zu lachen.

Als ich dieses sexy Geräusch zum ersten Mal gehört habe, wusste ich, dass er jemand Besonderes in meinem Leben sein wird.

Wer hätte gedacht, dass er einmal mein wahrer Schicksalsgefährte sein wird?

VON WÖLFEN VERFÜHRT
ASH WÖLFE

Starke Beschützer. Schicksalsgefährten. Und ein tödliches Geheimnis. Sie nennen mich eine Ausgestoßene, schwach.

Ich habe mein ganzes Leben lang ums Überleben gekämpft, bin vor einem Angriff auf meine Familie geflohen und habe mich schließlich bei den Ash-Wölfen versteckt. Dieser eine Schritt könnte mein größter Fehler von allen sein. Und ich bin die Königin der Fehler ...

Ich lasse sie glauben, dass ich kaputt bin, lasse sie die Lügen glauben. Ich lasse sie glauben, was sie wollen ... solange es nicht die Wahrheit ist.

Da ist ein Monster in mir, eines aus Zähnen und Klauen und schrecklichem Verlangen. Ich schlucke es hinunter, verstecke mich unter dem Vorwand, normal zu sein. Aber ich bin nicht normal. Ich bin alles andere als das.

Eine Bindung ist das Einzige, was uns retten wird - mich
und das Ash-Rudel. Nur brauche ich jemanden, der stark
genug ist, die Dunkelheit in mir zu bekämpfen ... und
wild genug, um zu bleiben.

Werden die rücksichtslosen Wolfwandler mir helfen,
wenn sie die Wahrheit darüber herausfinden, was
ich bin?

ÜBER MILA YOUNG

Mila Young geht alles mit dem Eifer und der Tapferkeit ihrer Märchenhelden an, deren Geschichten sie beim Heranwachsen begleiten haben. Sie erlegt Monster, real und imaginär, als gäbe es kein Morgen. Tagsüber herrscht sie über eine Tastatur als Marketing Koryphäe. Nachts kämpft sie mit ihrem mächtigen Stift-Schwert, erschafft Märchen Neuerzählungen und sexy Geschichten mit einem Happy End. In ihrer Freizeit liebt sie es, eine mächtige Kriegerin vorzugeben, spaziert mit ihren Hunden am Strand, kuschelt mit ihren Katzen und verschlingt jedes Fantasymärchen, das sie in die Finger bekommen kann.

Für weitere Informationen...
mila@milayoungbooks.com

www.milayoungbooks.com